I0755756

EL ENIGMA DEL DESIERTO

CARLOS CAPELLA

ÍNDICE

PARTE I

El humo de mi pipa se acumulaba poco a poco en el techo de mi pequeño despacho. El silencio en aquella estancia era lo más sobresaliente, pues no había ni un triste ventanal en el sótano, y el ruido de la calle no llegaba hasta esas profundidades. Vacié mi pipa, la limpié y la volví a llenar. Mi mechero de gasolina necesitaba nueva carga, ya que necesitaba varios intentos para conseguir la tan ansiada llama. Di un par de caladas y solté el humo lentamente, procurando degustar ese tabaco suave. Me levanté y observé detenidamente las estanterías llenas de libros, las baldas repletas de pergaminos, los cuadros, las pequeñas estatuas, y los cajones parcialmente cerrados por donde sobresalían trozos de cerámica y pedazos de metal que, antaño, apenas eran algo más, pero que miles de años después, eran codiciados tesoros.

1. EL REGRESO DEL PASADO

Me encontraba deliberando sobre todo aquello, cuando tras la puerta de cristal de mi despacho, se dibujó una silueta conocida. El invitado golpeó con los nudillos suavemente la madera y me acerqué a abrir.

—Ricardo Caballero —dijo el hombre—. Veo que estás muy atareado. ¿Vuelvo en otro momento?

—Menos bromas, Julián —dije haciéndole un ademán para que entrara.

Julián era un viejo amigo, de unos sesenta años, rollizo y de mejillas sonrosadas, tenía una prominente calva que sólo dejaba pelos en los flancos de su testa. Usaba unas gruesas y antiguas gafas de pasta, que sólo se quitaba para ponerse las de leer. A pesar de no ser un tipo conocido, dentro del círculo arqueológico habría sido tomado como una eminencia, si no se hubiera dedicado a buscar fantasiosos tesoros que sólo consiguieron minar su reputación una y otra vez, a la par que iba cosechando fracasos.

—Siento no poder ofrecerte una copa. Sólo tengo algunas latas de té frío, agua, y algún refresco, aunque también tengo café que hice esta mañana.

—Dame un refresco, hace demasiado calor para café.

—¿Qué te trae por mi despacho? —le pregunté al tiempo que abría la pequeña nevera, parecida a las de los hoteles, y sacaba unas latas de refresco.

—Se está haciendo una excavación en Libia a unos cien kilómetros al este de Jalu.

—Algo he oído —le tendí a Julián un vaso con el refresco burbujeante—. ¿Estás metido en ello?

—No. Sólo me mantienen ligeramente informado. Sabes que mi especialidad se centra en las culturas centroamericanas.

—¿Han encontrado algo?

—Sí —Julián se levantó y comenzó a caminar por la estancia—, pero no lo que esperaban.

—No te entiendo.

—Verás... ¿Qué sabes de esa zona?

—Al principio, sus habitantes fueron utilizados como mercenarios, es uno de los países africanos con mayor esperanza de vida, su idioma oficial es el árabe, pero también hablan beréber e italiano, son de religión islámica casi en su totalidad.

—Aprobado —dijo con una sonrisa.

—Dime... —dije intrigado—. ¿Qué han encontrado?

—De momento, una cúpula enterrada en el desierto.

—Puede ser de alguna mezquita, o de alguna construcción de un pueblo enterrado por las arenas.

—Aún no se sabe. No hay constancia de construcción alguna en aquella zona. Ni mezquitas, ni pueblos, ni ciudades... ni siquiera un maldito campamento.

—Entonces, ¿a qué viene ese misterio?

—La versión oficial es que no se sabe qué se ha encontrado. Pero ya han llamado a alguien para que investigue, por lo que deben saber más o menos qué es.

—No sólo has traído tú el misterio, lo trae la excavación ya de por sí —me senté en la silla con el vaso de refresco. No tenía total seguridad, pero pensaba que había algo que Julián no me quería contar, o que le daba miedo —. ¿A quién han llamado?

Julián titubeó un momento, movió sus gruesos dedos, nervioso, por encima de los reposabrazos del sillón. El vaso de refresco casi temblaba.

—Julián —insistí casi comprendiendo—, ¿a quién han llamado?

—Han llamado a Laura —dijo al fin bajando la vista.

Laura. No daba apellido, pero viendo su actitud sabía perfectamente a quién se refería. Laura Maltó, la mujer con la que compartí mi vida universitaria y que me abandonó el día de nuestra boda para ir a unas excavaciones cerca de Belén. Hacía casi dieciocho años que no sabía de ella, y la pronunciación de su nombre había caído como una losa sobre mí.

—Laura... —dije pensativo, casi notaba como si me hubiera hundido en el sillón, como si de un agujero se tratara—. Pero Laura es experta en cristianismo... es imposible que haya una iglesia ahí enterrada.

—Pues es a la que han llamado. Y la gente que dirige esa excavación no es de las que cometen errores a la hora de llamar a alguien.

—¿Sigue con...?

—Sí. Desde la excavación de Belén no se han separado.

—Entiendo —todo mi pasado venía a la mente, lo había tratado de olvidar, pero había vuelto como si de un boomerang se tratara.

—No podías competir, Ricardo. Ni con su pasión por la excavación ni con...

—No pretendía competir —le interrumpí—. Sólo comprender el porqué. Ella sabía perfectamente que me habría marchado a Belén con ella, incluso posponiendo la boda.

—No era ese vuestro destino.

Recordé de pronto mi pipa. Se había apagado, y permanecía sobre la mesa. La cogí y la volví a encender.

—El tabaco acabará con tu vida antes que cualquier otra cosa —dijo Julián dejando su vaso vacío sobre la mesa.

—Si las bacterias, la contaminación y todas las partículas venenosas que traen las momias por el aire enrarecido en el que han estado durante milenios, no me han matado, dudo mucho que una pipa lo haga.

—Tu padre también decía lo mismo.

Su voz se había apagado y sus destellantes ojos azules habían perdido su brillo.

—No fue el tabaco lo que le mató. Fue aquella flecha que encontró en la selva... Aún tenía curare.

—Lo sé. Es irónico. Hacía tres meses que había dejado de fumar por prescripción médica, ya que le daban tan sólo un año de vida si seguía fumando... Y lo que le mató fue otra cosa.

—Fuisteis amigos durante más tiempo de lo que yo fui su hijo. Os conocíais desde pequeños. Gracias a vosotros me dedico a esto.

—Y haces honor a la memoria de tu padre. Un joven fumador, con una inteligencia y unos conocimientos generales bárbaros. Recuerdo cuando te regalaron tu primer libro de historia, sobre los Hunos. Lo miraste con mucha seriedad, casi con recelo, pero en cuanto abriste la primera página, no pudiste despegarte de él.

—Fue una prueba de fuego. Si ese libro me apasionaba, sabía que todo en la historia me llamaría la atención. Aún guardo el libro —señalé con mi dedo índice hacia una estantería del fondo del despacho, ahí se amontonaban varios libros, y entre ellos estaba el que me regalaron—. Recuerdo que un año después de terminarme el libro, mi padre nos llevó de viaje a los Alpes. Fue maravilloso.

—Sí. Recuerdo que tuve que cuidar vuestras plantas durante todo un mes —dijo Julián con una sonrisa entre complacido y complaciente.

—Y dime —pregunté distraído, intentando parecer poco interesado —, ¿cuánto hace que llamaron a Laura?

Julián sonrió sabiendo que la incertidumbre y la curiosidad me estaban matando desde la primera vez que pronunció su nombre.

—Unas dos semanas —contestó al fin—. Supongo que aún no le han mandado el billete de avión.

—¿Y cómo te has enterado?

—Los rumores por los círculos en los que nos movemos están a la orden del día. Y cuando te cuentan algo, debes creerte la mitad, pero cuando te lo cuentan muchas personas, empiezas a tener tus dudas.

—Rumores, siempre rumores —dije levantándome de la silla. La pipa yacía ya apagada, se había volcado y algo de tabaco impregnaba la mesa. Como siempre—. ¿Cómo fiarse de los rumores?

—¿Alguna vez te he mentido?

Tenía serias dudas sobre si lo que me contaba era cierto. Demasiado extraño, demasiado coincidente, dieciocho años después, precisamente ella, con la misma persona aún...

—No —respondí decidido—. Nunca lo has hecho, pero es que me resulta tan extraño...

—Justo hace diez años, lo sé.

—Diez años... aquel entierro jamás lo olvidaré. Aquel día todo el mundo se limitó a decirme lo mucho que me parecía a él. Lo bueno que era, el gran profesor que fue, el magnífico arqueólogo en que se convirtió... pero yo, y sólo yo, podía decir: «Todo eso no importa, lo importante es lo buen padre y marido que siempre fue.»

—¿Has vuelto al cementerio?

—No. Una lápida con dos nombres y unas flores secas, es todo lo que hay. No necesito ir para allá para recordarlos.

—Algunas veces viene bien para poner las cosas en claro.

—Bueno. Supongo. Pero de momento prefiero no ir. No se me ha perdido nada ahí.

—¿En qué andas metido últimamente? —preguntó mirando los papeles que se amontonaban en mi mesa.

—Me llegaron unos mapas de Piri Reis. Llevaba tiempo buscándolos y lo sabes.

—Piri Reis, el almirante turco. ¿No fue él el que cartografió Sudamérica y la Antártida con valles y ríos en 1514?

—Sí, eso dicen.

Julián se levantó de su silla y ojeó los papeles. Apartó unos amarillentos folios, y pareció no prestarle atención a los mapas, sólo recogió un libro que tenía debajo de aquella amalgama de datos.

—El *Critias* y el *Timeo* —dijo observando el lomo—. ¿Aún andas con eso de la Atlántida?

—Sabes que nunca cejaré en mi empeño de encontrar ese continente.

—Es un mito. Y lo sabes.

—Lo mismo dijeron de Troya, y mira. Ahora es tan real como la ciudad que pisamos.

—Desde luego Ricardo —dijo meneando la cabeza, cansado de discutir lo mismo conmigo cada día—, eres incorregible.

Observé cómo escrutaba las páginas de ambos diálogos de Platón con más curiosidad de la que estaba dispuesto a admitir. Todos tenemos secretos inconfesables, o pasiones que nos pueden llevar a locuras.

—¿Sabes? —dije tras una pausa—. Creo que podría ir de viaje a buscar algunos datos.

Julián me miró inquisitivamente, sabía lo que iba a decir, pero necesitaba oírlo de mis labios.

—¿Y dónde vas a buscar esos datos?

—¿Qué tal Libia?

2.- VIAJE A LIBIA

Los preparativos para el viaje comenzaron al día siguiente. Tras contratar con una agencia de viajes libia mi visado para viajar al país como turista, me trasladé a la embajada libia a poner en condiciones mi pasaporte, necesitaba estar traducido al árabe y la tasa fue bastante alta. Los gastos del viaje comenzaban. Me esperaban al menos veinte días de preparativos antes de que mi visado estuviera en orden, mientras tanto, estuve reuniendo todo el dinero que podía.

Mis activos económicos no eran grandes, vivía solo, sin pareja, hijos ni mascotas, pero todos los viajes que había hecho en el pasado, trasladándome continuamente a excavaciones en todos los rincones del planeta, habían mermado mi poder adquisitivo. Sabía que necesitaba al menos trescientos euros para poder entrar en el país, pero eso no me preocupaba. Lo que me quitaba el sueño era conseguir dinero suficiente en dinares libios para poder moverme por esas tierras. Sabía que la agencia me había conseguido unas noches de hotel en Jalu; una semana sería suficiente para comenzar, pero no para continuar. Esperaba no estar demasiado tiempo fuera de casa, pero tenía la sensación de que tendría que visitar a menudo la embajada española.

Durante la primera semana de espera, estuve haciendo gestiones que me otorgaron un montante económico bastante interesante. Me acerqué a varios museos y universidades del país que me compraron gustosamente algunos objetos que tenía ya olvidados en los armarios o cajones de mi casa y de mi oficina. Cuatro días después de mi visita a la embajada, quedé con Julián en un céntrico y tranquilo café de Madrid.

—Veo que te has decidido a marcharte a Libia —dijo mientras saboreaba su café.

—Sí. Hace mucho que no me voy de viaje.

—Dime que no es por Laura.

Julián leía en mi mente como un libro abierto. Sabía perfectamente lo que estaba pensando en todo momento.

—Sí y no.

—No vas a poder recuperarla.

—Tampoco lo pretendo. Sé que no voy a hacerlo, y ni siquiera lo voy a intentar. Pero tengo curiosidad por verla. Y sin embargo... tengo más curiosidad aún por ver esas ruinas de las que me has hablado.

—El alma del arqueólogo.

—Sí. Me intriga mucho que hayan encontrado una iglesia en Libia, y además de muchos siglos, si está enterrada hasta su cúpula.

—No saben a ciencia cierta si es una iglesia o no.

—Ya. Pero han llamado a Laura. Y eso ya es un paso.

—Eres muy atrevido al marcharte directamente a un país que no conoces, para visitar una excavación que no es tuya, y en la que no te han llamado, y para ver a la mujer que te plantó en el altar y a la cual no has visto en dieciocho años.

—Atrevido... loco... Me han llamado muchas cosas a lo largo de mi vida.

—¡Y no todas buenas! —dijo Julián sonriendo. Su camisa color crema de cuadros estaba impecable, al igual que su corbata perfectamente anudada al cuello. Todo tapado por un chaleco burdeos y una chaqueta de pana verde. Tenía el aspecto de un perfecto caballero inglés, si no fuera porque era de Murcia.

—¿Sabes Julián? Te admiro.

—¿A mí?

—Sí. Eres un hombre a quien, ahora mismo, la vida le sonríe. Das clases de historia en una universidad reconocida y respetada, sabes buscar los mejores bares, los restaurantes más selectos. Tu esposa te adora, y tú a ella, y tus hijos cursan carreras importantes. Todos los días tienes un plato en tu mesa, una mullida cama y un coche en perfecto estado. Eres aquello que muchos sueñan ser.

—No ha sido fácil llegar a esto.

—Lo sé —saqué mi pipa del bolso y la llené con tabaco, tenía que comprar más, y me llevaría al menos seis o siete paquetes en la maleta, ya que no sabía si podría comprar allí o si tendría tiempo.

—Llegarás si dejas de colgarte todo el día esa dichosa pipa de la boca. El tabaco te llevará a la tumba.

—Siempre has tenido buen olfato para encontrar las excavaciones más interesantes a las que pudiéramos ser llamados.

—Ha sido suerte. Simple coincidencia.

—Vamos Julián. Somos demasiado viejos para este juego. Libia no esconde una simple iglesia, si no, no me habrías hablado de ella.

Los ojos de Julián se apagaron y su mirada se clavó en el café. Acariciaba el asa de la taza, se le veía nervioso, había algo que no me había contado.

—¿Qué te ocurre?

—Hace un mes —dijo con voz temblorosa—, estuve en el médico. Me notaba ciertos malestares. Me dieron los resultados hace tres semanas.

—¿Algo grave?

—Cáncer —el alma se me cayó a los pies. No sabía cómo reaccionar —. Un cáncer de próstata. No está muy avanzado, y me lo estoy tratando. El médico dice que hay posibilidades de que sobreviva. Pero los efectos del tratamiento comienzan a notarse.

Pasó los dedos de su mano derecha por sobre su blanco cabello y, al separarlos, un tremendo manojo de pelos cayó al pañuelo que llevaba en su mano izquierda. Cuidadosamente dobló el pañuelo y se lo guardó en el bolsillo de la chaqueta. Su pulcritud era encomiable.

—¿Quieres que te relate la excavación?

—Sí. Ahora mismo no me veo con fuerzas para viajar. Me hubiera gustado hacerlo, pero no puedo. Es por ello que quiero que vayas tú. Eres joven, fuerte, estás sano, y tu mente es mucho más abierta y rápida que la mía. Quiero que vayas y que me mantengas informado de lo que encuentres. De lo que encontréis.

—Todo dependerá de si Laura acepta mi ayuda o no.

—Vamos, Ricardo. Conoces a Laura. Han pasado dieciocho años pero has vivido con ella miles de experiencias. Sabes que ella en el fondo no te dejó porque te odiara, ni porque se llevara mal contigo. Te dejó porque su trabajo es más importante para ella que cualquier otra cosa.

—Lo sé. Pero aun así no ha tenido tiempo para llamarme o para saber de mí.

—Sabe de ti.

—¿Le hablas de mí?

—No —dijo soltando una elegante carcajada—. No tengo contacto con ella. Pero sé que se mantiene informada de cómo te va.

—¿Y por qué no me pregunta directamente?

—Porque se siente muy avergonzada. Y es más cómodo para ella continuar adelante que enfrentarse a tu mirada.

—Pues va a tener que hacerlo.

—No te preocupes. No va a comerte.

—Supongo. Ella me aceptará, pero ¿y...?

—¿Desean algo más los señores? —el camarero interrumpió mis cavilaciones.

—Póngame un brandy, por favor —dijo Julián.

—Una crema de whisky para mí.

—No sé si te aceptará o no —dijo Julián cuando el camarero se marchó—, pero Laura intercederá por ti. Lo sé.

—Me gustaría que te quedases con las llaves de mi casa.

—Pierde cuidado. Si yo no puedo cuidártela, Anabel o alguno de nuestros hijos irán a echarle un vistazo. Te recogeremos el correo y te regaremos las plantas.

—Estoy seguro de que lo haréis.

—¿Cómo van los preparativos?

—Me imagino que en un par de semanas estarán los papeles arreglados. La agencia de viajes me está buscando un vuelo en condiciones y transporte para poder llegar a la excavación.

—Lo que daría por poder viajar yo también.

—No lo dudo, amigo mío. No lo dudo.

El resto de la tarde transcurrió tranquilamente. Parecía que todo fuera bien. Como si no fuera a partir a un viaje que resultaba una completa incógnita. El día antes de mi partida decidí pasar la jornada en casa de Julián. No me apetecía estar solo en mi casa, y ahí siempre me había sentido en familia. Estuvimos desayunando en el porche de la casa, disfrutando de unas tostadas con mantequilla y mermelada de frambuesa. Unos deliciosos zumos refrescaban nuestras gargantas y el café inundaba el ambiente con su aroma.

—¡Oh! ¡Demonios! —dije echándome la mano a la frente.

—¿Qué ocurre? —preguntó Julián.

—¡Olvidé comprar tabaco! ¡Y hoy es domingo!

Julián sonrió pícaramente. Extendió su brazo por debajo de la mesa que nos separaba y sacó una bolsa blanca de plástico con varios paquetes de tabaco de pipa.

—¿Qué haría sin ti? —dije con toda la felicidad de la que disponía.

—Nada bueno, jovencito. Nada bueno.

El día fue espléndido para mí. Hacía mucho tiempo que no me sentía en familia, rodeado de gente querida, amable y atenta. Cuando llegué a casa, mi maleta estaba abierta encima de la cama. Coloqué el tabaco en ella y la cerré, dejándola en la puerta. Encima de ella, el billete de avión y toda la documentación. Al acostarme, supe que era el punto de no retorno. Nada volvería a ser igual. Por la mañana, me levanté de la cama como un resorte. Las seis y media de la mañana no eran horas para estar despierto, y lo primero que pensé fue: «¿Quién me manda a mí meterme en estos berenjenales? ¿No podría quedarme en la cama y olvidarme del tema?» Pero la excitación por el viaje pesaba más en mí.

Tras montarme en el avión, me senté relajadamente y me dediqué a hojear revistas durante todo el trayecto. Al llegar a nuestro destino, me dirigí a la estación de tren, donde tomé el ferrocarril que me llevaría a Jalu. Una vez allí, un chaval que portaba un cartel con mi nombre, me confesó ser el chófer del hotel. Me llevó allí y pude dejar las maletas en mi habitación, aunque no las deshice en principio. Bajé a recepción, y el conductor me llevó directamente a una comisaría, donde dejé constancia de mi estancia en el país; luego, recogí de nuevo mis pertenencias y tomé una serie de autobuses y vehículos que me acercarían a la excavación.

3.- EL ENCUENTRO

Estaba muy nervioso. No sabía cómo podía reaccionar Laura tras dieciocho años sin vernos. Probablemente, me mandaría bastante lejos, o me golpearía, o cualquier cosa menos una amistosa. El laberinto de tiendas que se encontraba ante mí me abrumaba; era un gran grupo de gente el que trabajaba en esta excavación. A lo lejos, podía ver una zona relativamente apartada de las tiendas, y se distinguía una parte de una cúpula blanca.

Me interné en las callejuelas, parecía una auténtica ciudad de viviendas de tela. Continuamente pedía a alguien que hablara mi idioma, ya que el árabe no es una lengua que domine ni mucho menos. Un hombre embutido en una chilaba blanca y con turbante se me acercó. Tenía una cerrada barba negra, aunque corta, y unas gafas que se apoyaban sobre su prominente nariz.

—¿Eres español? —preguntó el delgado y moreno hombre con una sonrisa y un marcado acento árabe.

—Sí —dije aliviado—. Me llamo Ricardo, soy amigo de Laura.

—¿Laura? —dijo algo confundido—. ¡Ah! ¡La señorita Maltó!

—Sí. Laura Maltó. ¿Me puede indicar dónde está su tienda?

—¡Por supuesto! Yo soy 'Alîm, el intérprete de la señorita Maltó.

—Encantado 'Alîm.

—Sígame, la tienda no está lejos, casi en el centro de toda esta ciudad.

Seguí al servicial amigo por todo un laberinto de calles que parecía no tener fin, hasta que llegamos a un lugar donde se quedó parado.

—Ahí es.

—Muchísimas gracias 'Alîm.

Al acercarme a la tienda, escuché una voz que me era dolorosamente familiar.

—Procura coger todo y que no se nos olvide nada. No quiero tener que pedir a gritos las cosas desde el interior de las ruinas.

—¿Has comprobado la carga de las linternas? —dije yo apareciendo en la puerta de la tienda. Estaba de espaldas, vestía un pantalón caqui con una camiseta negra de tirantes, su pelo negro estaba tapado por un pañuelo que le recogía el flequillo, y recogía algunos objetos del suelo.

—Por supuesto —contestó—. Yo... —Al darse la vuelta y verme, quedó petrificada. Hacía demasiado tiempo que no veía esos ojos marrones, ni esos finos labios—. Ricardo... —dijo haciendo un tremendo esfuerzo por que le saliera la voz.

—Veo que aún recuerdas mi nombre.

—¿Qué haces aquí?

—Me dijeron que te encontrabas por la zona, por lo visto te llamaron para algo que han encontrado aquí, y decidí visitarte.

—¿Decidiste visitarme? —su cara se transformó, pasando de la sorpresa a la ofuscación—. ¿Después de dieciocho años decidiste visitarme en Libia? ¡He estado miles de veces cerca de tu oficina en Madrid! ¡Y ni siquiera te has dignado a llamarme! ¿Y ahora a miles de kilómetros decides visitarme?

—Eh, ¿quién abandonó a quién? Me parece que la que debería haberme visitado, al menos por cortesía, eras tú.

—¿Qué? Escucha Ricardo —dijo mientras aceleraba su recogida de bártulos—. Ahora no tengo tiempo para discutir. Se ha abierto un agujero en la cúpula y vamos a entrar a examinar qué hay ahí abajo.

—¿Crees que son restos cristianos?

—Lo dudo. Sospecho que están en un estrato demasiado profundo. El cristianismo no existía por entonces.

—Sin embargo, te han llamado a ti.

—Creerán que es una antigua iglesia o algo así.

—¿Sigues con...?

—Sí —dijo Laura interrumpiéndome. Había cogido un pesado fardo que le hizo perder el equilibrio. Me adelanté raudo y conseguí sujetarla antes de que diera con sus huesos en el suelo—. Está aquí y probablemente no le gustará verte.

—A mí tampoco. Pero me gustaría hablar y arreglar las cosas. Déjame acompañarte.

Me miró con recelo. Ella me conocía bien, sabía que no había ningún oscuro interés en mis intenciones de acompañarla y arreglar las cosas; sólo buscaba amistad, y ella lo sabía, pero no quería confiar tan ciegamente.

—Te llevaré los bártulos —me ofrecí en un último esfuerzo.

Sonrió. Le había hecho gracia esa última aseveración, pero intentó tapar su sonrisa, no quería parecer amistosa desde el primer momento.

—La excavación la dirijo yo. Y tú no vas a entrometerte en ella, eres sólo un observador.

—Captado —dije levantando la mano derecha en señal de juramento.

Salimos de la tienda rápido. Laura tenía prisa por llegar a la cúpula. El agujero lo habían abierto unos trabajadores de la excavación. No era una práctica que a mí me gustara, prefería seguir excavando hasta encontrar una puerta, pero la impaciencia de algunos patrocinadores de este tipo de trabajos solía pugnar con el rigor y la conservación. Cruzamos rápido el bosque de tiendas de campaña donde los trabajadores descansaban, hacían la colada, cocinaban, o simplemente se sentaban a fumar un cigarrillo después de un agotador turno excavando. Algunos limpiaban los utensilios o transportaban carros con arena que se destinaría a otras funciones.

Un topógrafo se encontraba en lo alto de una colina haciendo mediciones del terreno para cartografiar la posición del descubrimiento. Hacía cinco años que no me encontraba en una excavación como esta, y me sentía como en casa. Al llegar a la zona del hallazgo, pasamos por entre unas delimitaciones que se habían colocado. La cúpula era de color blanco, no se sabía a ciencia cierta si se había desenterrado toda, o aún quedaba por desenterrar, antes de encontrar el ladrillo de alguna construcción. Al pie de la misma, había una mujer bastante alta, de un metro ochenta más o menos. Su larguísimo pelo rubio estaba recogido en una trenza. Era bastante plana, aunque poseía una belleza salvaje. Otros dos hombres la acompañaban; ambos parecían naturales de Libia. Había algunos bártulos cerca de ellos, apilados y preparados para descender por un hueco que se había abierto junto a ellos. Al acercarnos, Laura se adelantó y besó a la mujer en los labios.

—Hola cariño.

—Hola. Tenemos que darnos prisa, hay mucho que hacer ahí abajo —tenía un marcado acento probablemente ruso, o cercano. Me miró por encima de sus gafas de sol, tenía un cigarrillo negro entre los labios—. ¿Y tú eres...?

—Ricardo Caballero —dije extendiendo mi mano derecha. Ella me miró profundamente a los ojos, tan profundamente que me hizo sentir incómodo. Tenía los ojos azules casi blancos, muy brillantes, me analizaban, parecía que pudiera leer mi pasado tan sólo mirándome a los ojos, aunque yo le aguantaba la mirada. A pesar de mantener mi brazo ofrecido para el saludo, ella no le prestaba atención.

—Nadya, viene sólo como observador —intermedió Laura tratando de eliminar tensión—. Ya hablaremos los tres más adelante.

—Como quieras —dijo Nadya.

Los dos hombres que nos acompañaban ataron una cuerda en uno de los salientes cercanos, y la lanzaron por el hueco. Nadya se aseguró a ella y saltó dentro con aparente tranquilidad.

—Sabía que estabas con una mujer —le dije a Laura cuando Nadya desapareció por el hueco—, pero no sabía cómo se llamaba.

—Nadezhda es su nombre —dijo sin mirarme—, pero la llamamos Nadya. Es rusa.

—¡Ya podéis bajar! —la voz de Nadya sonaba lejana y con mucho eco.

—Tú primero —dije ofreciéndole la segunda cuerda—. Te seguiré de cerca con los bártulos.

Laura se aseguró la soga y se internó en la construcción. Unos segundos después, seguí a ambas mujeres. El aire enrarecido de la oscura estancia estaba ya desapareciendo; debía llevar varias horas ya el hueco abierto. Al fondo, podía ver a Laura y a Nadya encendiendo linternas para preparar los focos; otras dos cuerdas cayeron a mi lado para los dos porteadores que nos ayudarían en las tareas. Al llegar al suelo, una intensa polvareda se levantó al posar mis pies en el firme. Había un silencio sepulcral, y sólo la tímida luz de un sol lejano se colaba por el hueco. Faltaban aún unas horas para que diera de pleno en la obertura e iluminara por completo la estancia. Las linternas se dirigían hacia muros aparentemente grisáceos, de rocas gastadas, y proyectaban inquietantes sombras.

Nadya sacó de los fardos algunos focos que se apresuró en montar, mientras Laura extendía una serie de cables. Las cuerdas que había visto caer a mi lado eran para seguir bajando cómodamente material. Mientras tanto, yo me dedicaba a pasear mi linterna alrededor de mí. Las sombras y la escasa luz apenas me dejaban distinguir lo que veía, pero resultaba claramente enigmático.

—¡Lanzad los cables! —la voz de Laura sonaba realmente autoritaria. En ese momento, varios cables cayeron por el hueco, y Nadya se apresuró a recogerlos y enchufarlos a los de los focos.

—¡Encended los generadores! —aún no me acostumbraba a ese marcado acento ruso.

Arriba, se podía oír cómo intentaban encender el motor de unos generadores que proveerían de electricidad a los focos. Tenía unas ganas increíbles de encender mi pipa, pero no podía en aquel lugar, no se sabía los gases o productos que podía haber almacenados durante años, siglos... Finalmente, los generadores se encendieron, los focos, doce en total, fueron cogiendo poco a poco fuerza. Once de ellos se encendieron completamente; el último, tardó un poco más en funcionar a plena potencia.

Con luz ya suficiente en la estancia, pudimos apagar las linternas, y observar el lugar en el que habíamos entrado. Frente a mí, se descubría una sala realmente amplia, muy sucia pero majestuosa, con gruesas columnas dóricas aparentemente en mármol blanco con vetas negras. En el suelo, se podían intuir restos de alguna antiquísima alfombra roja, y varias vasijas esparcidas por todo el piso. En las paredes, se veía aún algún jirón de tela colgando. Unos escalones descendían medio metro aproximadamente, y la estancia seguía allá donde la luz no podía llegar.

A pesar del polvo, podía intuir que el suelo era verdoso, quizá también de mármol, pero necesitaba limpiarlo un poco para asegurarme. Justo en el momento en el que iba a agacharme, una explosión nos sobresaltó a los tres. Laura, incluso, soltó un pequeño grito por la impresión. El foco que había tardado más en encender había explotado.

—Vaya susto —dije.

—Hay que cambiar los focos —dijo Nadya sin prestarme la más mínima atención.

—Definitivamente, esto no es una iglesia —oí decir a Laura.

—Tiene más pinta de templo griego —opiné observando aún el suelo.

—Tiene toda la pinta. Mirad —Laura había estado observando un lado completamente opuesto al mío y al de Nadya, y ninguno había reparado en lo que ella había encontrado. Al darme la vuelta, me quedé sin aliento al observar la colosal estatua que se encontraba sentada ante nosotros.

—Pero ¿ese no es...? —pregunté estupefacto.

—Poseidón —respondió Nadya con su marcado acento.

4.- SUPOSICIONES

—¿Se puede saber qué hace Poseidón en medio de Libia? —preguntó Nadya.

—Es lo mismo que me pregunto yo —dije observando la estatua.

Era, sin duda, la figura más grande que había visto jamás. Sentado como estaba, Poseidón podía medir unos veinte metros desde la cabeza hasta los apoyos donde descansaba el trono.

—¿Ese material es...oro? —preguntó Laura acercándose al trono.

—Me extrañaría que un Poseidón de veinte metros estuviera recubierto de oro —dije.

Nadya se acercó y observó la estatua.

—No es un chapado. Fijaos en el desgaste. Es maciza y parece oro.

—Es demasiado naranja para ser oro.

—¿Y qué otra cosa puede ser, listo? ¿Cobre?

La pregunta de Nadya, en tono impertinente, no consiguió sacarme de mis cavilaciones, pero me dio la clave de lo que estaba buscando.

—¿Tenéis una navaja?

—¿No irás a romper la estatua?

—Aquí tienes —dijo Laura ofreciéndome la suya.

—¡Laura! —Nadya parecía escandalizada.

—Tranquila, cielo. Ricardo no es de los arqueólogos que rompen.

Navaja en mano, me acerqué a una de las columnas, y traté de introducir la hoja entre dos secciones. Moví un poco el cuchillo y alumbré con una linterna para observar.

—¡Lo sabía! —grité comprendiendo.

—¿El qué? —dijo Laura confusa.

—Estas dos secciones están fusionadas.

—Eso significaría que... —observó Nadya.

—Exacto. Este templo puede tener entre diez y doce mil años.

—Eso no puede ser —dijo Laura—. Los griegos no existían en el ocho mil Antes de Cristo.

—Es que esto no es un templo griego.

—Dudo mucho que sea budista si lo preside un Poseidón de oro —dijo Nadya.

—Es que no es de oro. Bueno... sí. En fin, lo es y no lo es —estaba tan excitado por el hallazgo, que mi cerebro iba más rápido que mi lengua.

—¡Por favor Ricardo! —dijo Laura haciendo aspavientos con los brazos—. ¿Quieres explicarte?

—¡Este Poseidón es de oricalco!

—Oh, no —intervino Laura—. Rotundamente no.

—¿Qué ocurre? —preguntó Nadya.

—Vamos, Laura —precisé—. Mira la estatua, es Poseidón, en medio del desierto de Libia, con veinte metros de altura, y con una antigüedad de diez mil años.

—Lo de las rocas no es concluyente, Ricardo. El Acueducto de Segovia...

—¡Venga! Aquí no hay coches ni contaminación, no seas ilusa.

—¿De qué habláis?

—No vas a volver a hacerme lo mismo —protestó Laura.

—¿No irás a sacar el tema otra vez? —pregunté.

—¿Es que no vas a cambiar? Es lo mismo que cuando estuvimos en el Tíbet.

—¿Estuvisteis en el Tíbet? —no hacíamos ningún caso a Nadya.

—Laura... ¡Todo apuntaba a que era cierto!

—¡Pero es que no lo era! Y, sin embargo, tuviste que...

—¿Cómo iba yo a saber que...? —un fuerte silbido de Nadya nos arrancó de nuestra discusión. La resonancia del lugar provocó un eco y un pitido en nuestros oídos que nos obligó a encogernos.

—¿Queréis decirme qué está pasando?

—Aquí este, que se ha creído que es un investigador paranormal e insinúa que este templo perteneció a la Atlántida.

—¿La Atlántida? ¡Pero si no existe!

—Lo mismo decían de Troya —dije—. Todo encaja: la situación, su tamaño, las rocas, el oricalco.

—El oricalco no existe —protestó Laura.

—En los Andes sí, de forma natural, bajo el nombre de tumbaga.

—Es oro y cobre, Ricardo. No se puede alear.

—No con las técnicas que conocemos.

—¿Podemos continuar con la conversación en la superficie? —protestó Nadya—. Estoy empezando a marearme.

—De acuerdo —dijo Laura visiblemente ofuscada.

Nos sujetamos de nuevo a las cuerdas antes de apagar los focos, y fuimos izados hasta la superficie. Yo estaba realmente exaltado, no daba crédito a lo que acababa de ver. Las pruebas eran más que evidentes, para mí era sin duda un templo atlante y, aunque Laura discutiera sobre el tema, sabía que en el fondo estaba de acuerdo conmigo. El problema era que ella era mucho más... clásica en lo que a investigación se refiere. Si no existía ya en algún museo o en algún libro de historia, no era cierto.

La vuelta a la tienda se me antojó silenciosa y tensa; para mí había sido una divertida e interesantísima discusión in situ sobre lo que acabábamos de encontrar, pero para Laura era algo mucho más personal. En cuanto llegamos a la tienda que había montado Laura para centro de operaciones, Nadya se encendió un cigarrillo y yo me empecé a preparar una pipa. Realmente lo necesitaba.

—Y bien —dije mientras agitaba el fósforo—. ¿Cuál es el siguiente paso?

—Te recuerdo que eres un observador —Nadya había recuperado ese tono de superioridad y odio hacia mí— No tienes voz ni voto en esta excavación.

—Es suficiente Nadya —Laura parecía estar agotada y abrumada por los acontecimientos—. Es cierto que Ricardo ha venido como observador, pero a tenor de lo encontrado ahí abajo, no nos vendrá mal que nos ayude. A pesar de todo es uno de los mejores arqueólogos que conozco.

—Ну, мне кажется, идиот.

—Eso no lo he pillado del todo, pero tu padre, por si acaso.

—Ya está bien —dijo Laura enfadada—. Los dos. Ahora debemos aprender a trabajar los tres juntos si queremos desenmarañar este entuerto.

—Lo siento —dije. Ya era bastante que Laura me hubiera aceptado en ese grupo como para encima enfadarme con su mujer. Al fin y al cabo, había recorrido una barbaridad de kilómetros para poner paz entre Laura y yo.

—Será mejor que, de momento, los hombres contratados se dediquen a desenterrar del todo el templo. Nadya, nadie como tú sabe buscar datos en las bibliotecas. Acércate a Trípoli y busca todo lo que puedas sobre la influencia griega en Libia. Ricardo y yo nos emplearemos en recoger muestras del interior del templo y empezar con la catalogación.

—Será mejor que salga ya para Jalu o no llegaré a Trípoli esta noche. Quiero estar mañana por la mañana en cuanto abran las bibliotecas —Nadya besó a Laura y se marchó después de decirle algo en ruso, a lo que su mujer respondió con un «yo también.»

—Mañana bajaremos de nuevo al templo —me dijo Laura en cuanto Nadya desapareció tras las cortinas de la tienda—. Es necesario que comencemos a recoger muestras y a tomar medidas y fotos del templo.

—Me siento como Howard Carter.

—Hacía mucho que no se descubría algo tan importante. Debemos buscar alguna pieza que sea compatible con la estatua de Poseidón y que podamos sacar por el hueco para mandarla a analizar.

—¿Sigues creyendo que es oro?

—Ya no sé qué creer. Parece oro, a simple vista lo parece, si te acercas un poco ya no lo parece y sin embargo... es descabellado pensar que una figura de veinte metros de altura está hecha de oro macizo. ¿Sabes cuántas toneladas de oro puede haber en ese Poseidón?

—Demasiadas para mi cabeza.

—Buscaremos algún objeto semejante para analizarlo. Eso nos sacará de dudas.

—El suelo parecía plagado de vasijas rotas y otros objetos, secciones de las columnas que parecían estar hechas del mismo material que la estatua... incluso hace diez mil años, realizar una proeza semejante en oro debió resultar un despliegue de medios humanos y económicos increíblemente desorbitado.

—Ya sabes que antes todo se hacía a lo grande.

—Y mejor. Hoy en día es raro encontrar construcciones modernas de más de doscientos años. Sin embargo, ahí tienes, un templo que probablemente pueda tener diez siglos o más, con objetos y estatuas de un valor casi obsceno, y ahí sigue, como si hubieran pasado apenas unos meses desde su construcción.

—En fin. Es mediodía, vayamos a comer.

Tras atravesar unas cuantas callejuelas de tiendas, llegamos a la dedicada al rancho. Ahí se juntaban los cientos de trabajadores ansiosos por comer a la hora del almuerzo, después de toda una mañana desenterrando una cúpula.

—Sin duda, este es un hallazgo que supera todo lo imaginable —dije mientras masticaba algo de pan—. Es el descubrimiento del siglo XXI.

—Y pensar que me llamaron creyendo que sería una iglesia cristiana...

—¿Cómo llegarían a esa conclusión?

—No lo sé. Creo que pensaban encontrar alguna pirámide o una tumba de otro estilo, y, cuando encontraron una cúpula, pensaron en una iglesia.

—Pues se equivocaron, sin embargo, acertaron en llamarte. Eso me trajo a mí también aquí.

Laura quedó callada por unos instantes. Comía de manera casi mecánica. Para ella comer era sólo un medio de permanecer viva, lo mismo le daba tener delante un plato de lentejas que un filete frito hace seis horas, una buena pieza de pez espada, o una lechuga con una aceituna encima. No saboreaba la comida. No comía, se alimentaba.

—Volvamos a la tienda. Hay mucho que hacer.

5.- LA ADVERTENCIA

Durante toda la tarde estuvimos preparando las herramientas que utilizaríamos al día siguiente en la catalogación de los objetos hallados abajo.

—Va a ser una tarea complicada —dijo Laura mientras revisaba las cámaras de fotos.

—Supongo que meternos ahí los dos solos, sin ayuda, no va a ser fácil. Tenemos que explorar un lugar realmente grande.

—¿Crees que la nave que hemos encontrado será la única?

—Si atendemos al modelo griego, es muy probable que esa sea la única habitación. Sin embargo, dudo mucho que lo sea, como ya te dije esta mañana.

—Y yo sigo dudando de tu teoría. Me cuesta mucho pensar que realmente estamos ante un templo atlante.

—Sí. No es fácil pensar en ello, pero es plausible. Tenemos un templo de planta griega con una estatua de Poseidón de veinte metros y hecha de, probablemente, oro u oricalco. Y me inclino más a pensar que es lo segundo.

—Mañana bajaremos de nuevo. Recogeremos alguna muestra de la estatua o de las columnas y te demostraré que realmente estamos frente a una estatua de oro.

Estaba deseando entrar de nuevo en el templo. Encendía la pipa, nervioso, una y otra vez, y no paraba de mirar hacia donde se podía ver la cúpula. Ardía en deseos de encontrarme cara a cara de nuevo con aquel Poseidón.

—Ya casi había olvidado el olor de la pipa —dijo Laura mientras removía las carpetas.

—Te gustaba.

—Sí, era agradable entrar en un despacho que no oliera a cigarrillos, sudor o humedad, como la mayoría de nuestros compañeros. El olor del tabaco de pipa es más agradable que los demás. Y verte ahí en la mesa, enfrascado en las lecturas de antiguos tomos de historia, mientras el humo de tu pipa ascendía blanco y lento hasta el techo, resurgiendo a cada larga profunda calada... son cosas que nunca se olvidan.

—Y aunque lo hubieras olvidado —dije mientras la apuntaba con la boquilla de mi pipa—, yo me encargaría de recordártelo. Te recuerdo que vamos a estar aquí mucho tiempo hasta que cataloguemos todo lo que hay en ese templo.

—Puede que sean meses, o tan solo semanas —dijo Laura con aire preocupado mientras observaba la cúpula en la lejanía.

—No me preocupa lo que podemos encontrar, sino lo que podemos aprender —dije dando una larga y profunda calada.

—Me enteré de lo de tu padre —dijo Laura con miedo y cierto sentimiento de pena—. Fue una noticia trágica.

—Sí, fue hace diez años.

—Siempre dije que el tabaco acabaría con él.

—No fue el tabaco.

—¿No? —dijo Laura sorprendida.

—No. Y tampoco fue cáncer ni nada de eso. Unos meses antes de morir había dejado de fumar, más por la pesadez de sus familiares que por la insistencia de su médico. Mientras se encontraba en Brasil haciendo unas investigaciones, cayó al suelo dentro de un lugar donde había habido una batalla mucho tiempo atrás, con la mala suerte de clavarse una flecha que aún tenía curare.

—¡Qué lástima!

—Sí... sin duda fue una lástima.

—Quise ir al entierro, pero estaba en Singapur y no podía desplazarme.

—Imaginé que no estarías cerca. Sabes que en nuestra profesión los rumores vuelan.

—Esa es una frase típica de Julián —dijo con una sonrisa nostálgica.

—Sí. Él me informó de que estabas por aquí y que habíais encontrado algo muy raro.

—¿Cómo está?

—Igual que siempre. Más gordo y más calvo, pero, en general, está igual. Ya sabes que le cuesta mucho evolucionar. Es un hombre de costumbres y no las cambiará. Y lo mismo pasa con su físico, parece el mismo que hace veinte años.

En ese momento, el teléfono satélite sonó. Laura corrió a cogerlo.

—¿Sí? —se escuchaba un murmullo de fondo. Laura salió de la tienda.

Yo continué moviendo papeles de un lado a otro. Estaba realmente nervioso. En la mochila que me llevaría por la mañana, metí la cámara de fotos, una libreta, unos cuantos bolígrafos y un metro, además de pilas para la linterna y otros objetos, como cuerdas y pequeños cartelitos para marcar los objetos encontrados y bolsas para guardar las pruebas más pequeñas. Al rato, entró Laura de nuevo.

—Era Nadya. Ya está en Jalu. Mañana por la mañana partirá a la capital.

—¿Ha llegado bien?

—Sí. El viaje ha sido un poco movido, pero ya tiene el billete para el viaje de mañana. Me ha preguntado por los preparativos.

De pronto, entró 'Alîm a la tienda principal.

—Señora Laura, esto estaba cerca de la cúpula.

'Alîm llevaba en la mano un pergamino con un lacre negro. El sello presentaba un círculo grueso, abierto por el sur. Laura lo cogió y rompió la cera. Al desplegarlo, una mueca de incredulidad y estupor se dibujó en su cara al leer el contenido.

—¿Qué dice? —dije impaciente.

—«Abandonad la excavación.» —dijo 'Alîm observando por encima del hombro de Laura—. Está escrito en perfecto árabe y en español.

—¿Quién puede estar interesado en que abandonemos el lugar?

—Desde que comenzamos a trabajar aquí —dijo 'Alîm—, los empleados hablan sobre extrañas personas que observan desde las lomas, tanto de día como de noche, aunque es difícil verles. No pertenecen al grupo ni visten como lugareños.

—¿Crees que son ladrones de tumbas?

—No por esta zona —dijo Laura.

—Los ladrones de tumbas no advierten —dijo 'Alîm.

—Además, esto no es una tumba.

—No que sepamos —dije—. De todas formas, deberíamos estar atentos.

—Algunos trabajadores montarán guardia cerca de la cúpula —dijo 'Alîm—. Si hay cualquier movimiento extraño, les avisaremos.

—Gracias 'Alîm —dijo Laura.

El joven traductor se marchó con una leve inclinación de cabeza y Laura se quedó observando la nota con aire preocupado.

—¿Crees que es seguro continuar? —dije.

—Esta excavación es muy importante para la Arqueología —dijo ella arrugando la carta—. No pienso abandonar. Mañana bajaremos al interior del templo mientras los trabajadores van descubriendo más partes de la fachada. Pienso desenterrar todo el templo.

—Nunca pensé que encontraríamos tal oposición. Espero que quede en simples amenazas.

—Si pasan más allá de las amenazas, yo misma me encargaré de pararles los pies.

—Has echado redaños —dije sonriendo—. Veo que no te vas a parar por nada.

—Si tú deseas abandonar...

—Nada más lejos Laura —dije cerrando mi mochila—. Hemos descubierto algo increíble, estamos más cerca de la Atlántida de lo que nadie ha estado jamás y no pienso parar. Como tú, haré lo que sea necesario para llegar al fondo del asunto.

—¿Y si Nadya confirma que es sólo un templo griego?

—Pues os ayudaré con la excavación igualmente. Soy un hombre de palabra y lo sabes.

—Lo sé.

Aquella noche la pasé muy nervioso y apenas pude pegar ojo. Salí de la tienda a medianoche para fumarme una pipa. La noche era fresca, muy fresca. Las temperaturas en aquellos lugares eran muy dispares, ya que era una zona con unas diferencias térmicas muy amplias. Unos diez minutos después de encender mi pipa, observé la luna llena, pero bajo ella, sobre una de las dunas, un caballo con un jinete cortaba la silueta del plateado satélite. Me puse nervioso, casi me atraganto con el humo y empecé a toser. Veía a unos trabajadores montando guardia frente a la cúpula, y a otros dos, que pasaban por la tienda, y también veían al jinete.

—¿Quién es? —dije, pero los guardias sólo pronunciaban palabras en árabe ininteligibles para mí.

El jinete hizo girar su caballo, con parsimonia, y desapareció tras las dunas. Tranquilamente, sin prisa, parecía que no le importara que le hubiéramos visto. Todo entonces me parecía hostil. Apagué la pipa rápidamente y me metí en la tienda. Laura seguía durmiendo plácidamente. Durante el resto de la noche estuve sentado en la cama muy nervioso. Si los nervios de la carta me habían impedido conciliar el sueño, la visión de aquel extraño jinete había sido superior a mis fuerzas. Al alzarse el sol, Laura se desperezó y me observó.

—¿Has estado despierto toda la noche?

—Sí –dije–. La carta me ha dejado un poco preocupado.

—Noté cómo salías anoche de la tienda.

—Sí. Salí a fumar un rato, a ver si me despejaba.

—No te preocupes –dijo levantándose–. Son sólo gente que trata de llevarse la gloria de la excavación, o quizá puristas que prefieren que nada se desentierre. Si por ellos fuera, no sabríamos la verdad sobre el origen del hombre.

—Espero que tengas razón —dije—. Vamos a desayunar, dentro de un rato tenemos que volver a bajar al templo.

6.- CATALOGACIÓN

Una vez abajo, volvimos a estar frente a aquel imponente Poseidón en su trono. Una figura de varias toneladas de oro, oricalco o algún metal extraño. El caso es que ahí estaba. Me sentía humilde, me sentía diferente a otras veces que me había enfrentado a increíbles estatuas de deidades de otras culturas. A los lados de la figura, había un espejo y otros tras ella, pero supusimos que eran para aumentar la luminosidad en la sala y no le dimos más importancia.

—Laura, esta figura esconde más de lo que creemos —dije frente a uno de los pies con sandalias de la figura.

—¿Por qué lo dices? —dijo ella sin parar de hacer fotos a los alrededores.

—Acércate —Laura me hizo caso—. Observa, hay un foco apuntando directamente a donde miramos y se ve un punto blanco, pero nada más. Hay reflejo del pie del foco, del suelo, de la otra pierna, incluso del trono, pero... ¿dónde estamos nosotros?

—No estamos —dijo Laura confusa—. No nos refleja.

—No, y eso me inquieta.

Me acerqué a la base del trono, entre las dos piernas de Poseidón, y con un pincel empecé a quitar el polvo que cubría el asiento, descubriendo algo más desconcertante aún.

—Laura, hazle una foto a esto.

Ella se acercó y miró, y ahogó un grito. No daba crédito.

—Ese símbolo de ahí...

—Sí. Es exactamente igual al del sello de la carta que recibiste ayer. Un círculo abierto por el sur, como una anilla abierta.

—Alguien debió bajar aquí por la tarde, vio el símbolo y lo copió para gastarme una broma.

—No lo creo —no era capaz de decirle que la noche anterior había visto al jinete—. No tiene sentido, se tarda un tiempo en hacer un sello así, y la capa de polvo que he quitado no me dejaba ver el símbolo.

—Pero entonces, ¿cómo es posible que ese sello aparezca en la carta y esté en este trono? Jamás lo había visto.

—Es un círculo, abierto por el sur. Es como uno de los círculos de la capital de la Atlántida con el canal de irrigación que cruzaba la ciudad.

—¿Ya estás otra vez con eso?

—¿Y qué crees entonces que es? Llama a Nadya y pídele que busque algo como eso, a ver si encuentra algo.

—Sí, eso haré. Debe haber alguna explicación.

Me dediqué a buscar más objetos en los alrededores. Trozos de cerámica y de rocas estaban esparcidos. El templo no estaba en perfecto estado, pero sí estaba mejor conservado de lo que se podía esperar tras miles de años de espera.

—Creo que he encontrado lo que buscábamos —dijo Laura haciendo fotos a un objeto que se encontraba en el suelo.

Me acerqué y vi un trozo de la base de una columna. Alguna roca de la pared había caído y había roto el metal que sujetaba el fuste, dejando un pequeño trozo perfecto para ser analizado. Cuando Laura terminó de catalogarlo, lo recogí y lo observé antes de meterlo en la bolsa. Con un pañuelo lo limpié con cuidado.

—Pasa lo mismo que con la estatua —dije—. No me reflejo. Incluso mis dedos, que están pegados al trozo de metal, no son reflejados. Pero este trozo demuestra que, por lo menos, las bases de las columnas son macizas.

—No parece oro —dijo Laura observando la prueba—. Creo que en eso tenías razón, pero me niego a pensar que es oricalco.

—Subiremos este pedazo junto con el resto de trozos que recojamos, para poder analizarlo y salir de dudas.

Las medidas no dejaban lugar a dudas, cincuenta metros de largo por treinta de ancho y otros treinta de alto, todo un templo rectangular, en cuyo extremo se encontraba Poseidón imponente. Justo en la pared contraria a la que descansaba la estatua, había unas puertas de madera ya muy deterioradas, de las que apenas quedaban las bisagras y unos pequeños jirones de madera. En el suelo, había trozos de clavos y de tiradores, que sí parecían ser de bronce. A un metro de la entrada y, hasta casi medio metro antes de llegar a la estatua, había una pequeña piscina de unos veinte centímetros de profundidad. El agua había desaparecido, pero pequeños trozos metálicos oxidados daban muestra de su anterior presencia.

—Esto era un lugar de culto, sin duda —dijo Laura—. Y de un culto muy importante para quien lo regentara.

—Con la figura que tienes delante como para no serlo. Poseidón era el dios de los océanos, padre de muchos semidioses y de príncipes atlantes, según el *Critias*.

—Mitología griega, en plena Libia.

—«Tan grande como Libia y Egipto...»

—¿El qué?

—Es un fragmento del *Critias*, el diálogo de Platón que habla sobre la Atlántida.

—¿Crees curioso que se hable de esta zona en un diálogo de Platón? ¿O que era intencionado?

—Se supone que el imperio atlante era enorme y que abarcaba casi todo el planeta, aunque la capital se presentara en un lugar todavía desconocido. ¿España? ¿Egipto? ¿Sudamérica? ¿La Antártida?

—¡Me niego a ir a La Antártida!

—Tampoco yo espero ir, aunque me resulta inquietante un mapa que me trajeron hace poco. Un mapa de 1531 de Oriontus Timeus.

—¿Qué tenía de especial?

—Pues que cartografiaba la Antártida con montañas. Con montañas sin hielo.

—¿Y?

—Pues que para saber que ahí había montañas, para verlas sin hielo, tendría que haberse remontado a nueve mil años antes. No había manera de saber en el siglo XVI que en la Antártida había montañas, y menos con la exactitud que él cartografió.

—¿No te referirás a los mapas de Piri Reis?

—Esos son de 1514.

—Sigo sin creer que todo esto quiera decir que estamos en un templo atlante, por muy convencido que tú estés.

—No te preocupes, lo averiguaremos pronto —dije levantando la bolsita que contenía el trozo de metal.

La mañana comenzaba a morir mientras yo hacía lo propio gracias a la acumulación de polvo. No podíamos estar más de media hora seguida abajo sin descansar arriba una hora al menos. Cuando comenzó la tarde, sujeté uno de los potentes focos que llevábamos con baterías y me dediqué a recorrer la sala. Aproximadamente en lo que se podría considerar la puerta de entrada, alcancé a distinguir en lo alto un rosetón de vidrio de gran tamaño. Volví de nuevo por entre las imponentes columnas y me dirigí a Laura, que tomaba fotos de un par de vasijas que había cerca de la estatua.

—Sobre la puerta hay un rosetón de vidrio —dije—. Si nuestros trabajadores se afanan, podrían conseguir que el sol entrara por él y así no tendríamos que andar con los focos.

—Están abriendo un pequeño foso alrededor del templo según las medidas que les hemos dado, para establecer unos límites. Luego extraerán la tierra que haya para desenterrar todo el templo.

—Estoy ansioso por ver toda la estructura al natural. No me gusta imaginarme cómo será, si no ver cómo es.

—Aún falta un tiempo.

Al salir del templo, sobre las ocho de la tarde, dimos por terminada la jornada de catalogación. Habíamos extraído unos veinte kilos de material y las tarjetas de memoria de las cámaras de fotos echaban humo. Había muchísimo por observar en aquel lugar, e intentábamos que no se nos escapara ningún detalle. En nuestra tienda, nos dedicamos a separar en cajas las arcillas de los metales y los tejidos, para poder mandarlo a la capital y que Nadya se encargara de los laboratorios.

Mientras Laura hablaba con su mujer, puse gran énfasis en que tuviera especial cuidado con la pieza que yo suponía que era de oricalco. No sé qué es lo que contestaba Nadya a mis ruegos, pero la verdad es que Laura no parecía muy contenta con sus comentarios hacia mí. Cuando colgó, lanzó el teléfono a la cama.

—Le he estado comentando lo de la carta.

—¿Qué te ha dicho?

—Dice que buscará en las bibliotecas y en internet todo lo relacionado con ese símbolo, a ver si encuentra algo. Pero me ha costado convencerla, quería venir y quedarse conmigo. La verdad es que se ha quedado preocupada, no sé si ha sido buena idea comentárselo.

—¿Y quién habría ido a la capital para investigar si ella venía? —no necesité respuesta. La mirada de Laura me lo dijo todo—. De acuerdo... el caso es tenerme alejado.

—No te lo tomes a mal. Nadya no es mala chica.

—Si lo fuera no estarías con ella. Te conozco. Pero parece tener cierta aversión por mí.

—Porque me costó mucho trabajo dejar de pensar en ti como en mi prometido. Y ahora que te ha visto, piensa que has venido para convencerme de que vuelva contigo.

—Pero eso no es así. Yo sólo quiero ayudar en la investigación.

—Lo sé. Y te lo agradezco.

Me encendí una pipa algo hastiado de la situación.

—¿Ha averiguado algo sobre el templo?

—Dice que en internet no hay nada sobre un templo griego en medio de Libia. Grecia no llegó a extenderse tanto, y menos para construir templos de esta magnitud. Además, aunque se adoraba a todos los dioses del Olimpo, no era normal que Poseidón se encontrara tan lejos del mar como estamos. Hubiera sido más lógico Zeus o Apolo.

—Eso sería si estuviéramos en un templo griego, pero la Atlántida adoraba a Poseidón. En el centro de la ciudad había un templo dedicado a él.

—¿Crees que es este?

—No. Es muy parecido, pero dudo mucho que hayamos caído de repente en el centro de la Atlántida.

7.- ¿QUIÉN ESTUVO ANOCHE?

La noche me pareció si cabe más enigmática que la anterior. Apenas podía dormir un par de horas seguidas y el tabaco de pipa volaba por los nervios. Una y otra vez salía de la tienda y fumaba compulsivamente. A este paso, el tabaco se me terminaría en pocas semanas. Al fin y al cabo no tardaría mucho en regresar a España para poner en orden mi visado. Aprovecharía para aprovisionarme de tabaco y otros objetos útiles para nuestra investigación. De vez en cuando miraba a la zona donde el jinete había aparecido la noche anterior, pero no había nada. También observaba la cúpula una y otra vez. Unos leves focos la iluminaban, al igual que al foso que se estaba excavando. Grandes montículos de arena comenzaban a aflorar con el material extraído de los alrededores de templo, y unas rudimentarias grúas esperaban a trabajar intensamente cuando se levantara el sol.

Me senté en la mesita que teníamos y encendí la lámpara de gas, que ofrecía una luz muy tenue para no despertar a Laura. Cogí el trozo de metal que extrajimos del templo y lo observé con minuciosidad. Seguía sin reflejar mis dedos, pero sí la luz del candil e, incluso, acertaba a apreciar el color blancuzco de la mesa. Era de apenas unos cinco centímetros de largo por unos cuatro de alto. Una masa informe de metal con aristas ya romas. Su color, de un oro rojizo, resultaba enigmático e hipnótico. Era realmente intrigante. Parecía mentira que un trozo tan pequeño de metal aglutinara tantos enigmas y tantos misterios.

Salí de nuevo al exterior. Mientras preparaba mi pipa, observé cómo uno de los guardas que vigilaban la cúpula llegaba a su puesto. No sé si sería un cambio de guardia, o que había abandonado momentáneamente su puesto. Las noches en aquel lugar eran frías. Frías y silenciosas. Los trabajadores dormían apaciblemente esperando el amanecer, que no tardaría en llegar, y Laura parecía dormir tranquilamente en su catre. Eran momentos perfectos para la reflexión.

Cuando el sol comenzó a despuntar, algunas tiendas empezaron a expulsar obreros que se desperezaban trabajosamente. Poco a poco el silencio se iba diluyendo entre conversaciones, golpes metálicos de cacerolas, y crepitar de las llamas en las pequeñas hogueras que se encendían para calentar los desayunos. Por el oeste llegaban un par de todoterrenos, portando provisiones para toda una nueva semana de intenso trabajo. Algunos miembros de la expedición salieron a su encuentro, firmando recibos y recogiendo los fardos, que eran transportados hasta la tienda-almacén. Por entre las calles que formaban las tiendas, apareció 'Alîm, con una pequeña bandeja y un par de cafés con tostadas para nosotros. Era nuestro intérprete, pero desempeñaba un trabajo de mayordomo encubierto, pero muy eficaz. Escuché a Laura revolverse en la cama mientras llegaba nuestro compañero. Para cuando 'Alîm llegó, ella ya estaba sentada en el colchón, recolocándose el pelo.

—Buenos días —dijo con voz profunda aún—. Te has levantado muy temprano.

—Es difícil dormir cuando tienes piezas tan interesantes en la mesa.

—¿No has dormido en toda la noche?

—Buenos días —dijo 'Alîm con su marcado acento árabe mientras dejaba la bandeja sobre la mesa—. Veo que la jornada de ayer fue... ¿exitosa?

—Productiva —le corrigió Laura.

—Eso es. Soy intérprete, pero a veces no conozco bien algunas palabras.

—Haces un trabajo estupendo, 'Alîm —dije echando azúcar a mi café.

—Muchas gracias. Están poniendo en funcionamiento ya las grúas para seguir sacando la arena que pidió la señorita Laura.

—Gracias 'Alîm —dijo ella—. ¿Cuánto crees que tardarán en sacar toda la arena?

—Supongo que un par de semanas.

—Me interesa mucho que lleguen cuanto antes a un rosetón de vidrio que hemos visto desde dentro. Está a unos cinco metros de la cúpula.

—¿Cinco metros? En un par de días puede estar completamente desenterrado. Además, estáis de suerte, dentro de una semana la posición del sol de mediodía probablemente entre directamente por el rosetón. Tendrán luz de sobra para trabajar.

—Eso es lo que buscamos, 'Alîm. No tener que andar con los focos. Estamos hablando de un templo de unos treinta metros de altura. Y he calculado que la puerta tendrá unos seis de alto por cuatro de ancho.

—Es una puerta grande. Perfecta para meter material y herramientas grandes de trabajo.

—Lo sé. Parece que los que hicieron el templo tenían pensado meter cosas grandes.

—Pero la estatua es demasiado grande —dijo Laura—. No cabe por esa puerta.

—Es lo que me intriga —dije—. Probablemente hicieron la base del templo y luego metieron la estatua. Una vez colocada donde debía, debieron terminar el templo. Otra forma no sería lógica.

—Deberán tener cuidado cuando el templo se desentierre por completo —dijo 'Alîm—. Una estatua así es muy codiciada por cualquiera.

—Espero que no tengamos problemas —dijo Laura—. Es una estatua demasiado grande como para que vayan a robarla metida debajo de la chaqueta. Y el gobierno no permitirá que se trocee o que se destruya.

—Dios te oiga —dije.

—Y Alá os proteja —contestó 'Alîm.

Tras el frugal desayuno, bajamos de nuevo al templo. Los mismos todoterrenos que habían traído los víveres, se habían llevado el material extraído para llevarlo a Trípoli para su examen exhaustivo. Casi de forma mecánica, buscamos los cables de los focos para encenderlos, pero cuando se hizo la luz, di un respingo.

—Laura, no te muevas —dije.

—¿Qué ocurre?

—Esto está lleno de huellas, y no son las nuestras.

Laura observó el suelo. Efectivamente, estaba lleno de huellas de diferentes tipos de botas y números. Iban y venían por todo el templo, por zonas que nosotros no habíamos observado aún.

—Eran por lo menos cinco —dije—. Y han caminado por todo el templo.

—Quizá eran trabajadores que bajaron anoche por la curiosidad.

—No. Este no es el calzado de nuestros obreros, y anoche no bajó nadie.

—¿Cómo lo sabes?

—Estuve casi toda la noche fuera, fumando.

—Casi toda la noche, dices. Quizá en esos momentos en los que estabas en la tienda, alguien aprovechó para entrar.

—Sí, probablemente. Una de las veces que salí, un guarda volvía a su puesto. Pero dudo mucho que fueran trabajadores.

—¡'Alîm! —gritó Laura desde abajo.

—¿Sí, señorita? —la cabeza del intérprete se asomó por el hueco de la cúpula.

—¿Sabes si alguien bajó anoche aquí?

—No, señorita. Sólo ustedes han bajado al templo. Los obreros tienen demasiado respeto como para bajar de esa manera al suelo. Prefieren esperar a que las puertas estén libres.

—¡Baja un momento!

Tras unos segundos de protesta del intérprete, al fin, bajó. Al ver la estatua, quedó maravillado.

—Sin duda Alá es grande —dijo estupefacto ante Poseidón—. Esta estatua, aunque represente a una deidad y sea contrario a mis creencias, es increíble.

—Lo es, 'Alîm —dijo Laura—, pero quiero que eches un vistazo al suelo.

El joven bajó la vista, no sin esfuerzo, pues le costaba despegar los ojos de la mole, y clavó su mirada en el suelo, observando las huellas.

—No, señorita —dijo al fin—. Estas botas no son de nuestros empleados. Fíjese. Muchas son huellas de botas de montar.

Al oír eso di un respingo, pero me contuve.

—Estas huellas no son de trabajadores, alguien ajeno a la excavación estuvo aquí anoche —continuó 'Alîm.

—¿Puede que sean los de la carta? —pregunté.

—No sabría decirlo con seguridad.

—Observa esto —acompañé a 'Alîm a la base del trono de Poseidón y le mostré el símbolo.

—Vaya... —dijo acercando sus dedos al círculo—. Es el mismo que el sello de la carta. Es... ¿cómo dicen ustedes...? Perturbador.

—Lo es —dije sonriendo por la perspicacia de nuestro amigo—. Lo es, sin duda. ¿Qué piensas al respecto?

—Es difícil de decir. Parece que hay mucho más detrás de este templo de lo que en un principio pensaron ustedes.

—Me inquietan estas huellas —dijo Laura siguiendo el camino que habían dejado los misteriosos visitantes.

La observé con atención, igual que 'Alîm. Laura comenzó a caminar. De la cúpula, se dirigió hasta casi las puertas. La mayoría de las huellas iban al mismo sitio. Pasó por todas las columnas del templo y dio varias vueltas alrededor de Poseidón. Nosotros la observábamos en silencio.

—Parece que buscaban algo —dije.

—¿Tesoros? —dijo 'Alîm.

—Lo dudo —dijo Laura—. Al ver que habíamos recogido cosas, habrían ido directamente a nuestra tienda.

Continuó por detrás del Poseidón hasta que se colocó en su brazo derecho. Se dirigió a la pared y caminó un poco más hacia la espalda de la estatua, siempre pegada al mármol.

—Se pararon aquí y caminaron mucho —dijo—. Las huellas están borrosas.

Me acerqué a observar el hallazgo de Laura. Coloqué mis manos sobre la pared y las pasé suavemente, como parecían haber hecho ellos, y descubrí algo realmente inesperado.

—Hay ranuras —dije—. Como si aquí hubiera una puerta.

8.- LA MISTERIOSA PUERTA

—¿Esta no es la única sala que hay? —dijo Laura estupefacta.

—Vamos de sorpresa en sorpresa —dije.

—¿Cómo se abre esta puerta? —preguntó 'Alîm.

—No lo sé —dije y comencé a pasar la mano por las ranuras, por la pared, debía haber algo—. Probablemente con un interruptor, una palanca, un botón, o quizá se abra desde dentro.

—Eso significaría que tiene otra entrada —dijo Laura.

—No necesariamente. Había lugares, como tumbas por ejemplo, que, una vez cerradas las puertas, sólo el muerto, si se levantaba del sueño eterno, podía abrirlas empujando.

—No me dirás que esto es una tumba.

—No. No lo es. No lo creo. Sería ya demasiado encontrarnos una tumba. Probablemente sea una sala contigua donde se guardaban algunos objetos.

—Tendrían que ser objetos de valor —dijo Laura—. Si no, no tendrían por qué esconder de esa manera su apertura.

—Laura, no sé qué conclusiones sacaremos de este templo, pero te puedo asegurar que estamos ante el descubrimiento de nuestras vidas.

—Pero me siguen intrigando aún las pisadas que hemos encontrado.

—'Alîm, de verdad, ¿seguro que nadie aquí tiene calzado de montar?

—No, señor Ricardo, de verdad. Tienen calzado de montar, pero es bastante más barato que el de las huellas. Sé reconocer unas botas caras cuando las veo, y también por sus huellas. Ustedes llevan botas de caminar, con dibujo en la suela, caras, pero muy gastadas a juzgar por las huellas. Estas otras marcas son de calzado para montar a caballo. Ustedes no tienen. Los trabajadores no tienen. Yo no tengo.

—De todas formas, echa un vistazo por las tiendas de los empleados. Es posible que a alguno le guste vestir con calzado caro. Si encuentras ese tipo de botas, dínoslo.

—De acuerdo —'Alîm se marchó ascendiendo por el cestillo que habían estado colocando esa misma mañana mientras charlábamos. Una grúa eléctrica lo subiría tranquilamente hasta lo más alto de la cúpula.

—¿Crees que han sido trabajadores? —dijo Laura tratando de meter los dedos en las ranuras de la pared.

—No —dije resuelto—. Los trabajadores tienen mucho respeto por este lugar. Les he visto mirar con recelo la cúpula. No saben qué es, pero saben que algo importante se guarda aquí, y que es mejor dejarlo como está.

—Pero tú no harás caso.

—¿Por quién me tomas? Soy un arqueólogo. Mi trabajo es encontrar tesoros nacionales, unir las historias, componer los rompecabezas, y guardar los hallazgos en museos, si no se pueden mantener en el mismo sitio donde se encontraron. Pero todo desde el respeto a las creencias y culturas locales.

—¿Crees que la carta tiene que ver con algo de eso?

—Creo que los mismos que escribieron la carta bajaron aquí anoche. Y saben perfectamente lo que venían a buscar. En varios días que llevamos nosotros trabajando en el templo, jamás se nos ocurrió observar ranuras en las paredes. Jamás reparamos en el sello que hay en el trono de Poseidón. Ellos saben algo y lo quieren proteger. Protegerlo para tenerlo sólo ellos o protegerlo de la humanidad, eso ya es algo que no alcanzo a concebir.

—Yo estoy dispuesta a llegar al fondo de este asunto.

—Yo también —dije complacido. Sabía que Laura iba a seguir negando la existencia de la Atlántida y de todas esas leyendas, pero sabía también que en el fondo, muy en el fondo, tenía la esperanza de que yo tuviera razón. Y le intrigaba la idea de encontrarse en un templo atlante.

—Bien —dijo golpeando con la palma de la mano la "puerta"—. ¿Cómo la abrimos?

—No parece haber cerradura. Tampoco bisagras ni botones o palancas. Tampoco hay marcas que señalen que aquí hay una puerta, excepto estas ranuras de apenas un par de milímetros de ancho. Por más que se empuja no se mueve, ni se inmuta. No hay asas ni huecos. Creo que hemos dicho demasiado rápido que aquí hay una puerta.

Laura se agachó y cogió un puñado de arena. Apenas había en todo el suelo cuando llegamos, pero desde que se abrió el hueco de la cúpula había entrado bastante, bien por los vientos o por el trabajo que se realizaba en los alrededores, con lo que no era difícil recoger un buen puñado. Acercó la mano a una de las ranuras y abrió los dedos. La arena cayó despacio hacia el suelo, de forma perpendicular.

—Si hay alguna sala o corredor al otro lado —dijo—, estoy segura de que no tiene otra salida ni respiraderos por los que entre el aire. Si no, el chorro de arena se habría desplazado.

—Es cierto. Quizá estamos ante una simple ranura y si abrimos la roca sólo encontremos más arena.

—Deberíamos esperar a que se desenterrara por completo el templo —dijo sacudiéndose las manos—. Así saldremos de dudas.

—Grandes misterios de la humanidad.

—Hay algo que me intriga. Los griegos solían decorar con frisos los templos, y todas las columnas solían ser acanaladas. Aquí son lisas y las paredes no presentan dibujo alguno, excepto esas ranuras y el rosetón de la parte frontal. Es intrigante.

—Sin duda lo es. Un lugar de culto tan importante debería tener algún tipo de adorno o inscripción. Sin embargo, sólo hay trozos de cerámica casi destrozados, una piscina seca, algunas banderolas de las que sólo una conservaba minúsculos tejidos, y un Poseidón de veinte metros de alto.

Me dediqué a caminar de un lado a otro del templo. Buscaba cualquier cosa que me ayudara a abrir la dichosa puerta. Observé paredes, columnas, suelo, todo con detenimiento. El foco que llevaba apuntaba directamente a cualquier punto del templo. Nada encontré. Observé el Poseidón. Seguía sin reflejarme. Ni a mí ni a Laura. Me paseé por delante de las dos imponentes piernas. Sin pensar en el porqué, o en el cómo, comencé a escalar por su pierna derecha. Aprovechaba sus salientes y rugosidades.

—¿Se puede saber qué haces? —preguntó Laura.

—No lo sé, pero si no pruebo, no sabré que esta no es una manera. Quizá haya algo en el regazo de Poseidón, o en su cabeza.

—No podrás subir a su cabeza, no es tan fácil como subir a su regazo.

Continué mi escalada hasta coronar los muslos. Ya podía caminar con tranquilidad sobre la estatua. Efectivamente, como decía Laura, era imposible coronar la cabeza. No había manera. Pero al menos había llegado a ver su tronco más cerca que nunca. Me tenía muy intrigado esa estatua. Bajé de nuevo tras no encontrar nada. La bajada resultó un poco más peligrosa y accidentada que el ascenso. Estuve a punto varias veces de dar con mis huesos en el suelo. Finalmente, llegué abajo y me senté sobre uno de los pies del coloso. Me faltaba un poco el aliento.

—¿Es cansancio? —preguntó Laura—. ¿O un aviso para que dejes de fumar?

—Supongo que un poco de cada.

—¿Has encontrado algo?

—No. Aparentemente es una estatua normal. De proporciones colosales y de un material muy extraño, pero normal. No hay ranuras que impliquen que la estatua se hizo por partes. Es maciza y hecha de una sola vez. Apenas tiene desperfectos. Tampoco parece haber botones ni palancas ni resortes.

—La estatua tampoco parece ser la respuesta para abrir la puerta.

—Quizá no sea una puerta, pero resulta muy extraño que sólo haya ranuras en ese lugar y con el tamaño de una puerta normal... en ninguna otra pared hay indicios de una puerta. Además, en ningún lado hay huellas que se mezclen tanto como en ese punto. Ahí debe haber algo.

—O puede que no haya nada.

—No lo creo... —me acerqué de nuevo a las ranuras. Saqué la navaja y traté de introducir la hoja. La ranura era demasiado estrecha y la navaja no entraba. De pronto, lo tuve claro.

—Laura, déjame una hoja de papel.

—Aquí tienes —dijo acercándome el cuaderno con un bolígrafo.

Cogí sólo el cuaderno y arranque una hoja. Ante la expresión de confusión de Laura, coloqué la hoja frente a la ranura y comencé a introducirla por ella. La hoja comenzó a entrar, lentamente, pero sin encontrarse con obstáculos. Mis dedos tocaron el mármol de la pared, sujetando unos pocos milímetros de hoja. La saqué un poco y la impulsé hacia dentro. La pared se tragó la hoja por completo. Rápidamente, acerqué la oreja a la ranura y pude escuchar cómo la hoja caía al suelo.

—Es una puerta —dije—. No cabe duda. Ha caído al otro lado.

—Has tenido una buena idea. Estoy desenado comentarle estos descubrimientos a Nadya.

—Si le dices que has descubierto una puerta, porque había pisadas de extraños, entonces sí que querrá venir de Trípoli.

—Lo sé, pero ¿qué decirle entonces?

—Pues que, revisando las paredes con los focos, hemos encontrado estas ranuras. No hace falta decirle nada de las pisadas.

—Tienes razón, pero Nadya no es tonta.

—Estoy seguro de que no.

El templo comenzaba a escupir un misterio tras otro, sin pararse a darnos tiempo para respirar y asimilar todo lo que nuestra vista engullía. Había demasiada información en demasiado poco tiempo. Al salir del templo, me encendí la enésima pipa. 'Alîm esperaba arriba impaciente.

—¿Han descubierto algo? —dijo el joven intérprete.

—Sí —dijo Laura—. Lo que hemos encontrado es, sin duda, una puerta.

—La zona donde debería encontrarse la sala está ya bastante avanzada en la excavación y, sin embargo, no se ha encontrado nada.

—Quizá sea una sala más baja —dije mientras daba algunas caladas —. O sea, un túnel que baje o algo por el estilo.

—¿Cómo va la excavación frente al rosetón? —preguntó Laura impaciente—. Nos vendría bien un poco de luz natural.

—Suponemos que mañana llegaremos a él, pero nos harán falta un par de días para desenterrarlo por completo.

—Está bien. Ya estamos Ricardo y yo un poco hartos de trabajar sólo con focos.

Al salir de la zona del templo, vimos cómo ya había al menos un metro de profundidad en el foso y una gran mole de mármol comenzaba a aflorar. Tras comer, algunos trabajadores barrían lo que parecía ser el techo. La cúpula había sido desenterrada por completo. Un par de metros de alto. Necesitábamos ya alguna escalera para llegar al hueco.

9.- LA CONFIRMACIÓN

Varios días después, el templo llevaba un buen ritmo. Algunos problemas con las herramientas habían retrasado la excavación y teníamos previsto alcanzar el rosetón ese mismo día. Durante aquellas largas noches en las que apenas pegué ojo, no volví a ver a los jinetes en las lomas, aunque jamás dejé de mirar hacia aquel lugar. No habíamos sido capaces de abrir la puerta pese a nuestros esfuerzos y los resultados de los laboratorios estaban a punto de llegar. Nadya tardaría aún otra semana más en volver al campamento, pues no estaba encontrando nada.

La impaciencia se estaba apoderando de nosotros a pasos agigantados. En una ocasión, casi tenemos que llegar a las manos con algunos obreros que querían entrar en el templo para robar objetos. Obviamente, la policía libia dio buena cuenta de ellos y se los habían llevado al calabozo. Aquella misma tarde Laura y yo nos encontrábamos dentro del templo. Nuestro Poseidón ya era un viejo amigo, a pesar de que no habían pasado dos semanas aún desde mi llegada. Los cálculos de 'Alîm no habían sido tan correctos como él pensaba y el sol no atravesó directamente el rosetón cuando algunos obreros, armados con sus palas, comenzaron a quitar la arena de la parte superior. La repentina claridad me hizo girar la vista hacia la puerta. Laura y yo nos miramos aliviados. Por fin podríamos dejar de trabajar con la luz artificial y sentir el calor natural del sol. Los focos pasarían entonces a la reserva hasta que pudiésemos abrir la misteriosa puerta. Durante la cena, 'Alîm tuvo la gentileza de acompañarnos.

—Han tenido suerte de que me precipitara en mis cálculos —dijo—. Afortunadamente, hasta dentro de un par de días no empezará a pasar el sol por el vidrio.

—Es estupendo poder empezar a trabajar con luz natural —dije mientras saboreaba un vaso de té—. Probablemente mañana por la mañana tengamos ya los resultados de los análisis de los objetos enviados.

—Estoy impaciente por saber de qué está hecha la estatua —dijo Laura.

—Yo también. Quizá eso nos dé una pista de cómo abrir la puerta.

—Algunos trabajadores —dijo 'Alîm— han sugerido utilizar palancas.

—No si hay posibilidades aún de saber cómo abrirla de forma normal. Sabes que tanto Laura como yo no somos partidarios de destruir absolutamente nada.

—Sí. Afortunadamente la mayoría no quiere entrar de momento en el templo. Y los que lo han intentado, ya están en los calabozos de Jalu.

—Dime 'Alîm —dijo Laura—, tú que lo has visto de cerca, ¿qué tamaño tiene el rosetón?

—Hemos estado haciendo mediciones hasta donde hemos desenterrado, que es la mitad. Calculamos que tiene unos cuatro metros de diámetro. Es muy grande y el vidrio está en perfectas condiciones, a pesar del tiempo que tiene.

—¿Seguro que es vidrio? —dije con una sonrisa socarrona.

—No lo sé. Parece vidrio, otra cosa sería rara.

La mañana siguiente tan sólo encendimos un par de focos. La luz que entraba por el vidrio era más que suficiente, y a mediodía ya los apagamos por completo, pues el rosetón estaba completamente desenterrado. Mientras comíamos, llegó el camión con provisiones. Dejé casi todo el plato de comida en la mesa, no podía esperar a terminar el almuerzo para analizar los resultados. Cogí la caja que contenía el trozo de metal junto con otras piezas y me dirigí corriendo a la tienda principal, donde Laura me esperaba ya ansiosa.

—¿Lo tienes? —dijo.

—Sí. Aquí está —ávido de información, cogí la palanca y arranqué la tapa de la caja. Entre un montón de tiras de papel, había unos plásticos que envolvían el trozo de metal y al lado unos papeles metidos en un sobre.

Saqué un total de cinco folios, la mayoría sólo eran protocolos y otro tipo de documentos sin mayor importancia para mí. Moví un papel tras otro hasta que encontré lo que quería.

—Aquí está —dije—. Dice: «Respecto al material metálico enviado, y tras exhaustivas pruebas, podemos determinar que está compuesto principalmente por: oro, cobre, carbono, y oxígeno en muy pequeñas cantidades.» —mi corazón iba a dar un vuelco.

Comencé a dar saltos de alegría por toda la tienda. Mis sospechas eran ciertas y, efectivamente, estábamos ante una estatua y unas columnas de oricalco, el metal usado principalmente en la Atlántida. Estaba realmente nervioso. Laura cogió los papeles, visiblemente aliviada, y continuó leyéndolos.

—«El análisis con aparatos de medición térmica ha arrojado unos resultados sorprendentes, encontrándose la muestra a una temperatura, en algunas zonas, hasta diez grados por debajo de lo normal, hallándose, sin embargo, a temperatura ambiente al tacto. En lo que respecta a la particularidad de no reflejar compuestos orgánicos como los seres humanos, pero sí objetos inanimados como la mesa o los focos de luz, no hemos podido determinar la causa y recomendamos su envío a otros laboratorios para realizar distintas pruebas.»

—¿Lo ves? —dije cuando arrojó, confusa, los papeles a la mesa—. No es oro ni es un metal común. Es oricalco y tiene unas propiedades increíbles.

—Todo esto no tiene sentido —dijo al fin—. ¿No cabe la posibilidad de que se hayan equivocado?

—Vamos, Laura —dije ofuscado—. No intentes seguir negando la realidad de lo que tienes delante. ¿Vas también a cuestionar la veracidad de unos análisis tan reveladores? ¿No crees que, en ese caso, antes de decir las cosas que han dicho, dirían que es un objeto que se encuentra dentro de la normalidad?

—¿Qué quieres decir?

—Unos científicos no se pueden arriesgar así como así a decir que tienen en las manos un objeto nunca antes visto si no están seguros de ello. Dirían: «Esto es normal, es oro y punto.» No se van a arriesgar a perder su reputación lanzando teorías a priori descabelladas.

—Sí, lo sé, pero es que me resulta tan difícil pensar que esto es oricalco —Laura tenía el trozo de metal en la mano y lo observaba con cautela. Quería parecer tranquila y hastiada por el hallazgo, pero la conocía y sabía que, en el fondo, estaba tan excitada como yo y contenta por saber más concienzudamente que lo que tenía en las manos era el mayor hallazgo del siglo XXI.

En ese momento entró 'Alîm con unos papeles en las manos.

—Señorita Laura —dijo—, señor Ricardo. Hemos terminado de desenterrar el rosetón y hemos realizado mediciones.

—¿Qué es lo que tenéis? —dijo Laura dejando el oricalco sobre la mesa y acercándose a los papeles que tenía 'Alîm.

—Efectivamente, tiene cuatro metros de diámetro —dijo—, pero lo más increíble es la perfección del círculo... de la... circunferencia, ¿no es así? —asentí mientras escuchaba al intérprete—. Tiene una perfección del 99,99%.

—Increíble —dijo Laura mirando los papeles.

—Además —continuó el joven—, tiene un pedazo de metal oscuro fundido en el centro, parecido al estaño, y está en el centro exacto, con una exactitud del 100%.

—Un círculo perfecto —dije—. ¿Qué hay acerca del vidrio?

—Aparentemente es vidrio, sin duda. Sin color, transparente y sin ningún tipo de arañazo. Ni el más mínimo.

—¿Ni el más mínimo? —dijo Laura—. Es imposible. Ha permanecido miles de años bajo la arena. Los granos deberían haber dañado el vidrio.

—Pues a simple vista parece que no —dijo 'Alîm—. Además, parece estar colocado en el mármol a presión. No hay ningún producto que haga de cola o algo por el estilo. Y tiene el mismo grosor que el muro.

—¿El mismo grosor que el muro? —dije estupefacto—. Pero eso significa que tenemos un vidrio de cuatro metros de diámetro y medio metro de espesor. ¡Debe pesar toneladas!

—Seguro —dijo Laura—. Es un vidrio colosal.

—¿Quieren que ordene que lo saquen para su análisis?

—No —dijo Laura resuelta—. No debemos alterar en lo más mínimo la estructura. Es algo demasiado preciado.

En ese momento miré a Laura complacido. Aunque no lo quería reconocer, estaba segura de que habíamos encontrado algo demasiado importante como para obviarlo y trabajar con él como si se tratara de un objeto ordinario.

—'Alîm —dije—, que tus hombres continúen desenterrando el templo. Ahora es imperativo que podamos entrar por las puertas normales. Sólo teniendo una visión completa del templo podremos seguir estudiándolo a fondo.

—Así lo haré. Redoblaré los esfuerzos. Según las medidas que nos dieron del interior del templo, aún quedan unos veinte metros hasta el suelo. Tardaremos algunos meses, pero lo conseguiremos.

—Gracias 'Alîm —dijo Laura.

El joven se marchó, dejando los papeles sobre la mesa. Laura comenzó a dar vueltas por la tienda, visiblemente nerviosa. Yo cogí los papeles y me puse a estudiarlos con minuciosidad.

—¿Quién tenía, hace miles de años, la tecnología para hacer un círculo tan perfecto con un vidrio de cuatro metros de diámetro y medio metro de espesor? —dije mientras me preparaba una pipa.

—¿Y quién le pondría un remate en el centro exacto de estaño fundido? —dijo Laura.

—¿Y cómo lo harían para encajarlo perfectamente en el mármol sin usar ningún tipo de cola?

—Creo que son demasiadas preguntas. Quizá la respuesta a eso sea que lo colocaron cuando aún estaban construyendo el templo.

—Sí, es posible. No todos los hallazgos tienen por qué ser un misterio.

—Pero resulta todo muy inquietante —dijo Laura, que no dejaba de pasear por la tienda—. Oricalco, medidas colosales, perfección del 100%, vidrios de miles de años sin desperfecto alguno...

—Deberías llamar a Nadya y contárselo.

—Sí, tienes razón —Laura cogió el teléfono por satélite y salió de la tienda.

Mientras la oía hablar, cogí de nuevo el trozo de oricalco. Mi mente recibía en esos momentos una auténtica tormenta de ideas, de teorías, de sensaciones que jamás pensé experimentar juntas. Cuando Laura colgó, entró en la tienda de nuevo y lanzó el teléfono a su cama.

—Dice que está ansiosa por ver los resultados en el papel, y por ver el rosetón. Te manda un beso.

—Eso último lo dudo —dije sarcástico.

—Bueno... no era un beso lo que te mandaba, pero por lo que a mí respecta, como si lo fuera.

—El resto de análisis son normales —dije mirando los papeles de los trozos de cerámica, relegados a un segundo plano por el oricalco—. La cerámica es normal y los tejidos... —me quedé en silencio unos instantes.

—¿Qué? —dijo Laura. Tenía expresión de no poder soportar muchas más sorpresas ese día.

—Tienen adheridas esporas de plantas ya desaparecidas... hace más de quince mil años.

10.- LA LUZ DEL SOL

—Eso no puede ser —dijo Laura abrumada por los incontables sobresaltos de aquel día.

—Pues los informes son muy claros. Estos tejidos tienen una antigüedad superior al 13.000 a.C.

—¿Me estás diciendo que estas telas tienen quince mil años? —Laura parecía realmente agotada—. Esto es ya demasiado por hoy. Creo que nos vamos a tomar el día libre. No puedo con tantas cosas.

—De acuerdo —dije resuelto—. Si no quieres trabajar hoy, no lo hagas. Descansa, pero yo pienso bajar a ese templo hoy. Hemos descubierto demasiadas cosas como para parar un solo día.

—Tienes razón —dijo pasándose la mano por la frente sudorosa—. Debemos continuar, no podemos tomarnos ni un minuto de descanso. Además, aunque quisiera, no podría conciliar el sueño. Las preguntas se me agolpan en el cerebro.

Aquella tarde bajamos de nuevo al templo. Sin embargo, ya no mirábamos a Poseidón como una figura más, colocada ahí de forma intrigante. Era todo un dios en persona. Nos parecía majestuoso y divino. Más que nunca, más que el día anterior, más de lo que jamás habíamos podido pensar. Estábamos llenos de respeto y temor. Pisábamos suelos que hacía, por lo menos, quince mil años que no se pisaban...

—Ciento cincuenta siglos de historia nos observan —dijo Laura.

—Jamás pensé encontrar algo tan increíble y tan antiguo.

—Y, sin embargo, es un suspiro para la historia.

—Laura, la historia ahora se tambalea. Los cimientos que tú y yo hemos estudiado, las leyendas que todos hemos aprendido, se han quedado en nada. Ahora tú y yo estamos escribiendo de nuevo la historia. Cada trabajador que está ahí arriba, quitando toneladas de arena de las paredes de este templo, está escribiendo de nuevo la historia. Estamos ante la más grande aspiración de un arqueólogo.

—Hace un mes pensaba que estaba desenterrando una iglesia y ahora me encuentro ante un templo griego de quince mil años por lo menos.

—Ya te dije que la fusión entre las rocas no era reciente.

—Tenías razón —Laura miró al techo y a la estatua de Poseidón—. No habíamos caído en esto ahora que entra la luz natural... —Laura quedó petrificada de repente mirando al techo.

—¿El qué? —dije intrigado, pero, al mirar al techo, no pude si no dejar que el corazón se me saliera por la boca.

Unos frescos. El techo estaba decorado con unos exquisitos frescos. Tenían todo tipo de imágenes, pero predominaba un cielo con algún jirón de nubes, con un maravilloso sol dibujado en el centro de la cúpula. El agujero que habían abierto los trabajadores había arruinado esa parte, pero lo habíamos recuperado en la catalogación anterior. Sin embargo, no habíamos reparado en que estuviera pintado. Es más, no lo estaba. Y, fuera de toda duda, todo el techo estaba cubierto por escenas, por un dibujo de un increíble Poseidón postrado frente a Zeus, de otras imágenes donde eran seres humanos los que se postraban ante el dios marino, y de una inquietante imagen. Casi detrás de Poseidón, había una imagen de él en el techo, sentado sobre un trono, pero no tenía piernas. Una cola de pez sustituía a sus extremidades inferiores y un bello tridente le servía de báculo en su siniestra.

—Estos frescos son increíbles —dijo Laura—. ¿Por qué no habíamos reparado en ellos hasta ahora?

—Porque simplemente no estaban —dije yo.

—¿Qué quieres decir?

En ese momento, una duda asaltó mi mente, algo que debía ser imposible, algo completamente fuera de toda lógica y de toda razón.

—¡Ahora vengo! —dije tomando el cesto que me subiría a lo más alto del templo.

No tenía tiempo de explicarle nada a Laura. Salí corriendo y llegué a la tienda donde guardábamos los objetos extraídos. Volví al templo con uno de los pedazos del techo que habíamos recogido el segundo día, y descendí lentamente en la cesta hasta llegar a la altura del hueco de la cúpula.

—¡Ricardo! —escuchaba a Laura desde abajo—. ¿Se puede saber qué estás haciendo?

Durante unos minutos estuve tratando de encontrar la pieza que encajaba en una de las partes de la cúpula, hasta que, por fin, el espectáculo se presentó frente a mí. Rápidamente, bajé hasta el suelo del templo, metí de un tirón a Laura en el cesto y volví a subir a la posición anterior.

—¿Qué haces Ricardo? ¿Es que acaso te has vuelto loco? No habrás espirado las esporas de las telas, ¿no?

—Observa —dije. Le mostré el pedazo de techo que tenía en la mano —. Está limpio, no tiene pintura alguna.

—No, es liso —dijo Laura.

—Pues observa —dije.

Lentamente, coloqué el trozo de techo hasta que encajó a la perfección en el hueco abierto. Laura creyó desmayar cuando vio cómo ese pequeño fragmento se iba cubriendo, casi como por arte de magia, con la parte de la pintura que le correspondía.

—Es imposible —dijo—. Lo que me estás mostrando debe ser una alucinación.

—No, Laura. Es real, es cierto, lo estamos viendo los dos. La pintura aparece sólo si se completa la estructura. Por eso los trozos de techo que cogimos del suelo estaban limpios y no acertábamos a ver nada cuando mirábamos hacia arriba.

—Pero ¿cómo es posible?

—No lo sé, pero es increíble, fantástico, maravilloso. ¿Quién, hace quince mil años, tenía una pintura de este tipo? ¿O una tecnología suficiente como para hacer eso?

—Nadie —dijo Laura observando cómo la pintura aparecía y desaparecía según yo acercaba y alejaba el trozo—. Ni siquiera hoy en día podríamos pensar en algo así.

—¡Es algo fantástico! —la voz de 'Alîm parecía más excitada si cabe que la de Laura, cuando minutos después le mostraba el descubrimiento.

–No existe en la Tierra nada parecido —dijo Laura.

'Alîm observó a su alrededor. Las pinturas que se veían por todo el techo le dejaron maravillado. Tenía la expresión de un niño que descubre la magia de su parque de atracciones favorito. Miraba al techo con la boca abierta y con una sonrisa pocas veces reproducible. Sus ojos brillaban y apenas conseguía pronunciar palabra.

—Esta noche hay luna llena —dijo al fin—. Y probablemente entre de lleno por el rosetón. Deberían quedarse por si ocurre algo.

—¿A qué te refieres? —dijo Laura.

—Es fácil. Estas pinturas no han aparecido hasta que la luz del sol no ha entrado por nuestro extraño vidrio. Quién sabe lo que sucederá si entra la luz de la luna, y más si está llena.

—'Alîm tiene razón —dije—. Es más, mañana entrará el sol directamente por el cristal. Puede ocurrir cualquier cosa.

—De acuerdo —dijo Laura resuelta—. 'Alîm, haz que nos traigan algo para cenar, unos candiles y unas mantas. Va a ser una noche muy larga.

—Más si no voy a poder fumar —dije apesadumbrado.

—Bueno, sal ahora. Tómate un descanso mientras yo dibujo los frescos del techo, y cuando vaya a anochecer, bajas con el equipo que he pedido.

—De acuerdo —dije.

Al salir del templo y respirar el aire fresco, una extraña sensación se apoderó de mí, como si debiera estar más tiempo metido en aquel lugar, pero necesitaba salir unos minutos aunque fuera. Faltaban unas tres horas para que el sol comenzara a descender y tenía que coger más tarjetas de memoria para las cámaras, baterías y, sobre todo, fumarme una o dos pipas antes de volver a entrar en el templo. Cuando ya hubo anochecido, bajé con unas mantas, los faroles y el material necesario para el estudio. La noche prometía ser intensa.

Tras extender las mantas, nos sentamos alrededor de un candil que manteníamos tenue. Apenas arrojaba luz sobre las piernas de Poseidón, donde nos habíamos colocado, pero nos sentíamos resguardados y a salvo. La luna no entraba aún por el rosetón y las pinturas del techo habían desaparecido por la falta de luz solar.

—Es hora de apagar los candiles —dije pasados unos minutos.

—¿Por qué?

—La luna comienza a asomar por el vidrio.

Laura apagó el farolillo de gas y esperó en silencio, igual que yo. Mirábamos fijamente el rosetón y esperábamos, casi conteniendo el aliento. La luna fue asomándose poco a poco, hasta que quedó perfectamente alineada con el vidrio, y las pinturas volvieron a aparecer en el techo.

—Esto es imposible —dije perplejo—. ¡Son escenas nocturnas!

Las pinturas que habían aparecido por la tarde estaban repletas de cielos azules y soles luminosos. Ahora las estrellas dominaban el techo junto a lunas en diferentes fases y personajes en otras posiciones.

—No reconozco estas constelaciones— dijo Laura.

—Haz fotos. Mañana las compararemos con algún mapa estelar.

La noche transcurrió en un no parar de hacer fotos y de tomar dibujos, hasta que la luna volvió a desaparecer por el vidrio, al igual que las imágenes. Laura y yo estábamos extasiados ante lo que acabábamos de descubrir, ante algo insólito: un techo que mostraba una escena con los rayos de sol y otra con los de la luna.

—¿Cómo vamos a explicar esto a la comunidad científica? —dijo Laura por la mañana mientras veíamos aparecer de nuevo las escenas diurnas en el techo.

—Es complicado de explicar. Lo mejor sería terminar las investigaciones y luego enviar invitaciones a algunos, para que den fe de lo que aquí hemos encontrado.

La mañana fue frenética para ambos. Mi cámara de fotos casi echaba humo del uso. 'Alîm subía y bajaba cestos con tarjetas de memoria y baterías de recambio, que sustituía por las que estaban ya a plena capacidad o agotadas por completo. A mediodía el sol comenzó a aparecer por detrás del rosetón.

—Atención, Laura. El sol aparece. Tengo la impresión de que algo va a ocurrir.

—¿No has tenido suficiente con las pinturas?

—Ésas aparecieron con la luz indirecta del sol. Quién sabe lo que ocurrirá ahora si da de lleno al interior del templo...

Los segundos se tornaron angustiosos. El sol fue entrando tímido por el vidrio hasta que se situó justo en el centro del rosetón. Lo que ocurrió entonces no lo olvidaré jamás en la vida, ni yo ni Laura. Los rayos del sol se desviaron debido, probablemente, a la estructura interna del vidrio y llegaron a incidir directamente en Poseidón. Esta vez, el oricalco sí reflejó algo importante y no sólo lo reflejó, sino que también lo proyectó. Como si de un foco de un retroproyector se tratara, las paredes y el techo del templo, todo él, se cubrieron con extraños dibujos que, al principio, no pude determinar.

—Esto sí que es increíble —dije.

—¿Qué es lo que refleja? —dijo Laura.

—No es posible —dije—. No puede ser que esté reflejando lo que yo creo...

—¿El qué?

—¡Sumerio!

Efectivamente, todas las paredes estaban repletas de letras sumerias que Poseidón estaba proyectando gracias a la luz del sol. Rápidamente, comenzamos a recorrer el templo de un lado a otro hasta que llegamos a la supuesta puerta, donde quedamos de nuevo maravillados, pues el sistema de espejos, colocados a ambos lados de la figura y por detrás de él, reflejaban en la puerta tan sólo dos símbolos.

PARTE II

1.- LA DESAPARICIÓN

Rápidamente, me afané en copiar el símbolo. Era, sin duda, una palabra sumeria, pero no tenía ni idea de a qué se podía referir. Cuando Laura se acercó a tocar el símbolo, ambos dimos un respingo al ver que la puerta se abría tranquilamente, con tan sólo rozar la mano de la joven. Con un golpe de lucidez de mi mente, me apresuré en colocar varias varas de madera y metal entre la puerta y el dintel de la misma.

—¿Qué haces? —dijo Laura confundida.

—Esta puerta se ha abierto sólo cuando han aparecido estos símbolos. Y estos símbolos sólo han aparecido cuando la luz solar ha incidido directamente con Poseidón. Quizá es algo que sólo se da una vez al año, o unas pocas.

—Tienes razón.

Laura se dedicó a copiar todos los símbolos que iba encontrando, con todo el orden del que podía disponer. 'Alîm había bajado para ayudarnos y fotografiaba las paredes. El joven intérprete y yo lanzábamos fotos una y otra vez como unas ametralladoras. No podíamos perder detalle de lo que ahí acontecía. Una vez el sol se hubo escondido, el mágico acontecimiento desapareció y las letras se borraron, quedando de nuevo todo en silencio y calma. Corrí hacia la puerta y vi cómo los contrafuertes que había colocado impedían que se cerrara. Era toda una suerte.

Volví al lugar en el que se encontraban Laura y 'Alîm. Los tres nos sentamos exhaustos, nos miramos y comenzamos a reír a carcajadas, fruto, sin duda, de la tensión liberada en aquel momento. Al salir del templo, nos dirigimos a la tienda principal. Laura cogió rauda el teléfono para llamar a Nadya y comentarle todo lo que habíamos descubierto: las pinturas diurnas, las nocturnas, las letras sumerias, la puerta que se había abierto, las esporas milenarias encontradas en los tejidos... todo. Yo, por mi parte, me dediqué a pasar al disco duro de nuestros ordenadores todas las fotos que habíamos tomado. Para mi alivio, todas se encontraban bastante nítidas y se podían ver con claridad, tanto las pinturas nocturnas como las letras sumerias. En ese momento, recordé el símbolo de la puerta que había copiado con celeridad en mi libreta. Busqué en el ordenador todo lo rápido que pude. Tenía mucha información en el disco, casi por completos los dos TB de memoria y las decenas de TB de los discos duros externos que traía, ya que las fotos se realizaban a muy alta calidad.

—Laura, ven. Necesito que veas esto.

—Un segundo —dijo ella mientras se despedía de Nadya.

Cuando Laura se acercó, le mostré el parecido entre unos símbolos mostrados en la pantalla y los que había copiado en la libreta.

—¿Qué pone? —dijo.

—Pues si la memoria no me falla, pone AN.KUR.

—¿AN.KUR? ¿Y qué quiere decir?

—En sumerio, AN, este primer símbolo que puedes ver, significa «cielo» o «Dios». El segundo, KUR, significa «montaña».

—¿«Cielo montaña»? ¿Qué quiere decir?

—¡Por supuesto! —dije golpeándome la frente—. Mira: en la mitología griega, había un ser que había sido condenado a sujetar la Tierra, ¿no? O mejor dicho, a separar el cielo de la Tierra.

—¿Te refieres a Atlas?

—¡Sí! ¡Exacto! Lo que podríamos definir como la montaña que sujeta el cielo, es decir, AN.KUR, en sumerio. Lo maravilloso de esta elucubración es que Atlas, según Diodoro, era también conocido como Atlante, y fue un mítico rey de Mauritania, en Libia.

—Impresionante —dijo Laura.

—Pero ahí no termina la cosa —estaba tan excitado que apenas acertaba a encenderme la pipa mientras caminaba de un lado a otro de la tienda—. Atlas era uno de los cinco pares de gemelos que tuvo Poseidón con Clito, es decir, uno de los diez reyes atlantes según el *Critias*.

—¿Los hijos de Poseidón eran reyes atlantes?

—Sí, al menos diez de ellos. Tuvo muchos más hijos, pero los que tuvo con Clito fueron los príncipes de la Atlántida. Atlas, Eumelo, Anferes,

Evemo, Mneseo, Autóctono, Elasipo, Méstor, Azaes y Diáprepes. A cada uno le asignó una zona del reino de la Atlántida, y la zona que pisamos debió ser la escogida para Atlas.

—La verdad es que todo parece ir encajando como un rompecabezas.

—Es increíble —dije sonriendo. Casi se me saltaban las lágrimas de la emoción. No hacía otra cosa que pasarme la mano por la cara, frotarme los ojos y mirar una y otra vez el símbolo que tenía delante. Había comenzado como una simple conjetura, pero ahora ya se había transformado en una afirmación en la que no cabía duda alguna. Era Atlas.

—¿Piensas que entonces es un templo dedicado realmente a Atlas? ¿O es una tumba?

—Una tumba sería ya algo increíble. Ese pasadizo que se abre ante nosotros me intriga. Es lógico que los trabajadores no dieran con él, pues directamente baja en unas angostas escaleras. Es todo lo que me dio tiempo a ver, pero no sé adónde pueden conducir.

—Tal vez a alguna sala con tesoros —dijo Laura en tono socarrón.

—Vamos, Laura. Tú has visto lo mismo que yo. No es normal. Jamás habíamos visto, ni tú ni yo ni nadie, un espectáculo como el que se dio ayer en el techo, o el que se dio anoche, o el que hemos visto este mediodía con el Poseidón. Todo encaja. El emplazamiento, el material del coloso, el nombre de Atlas... todo.

—Pero ¿por qué en sumerio?

—Porque es un alfabeto más antiguo que cualquier otro conocido, anterior a los jeroglíficos egipcios, y no se puede encajar en ninguna de las otras familias de lenguas conocidas. El alfabeto sumerio está tan lleno de misterios como este templo. Quizá fuera el idioma oficial en la Atlántida.

—Si eso fuera cierto, estaríamos resolviendo varios misterios de un plumazo.

—¿Varios? Yo diría que casi todos. Si sólo con encontrar el templo de uno de los diez reyes de la Atlántida conjeturamos con que hemos resuelto decenas de ellos, si encontráramos las diez tumbas sería ya lo máximo. Recordados por toda la eternidad como los arqueólogos que descubrieron la Atlántida y resolvieron misterios como el origen del sumerio, la existencia del oricalco, el origen aún más antiguo de la humanidad, o de otra humanidad anterior...

—Vamos, vamos. Tampoco exageres. A ver si ahora va a resultar que los atlantes eran extraterrestres.

—Es una posibilidad como otra cualquiera.

—Estás divagando demasiado —dijo Laura algo molesta—. Somos arqueólogos, no ufólogos. Ciñámonos a la vida en la Tierra y tratemos de desentramar todo esto.

—Tienes razón. Quizá me haya sobrepasado un poco —dije mientras abría un nuevo paquete de tabaco—. Estoy tan impaciente por conocer la verdad sobre el templo de Atlas...

—¿Así lo has pensado llamar?

—Sí. Bueno, si no te importa. Al principio, en mis notas, lo he llamado el templo de Poseidón, pero, tras estos descubrimientos, he considerado más acertado llamarlo el templo de Atlas.

—Ricardo, puedo reconocer que estoy un poco confusa. Cuando empezamos Nadya y yo a tomar notas sobre este lugar, antes de que tú llegaras, ni por asomo creía en la Atlántida. Incluso cuando entramos los tres y vimos aquel enorme Poseidón, me negué a mí misma el considerar una posibilidad que tú veías tan obvia. Sin embargo, desde ayer, que supimos que la estatua era de oricalco, y desde que vimos las pinturas en el techo, empecé a tener mis dudas. Ahora he visto lo que la luz del sol hace en las paredes. He visto las inscripciones en un idioma imposible para esa construcción y para este emplazamiento. Y he visto cómo unías, sin apenas dificultad, el símbolo que habíamos visto en la puerta con el nombre de Atlas y la Atlántida. Puedo decirte que ahora tengo lo que yo llamaría una "duda razonable". Creo, efectivamente, que estamos ante un templo del mítico continente perdido y es un descubrimiento que tú llevas toda la vida intentado encontrar. Ahora, prácticamente, ya es tu excavación. Te pertenece más a ti que a mí, o a Nadya.

—Tu mujer se enfadará bastante si te oye decir eso.

—Lo sé, pero dentro de todo lo que tú puedas pensar de ella, o ella de ti, es una mujer noble y honesta y sé que lo comprenderá. Vayamos a cenar. Creo que mañana nos espera un día muy largo. Quiero explorar ese pasadizo.

Salimos de aquella tienda como subidos en una nube. Tratábamos de tener conciencia de lo que nos había pasado en aquel templo. Sabíamos que, probablemente, al día siguiente también podríamos disfrutar del espectáculo, pero que después nada podríamos hacer. El sol tardaría un año en volver a colocarse en el mismo lugar.

—Creo que es un ritual —dije mientras cenábamos.

—¿Un ritual? —'Alîm había tenido la amabilidad de acompañarnos durante la cena—. ¿A qué se refiere?

—Las letras sólo aparecen cuando el sol incide directamente por aquel rosetón y la puerta, al parecer, sólo se abre cuando las letras han aparecido y alguien toca con su mano la mole de piedra, antes inamovible. Y el sol sólo pasa por ahí durante dos días al año, más o menos.

—Veo donde quieres llegar —dijo Laura—. Parece como una celebración anual, ¿no es así?

—A eso me refiero. Durante dos días al año, la puerta secreta se abre y alguien entra por esos pasadizos a hacer algo.

—O alguien sale.

—Eso me resultaría aterrador. Alguien que pasa 363 días al año en el subsuelo... y permanece cuarenta y ocho horas fuera... Me da escalofríos, la verdad.

Al volver a la tienda, la noche nos acompañaba. La luna ya no entraba por el rosetón y observar dentro del templo sería inútil. Además, nos sentíamos más tranquilos si explorábamos ese pasadizo sabiendo que en el exterior brillaba el sol. Al acostarme, me quedé dormido casi enseguida. Probablemente más por efecto del cansancio de no haber dormido en varios días que por la simple necesidad de dormir. A pesar de ello, pasé una noche bastante desapacible. No llegué a despertarme, pero sí me noté revolverme varias veces en la cama, como si estuviera inquieto por algo en particular.

Cuando el sol se alzó, abrí los ojos trabajosamente y vi la cama de Laura vacía. Pensé que se habría levantado ya y me la encontraría en el templo, preparando las cosas. Sin embargo, dos detalles me llenaron de preocupación: las cosas de Laura aún estaban en la mesa y en el suelo podían verse varias huellas de botas caras de montar.

2.- EL LABERINTO

Di un respingo en la cama. Me asusté al ver esas huellas. Parecía que esos misteriosos jinetes habían estado por la tienda, y no veía huellas de Laura. Me vestí tan rápido como pude y comencé a correr por las calles del campamento, gritando el nombre de Laura. En una de las esquinas me di de bruces con 'Alîm, quien cayó pesadamente al suelo.

—¡Señor Ricardo! ¿Qué ocurre?

—'Alîm —dije ayudándole a levantarse—, discúlpame, pero no encuentro a Laura.

—Puede que esté en el templo ya, aunque aún no la he visto.

—No, te puedo asegurar que no. Sus cosas están todavía en la tienda y hay huellas de botas de montar.

—¿Botas de montar? — 'Alîm parecía horrorizado—. Eso significa...

–Significa que alguien ha raptado a Laura.

—¿Cómo ha podido ocurrir?

—No lo sé. Contrariamente al resto de las noches, ésta he dormido de un tirón, aunque con sueños intranquilos.

No paraba de preguntarme quién podría haber raptado a Laura. Me preocupaba sobremanera el hecho de que pudiera sufrir algún daño. Aunque me preocupaba más cómo reaccionaría Nadya para conmigo.

—'Alîm, voy a bajar a ver el interior del templo. Quizá esté ahí abajo. Necesito linternas, cuerdas y baterías. También me gustaría que me acompañases.

—No hay problema. Siempre voy preparado —tras esa frase 'Alîm se abrió ligeramente la túnica, dejando entrever un revólver sujeto a su cinto.

—Me gusta como piensas, amigo.

En una hora estábamos de nuevo dentro del templo. No había huellas nuevas que determinaran que había habido gente en el interior durante la noche, pero, aún así, nos mantuvimos alerta. Comenzamos bajando algunos escalones. A un lado y a otro podíamos ver teas apagadas, preparadas para colocarles algún tipo de combustible y poder arder en condiciones. El suelo era de piedra, algo irregular, y las paredes estaban hechas de adoquines grises, pero decorados con interminables símbolos sumerios, como grandes palabras y extensos textos que contarían la historia del templo o de su civilización.

—Esto es increíble —dije—. Más adelante debemos copiar todo lo que pone en estas paredes para tratar de encontrar una traducción.

—Eso será muy complicado —dijo 'Alîm.

—Lo sé, pero valdrá la pena.

El aire viciado que noté cuando abrimos la puerta el día anterior había disminuido. Probablemente, hacía muchos siglos que esa puerta no se abría y el cierre casi hermético había mantenido un oxígeno no respirado desde hacía mucho tiempo. Me sentía excitado por la idea de pensar que estábamos respirando un aire de hacía miles de años. El ancho del pasadizo podía ser de unos dos metros, mientras que gozábamos de unos cómodos tres metros de altura. Atamos una cuerda a la primera tea que nos encontramos a la derecha. Continuamos bajando escalones y llegamos al final del pasillo. El camino se bifurcaba a derecha e izquierda.

—¿Hacia dónde nos dirigimos? —dijo 'Alîm.

—Como todo laberinto, lo mejor es comenzar por la derecha. Me ha parecido ver un recodo no muy lejos.

Comenzamos a caminar muy despacio y en silencio. Me paré a observar una de las antorchas. Parecía tener un hueco para meter una mecha y el resto era una especie de recipiente para meter el combustible, aceite o algún tipo de líquido que prendiera.

—A la vuelta —dije—, debemos buscar combustible con el que prender estas antorchas. La luz será fundamental para trabajar cómodamente.

—Buscaré algo que prenda lo suficiente como para mantener el fuego varias horas.

Los pasillos estaban frescos. No sentíamos calor ninguno y el silencio era sepulcral. No había absolutamente ningún sonido, ni siquiera el que pudiera colarse por la entrada del templo y, por consiguiente, por el hueco de la cúpula.

—Creo que en pocos días llegaremos a desenterrar el templo por completo —dijo 'Alîm tratando de eliminar tensión en el ambiente, más por su miedo y reparo a encontrar algo inadecuado que por dar fidedigna información.

—Lo sé —dije—. Será una estupenda oportunidad de ver el templo completo y de analizar los estragos que el tiempo ha podido hacer en la construcción.

El paso lento nos acercaba cada vez más al recodo. Cuando lo abordamos, nos encontramos con otro largo pasillo, más aún que el anterior. Las antorchas se sucedían una tras otra. Notaba a 'Alîm nervioso detrás de mí. Cuando nos quisimos dar cuenta, el pasillo se ensanchó de repente. Habíamos llegado ya a lo que parecía una gran sala, tan oscura como el pasillo.

—Esto parece ser un salón —dijo 'Alîm con voz temblorosa.

—Sí, parece que hemos dado con el final de este pasillo. Vamos a ver qué contiene.

Ambos nos dedicamos durante varios minutos a explorar la estancia. Me dirigí a la izquierda, pegado a la pared, y topé, de repente, con un grupo de vasijas. Cuando miré hacia atrás, vi a mi compañero perdiéndose en la oscuridad de la profundidad del lugar. La luz de la linterna apenas se veía.

—¡Esto está lleno de recipientes! —le oí decir en la lejanía.

—Es una sala muy extensa. Parece ser algún tipo de almacén.

Observé las jarras ya vacías, la mayoría en perfecto estado, y con pequeños restos de lo que contenían. Acerqué la mano a una de ellas y parecía haber contenido algún tipo de líquido aceitoso.

—Estas vasijas debían contener algún tipo de líquido. Quizá el combustible para las antorchas.

—De poco nos sirven ahora —dije—. No podríamos acaparar el suficiente para encender una sola durante apenas unos minutos, pero podría afirmar, con bastante seguridad, que esta sala era el almacén para poder continuar en el resto del laberinto.

—Es probable. Está cerca de la entrada y el pasillo que dejamos a la izquierda parecía ser más largo que el de la derecha.

Continuamos explorando el resto del lugar sin encontrar ninguna otra entrada que extendiera la sala.

—Hemos explorado la primera sala —dije—, y parece que aquí no ha entrado nadie en muchos siglos. No hay huellas recientes, ni siquiera pisadas antiguas. El polvo ha arruinado toda esperanza de encontrar indicios de pisadas humanas.

—¿Esperaba encontrar cuerpos o algo así?

—Para serte sincero, sí. Aunque viendo la extensión de los pasillos, quizá esta sea la primera sala de una serie más larga. En este tipo de lugares, cada estancia tiene una función determinada. Esta era el almacén y quizá otras contengan otro tipo de objetos, como documentos, tesoros o cadáveres.

—No me gustaría encontrar restos humanos aquí.

—Ten en cuenta que esto es un templo, dedicado a una deidad, que podía ser tanto Poseidón como Atlas, o podría ser la tumba de un rey, o tan sólo un lugar de culto.

—Es una sala bastante fresca.

—Sí, supongo que para conservar mejor los materiales que contenían estas vasijas.

—Quien quiera que construyera esto era muy inteligente —dijo el joven observando la estructura del lugar.

—Por supuesto. Sólo tienes que pensar en la imponente estatua que hemos visto en el templo, o en las misteriosas pinturas que cambian según la luz, o en los increíbles conocimientos sobre astronomía y movimientos de la Tierra, como para hacer que la luz del sol diera directamente sobre Poseidón durante dos días al año.

—Supongo que en otras construcciones habrá misterios parecidos.

—Me viene a la mente la coincidencia de las pirámides de Keops, Kefrén y Micerinos, cuya posición se correspondía con el cinturón de Orión hace más de diez mil años.

—¿Cree que las construyeron los mismos?

—A estas alturas casi todo cabe. Daría sentido a la teoría de que las pirámides son mucho más antiguas de lo que oficialmente se da por lógico.

—Entonces, esta construcción debería ser casi igual de antigua.

—Cuando entramos por primera vez, estuve comentando con Laura que las piedras de las columnas estaban comenzando a fundirse y es un fenómeno que se da en la roca aproximadamente a los diez mil años de su colocación. Aún no hemos recibido los informes sobre la posible antigüedad del templo, que supongo que traerá Nadya en mano, pero tengo la esperanza de que confirmen mi teoría.

—La señorita Nadya se enfadará mucho cuando sepa que la señorita Laura ha desaparecido.

—Lo sé —dije apesadumbrado—. Sé que me culpará a mí de su desaparición. Casi tengo miedo de su reacción y temo el momento en el que me tenga que enfrentar a ello.

—Bueno —dijo 'Alîm acercándose a mí—, no fue culpa suya.

—Lo sé, pero no sé si lo comprenderá —me incorporé y lancé un largo suspiro—. Creo que aquí ya no podemos hacer más. Volvamos sobre nuestros pasos y continuemos explorando los pasillos.

De nuevo nos pusimos en camino. Dejamos atrás la sala y recorrimos otra vez el misterioso y oscuro pasadizo. Doblamos el recodo nuevamente y pasamos por delante de la puerta de entrada. La luz del exterior apenas se podía notar.

—Creo que utilizaremos la sala que hemos descubierto como nuevo almacén —dije—. Encenderemos las antorchas y colocaremos focos. De esa manera, podremos abastecernos ahí siempre que lo necesitemos.

—Es una buena idea, ya que... —'Alîm no terminó la frase. Yo había escuchado algo y me detuve en seco.

—No estamos solos —dije en un susurro. Escuchaba movimiento fuera de los pasillos, en el templo. Alguien había bajado por el techo y se acercaba a la puerta.

Rápidamente, apagamos las linternas y nos pegamos a las paredes. El misterioso intruso mostró la luz de una linterna y giró a la derecha, repitiendo los pasos que nosotros habíamos dado. Con suma cautela, nos acercamos en silencio a la figura. Cuando estuvo lo suficientemente cerca, salté y caí sobre ella.

—¡Ricardo! —el acento de Nadya era inconfundible.

—¡Nadya! Nos has dado un susto de muerte —dije ayudándola a levantarse.

—¿Se puede saber a qué viene todo este misterio? —dijo. Luego observó a 'Alîm, casi pálido por el susto y la tensión del momento—. ¿Qué hacéis los dos aquí?

—Estábamos... explorando la zona.

—¿Dónde está Laura?

—Verás... ha ocurrido algo —tenía realmente miedo de decírselo.

—¡¿Qué?! ¿Qué ha ocurrido?

—Verás... ha desaparecido.

3.- ¿DÓNDE ESTÁ LAURA?

—¿Dónde está Laura? —dijo Nadya golpeándome contra la pared del pasadizo.

—No lo sé —era todo lo que acertaba a decir—. Ella estaba durmiendo y cuando me desperté ya no estaba.

—¡Tú eras el encargado de estar con ella! ¡De vigilarla!

—¡Lo siento! Pero golpeándome contra la pared no vamos a recuperarla. Lo mejor que podemos hacer es explorar estos pasillos y tratar de encontrar una respuesta a toda esta locura.

Nadya me observaba llena de ira. Me culpaba de la desaparición de Laura, y, para ser sinceros, yo también. Me separó de la pared y me lanzó con fuerza contra el suelo, asqueada por la situación.

—¿Dónde vas? —pregunté.

—A buscar a mi mujer —dijo ella—. Tú has fracasado.

—¡Espera! —me levanté del suelo como pude—. Deberíamos buscarla juntos.

—Tú no me sirves de nada.

—No me gustas —dije. Nadya se detuvo—. No me caes bien. Me pareces una machorra engreída y maleducada, pero supongo que yo tampoco te gusto ni te caigo bien.

La joven se giró. Había captado su interés.

—Sin embargo, hay algo que nos une, algo en lo que coincidimos: Laura.

—¿La amas?

—No, pero me importa tanto como a ti, y estoy muy preocupado por ella.

—Estaba a tu cargo.

—¡No! Ella es adulta y, por lo tanto, es responsable de sí misma.

—Entonces...

—Puede que no nos soportemos, pero ambos queremos recuperar a Laura. Trabajemos juntos y lo conseguiremos —le tendí la mano para sellar el acuerdo.

—Sólo por Laura —dijo girándose y obviando mi mano—. Esto no cambia nada.

Salimos de los pasadizos, volvimos al templo y de ahí subimos de nuevo para llegar a la tienda. Nadya estaba realmente ofuscada. Observaba nerviosa las pertenencias de Laura y las pisadas. Por el camino, le había contado nuestros descubrimientos, pero ella parecía ajena a ellos. Quería encontrar a su mujer sin importarle la posible relación con el templo.

—¿Traes los resultados de las pruebas de la roca?

—¿Qué importa eso ahora?

—Cualquier cosa es importante ahora para recuperar a Laura.

Nadya me miró con gesto agresivo. De mala gana rebuscó en su mochila y me lanzó una carpeta. La abrí ansioso y observé los resultados.

—¿Inconcluyente? —dije estupefacto.

—Opinan que podría tratarse de una construcción de unos tres mil años de antigüedad, pero no pueden precisar más.

—No es cierto— dije ofuscado—. Lo que pasa es que no quieren afrontar la verdad.

—¡¿Quieres olvidarte por un momento del templo y pensar en Laura?!

—¡No he dejado de pensar en ella ni por un instante! Pero las evidencias que hemos encontrado apuntan a que alguien relacionado con el templo la ha raptado.

—¿Por qué piensas eso?

—Recibimos esta carta —dije enseñándosela—. Es una amenaza sellada con el mismo símbolo que vimos en el templo. Tengo la teoría de que alguien no quiere que se descubra lo que hay ahí, y quiere que abandonemos la excavación. Entré en el laberinto pensando que ahí encontraría pistas sobre quién es la persona o personas que están detrás de todo esto. Estoy buscando a Laura, pero de la única manera que sé, buscando respuestas.

—Pues ahora mismo vas a hacer la maleta. Nos vamos a Jalu y vamos a denunciar su desaparición inmediatamente. ¡Y tú vendrás con nosotros! —dijo señalando al pobre 'Alîm, que no se había atrevido a abrir la boca en ningún momento.

—De acuerdo —dijo él—. Si necesitan un intérprete para tramitar la denuncia, supongo que es mi trabajo.

—Sólo te pido que te tranquilices —dije.

—¿Cómo quieres que me tranquilice si mi mujer ha desaparecido?

—Porque si te pones nerviosa no conseguirás nada. Piensa con la cabeza fría y obtendrás las respuestas pertinentes.

—Tú coge tu mochila. Partiremos en una hora. Y tú 'Alîm, ya deberías estar en tu tienda cogiendo tus cosas. Nos alojaremos en un hostal de la ciudad para poder volver mañana aquí.

'Alîm salió corriendo hacia su tienda y nos quedamos ambos solos.

—Mañana —dijo—, si podemos volver al campamento, continuaremos investigando a fondo las salas que descubristeis y buscaremos cualquier indicio que nos dé pistas sobre dónde puede estar Laura.

Me encendí la pipa, ya no sabía cuántas llevaba ese día, por lo menos cuatro o cinco. El caso es que no me podía quedar quieto. Vi cómo Nadya sacaba un cigarrillo de la cajetilla y se lo colocaba en la boca, sacó su mechero, pero, tras varios intentos, no consiguió encenderlo. Le acerqué una caja de cerillas, ofreciéndole la llama que el encendedor le negaba. Me miró con un gesto entre desairado y complaciente. Sabía de su aversión hacia mí, pero como fumador también comprendía la necesidad periódica de encender un cigarro, en mi caso una pipa, y lo mal que sentaba no tener fuego cuando estabas decidido a manchar un poco más tus pulmones. Cogió la caja de cerillas y encendió por fin su pitillo. Me devolvió los fósforos sin decir una palabra, se sentó en una silla y lanzó una larga bocanada de humo que se repartió entre su boca y su nariz. El olor del cigarro se me antojaba desagradable, pero no estaba en posición de pedirle nada, así que sólo me propuse tapar la nicotina de su tabaco con el olor a vainilla del mío.

—¿Qué pensaba Laura sobre tus sospechas en relación a Atlas? —dijo al fin.

—Al principio estaba reacia —dije guardando algunas cosas en mi mochila—, pero poco a poco se fue convenciendo de que quizá no estaba tan loco como cabría esperar. Ambos fuimos testigos del espectáculo del techo, tanto de día como de noche, y presenciamos la maravilla de la estatua de Poseidón en todo su esplendor.

—Esta carta... —dijo Nadya sin apenas prestarme atención. Sujetaba la carta que habíamos recibido y que 'Alîm había traducido—. Esta carta es una amenaza. La llevaremos a la comisaría para utilizarla como prueba.

—¿Has pensado ya qué le vamos a decir a la policía?

—¿A qué te refieres?

—¿Vas a decirle lo que hemos encontrado aquí y que un grupo misterioso ha raptado a tu mujer?

—¿Y qué debería decirles si no?

—Pues que estábamos en esta excavación y que nuestra compañera ha desaparecido sin dejar rastro. Si les decimos lo que hemos descubierto en el templo, mañana tendremos aquí a cien personas ajenas al hallazgo, contaminando el lugar, a curiosos destruyendo la estatua y a otros excavadores y saqueadores paseando por los pasadizos, eliminando cualquier posible rastro que podamos encontrar sobre Laura.

—El señor Ricardo tiene razón —dijo 'Alîm, que estaba ya en la puerta de la tienda con su fardo colgado al hombro—. Deberíamos omitir cualquier referencia a los descubrimientos de la señorita Laura.

—Está bien —dijo Nadya de mala gana—, pero parece que le deis más importancia al templo que a Laura.

—No es cierto —dije—. Lanzaría ahora mismo una bomba contra el templo, enterraría cada piedra del lugar y me borraría de la memoria todo esto, si supiera que con ello encontraría a Laura, pero eso no va a ocurrir, y, nos guste o no, esta excavación está íntimamente ligada a ella. De su exploración depende el hallazgo de nuestra compañera, de mi ex novia... de tu mujer.

La palabra ex novia no le gustaba para nada a Nadya, pero era verdad, aunque era la primera vez que utilizaba ese término en muchos años.

—Exploraremos a conciencia el templo —dijo—. Laura volverá a aparecer. Estoy segura.

—Quizá deberían hacer lo que dice la carta —dijo 'Alîm—. No sé, quizá si hubieran abandonado la excavación, la señorita Laura no habría desaparecido.

—Conoces poco a Laura —dijo Nadya—. Ella no se deja intimidar por un puñado de idiotas que no se atreven a decir las cosas a la cara. Ni siquiera aparecieron en la tienda hasta que se la llevaron.

En ese momento me sentí tentado de contarle la noche que observé al misterioso jinete sobre la duna. Me había inquietado sobremanera, pero sabía que si se lo contaba, se enfadaría por no decírselo antes, o por no hacer nada al respecto. Pero ¿qué hacer? Es más que probable que aquel misterioso personaje estuviera armado, y entrar en contacto directo con él podría haber supuesto una lucha sin sentido.

—Laura no abandonó, 'Alîm —dije—. Recibió la carta y no abandonó. Vio las huellas en el templo y no abandonó. Vio el sello en la estatua de Poseidón y no abandonó. No la conoces como nosotros. Podría haber llegado un tipo que le pusiera un cuchillo en el cuello y no habría abandonado. Incluso ahora, esté donde esté, estoy seguro de que está buscando la manera de comunicarse con nosotros, o averiguando la forma de escapar, o encontrando nuevos hallazgos sobre la Atlántida.

—Son ustedes muy... cabezotas. Creo que se dice así —dijo el joven con una sonrisa.

—Por supuesto, querido amigo, por supuesto. Un arqueólogo no se achanta al primer contratiempo. Howard Carter no desfalleció hasta encontrar la tumba de Tutankhamon. Era algo casi imposible de encontrar, y no desfalleció.

—¿Y no será la Atlántida imposible de encontrar? Quizá no existe y es sólo un mito.

—Lo mismo dijeron de Troya y, sin embargo, ahí la tienes, tan real como el templo que tenemos a unos pocos metros de nosotros. La encontraron siguiendo las pistas de la *Ilíada*. Era un mito como la Atlántida y ahora es real. Estoy seguro de que la encontraremos y a Laura también. Esta búsqueda del continente perdido se ha convertido en la búsqueda de nuestras vidas y puedo decirte, con toda seguridad, que encontraremos a ambos.

—Me conformo con encontrar a Laura —dijo Nadya.

—Por supuesto, pero tengo la sospecha de que Laura está buscando la Atlántida y que cuando la encontremos, encontraremos a ambas.

—El coche nos espera –dijo 'Alîm.

4.- VIAJE A JALU

El coche partió raudo de la excavación. Nadya iba delante, acompañando al conductor, y 'Alîm y yo nos encontrábamos en los asientos traseros. El joven leía un libro mientras yo degustaba mi pipa y la rusa consumía un cigarrillo con la ventanilla del todoterreno bajada. Los extensísimos paisajes arenosos se intercalaban con aquellas extrañas montañas de formas caprichosas que se erigían por toda Libia. Para aquellos que caminaran por los calurosos caminos de aquel país eran el lugar idóneo para resguardarse del astro rey, aunque para los maleantes también resultaban el escondite perfecto, tanto para utilizarlo como campamento como para emboscar a viajeros poco precavidos.

Según cruzábamos o sorteábamos las innumerables formaciones rocosas, me preguntaba una y otra vez si Laura se encontraría en alguna de ellas, pasando calor o frío nocturno. Me torturaba a mí mismo pensando si estaría bien o estaría sufriendo mil padecimientos en manos de aquella gente. Aunque al mismo tiempo, también me venía a la mente la cuestión de si sería gente violenta o sólo... "persuasiva". Podían tenerla sólo retenida contra su voluntad, o podían estar comportándose de manera violenta con ella para sonsacarle información u obligarla a abandonar el proyecto.

—Estoy segura de que Laura está bien —dijo Nadya adivinando mis pensamientos. Observé a 'Alîm levantando la vista por encima de sus pequeñas gafas un instante.

—¿Por qué piensas eso? —dije.

—Es sencillo. Creo que sólo la retienen como aviso hacia nosotros para que abandonemos la excavación y devolvérnosla en cuanto dejemos libre el lugar.

—Y, sin embargo, cabe la posibilidad de que no lo hagan. Ya conocemos el emplazamiento de un lugar increíble y si han tratado con Laura, sabrán a ciencia cierta que ella no va a abandonar el proyecto. No va a ser tan fácil como un intercambio. Lo sé.

–Pues sería mejor para ellos que así fuera —dijo ella—. Los rusos no olvidamos fácilmente.

—¿De qué zona de Rusia eres?

—De Ekaterimburgo.

—¿Una de las paradas del Transiberiano?

—Se puede llegar a través de él, sí.

—Jamás me he montado en él. Debe ser maravilloso.

—Hizo mucho por nuestra nación. Fue uno de nuestros grandes logros. Y, a diferencia de la Gran Muralla China, la línea del Transiberiano se puede ver claramente desde el Espacio.

—¿A qué te refieres?

—Si estuvieras en la Estación Espacial Internacional, no podrías ver la Gran Muralla China. Sin embargo, si pasas por Rusia cuando es de noche, ves una línea de luces que cruza el país, perfectamente marcadas, que se corresponde con la línea del Transiberiano y todas sus estaciones.

—Debe de ser impresionante.

—*Da, da,* lo es. En internet hay fotos de toda la Tierra de noche, con varias fotos unidas en distintas zonas horarias, y se puede ver perfectamente cómo todas las zonas más pobladas están más iluminadas que el resto. Puedes ver perfectamente lo que te digo.

—Apuesto a que nuestra excavación no tiene ni una sola luz —dijo 'Alîm, sin apartar la vista de su libro.

Aunque por el retrovisor pude ver cómo Nadya no hacía ningún gesto, yo me atreví a sonreír tímidamente a la afirmación de nuestro intérprete, que parecía ser un tipo más atento de lo que pensaba. La conversación terminó ahí y, prácticamente, no se pronunciaron más palabras, aparte de un momento en el que Nadya (sé que muy a su pesar) me pidió la caja de cerillas para encender un cigarro, aunque el agradecimiento brilló por su ausencia. Según nos acercábamos a Jalu, la radio del vehículo fue recuperando las frecuencias y una música típica del país se mezclaba con otra emisora, donde un hombre hablaba casi sin respirar.

—¿Qué están diciendo 'Alîm? —pregunté.

—Ah, son las noticias —dijo el joven cerrando el libro—. Están inaugurando una mezquita al sur del país —dijo escuchando atentamente al presentador del informativo—. Los precios de los alimentos básicos han subido un poco, pero han bajado los combustibles... no están diciendo nada sobre nosotros.

—Era de esperar —dijo Nadya—. Casi nadie, excepto el Gobierno, sabe que estamos realizando estas excavaciones.

—Bueno, el Gobierno y... —dijo 'Alîm.

—También —dije yo interrumpiéndole. Me sentaba mal oír hablar de aquel grupo.

Cuando llegamos a la ciudad de Jalu, cogimos nuestros fardos y nos dirigimos directamente a la comisaría. Al entrar, apenas había actividad. Una ciudad pequeña no suponía grandes quebraderos de cabeza para la autoridad local. Había un policía en un mostrador, que pronunció unas palabras en árabe al vernos entrar. 'Alîm se acercó y conversó con él durante unos segundos.

—Nos ha preguntado qué queríamos —dijo el joven cuando volvió donde estábamos Nadya y yo—. Le he comentado que queríamos denunciar un secuestro y me ha dicho que vayamos por ese pasillo, una de las puertas de la derecha tiene policías que nos atenderán.

Tras una de esas puertas, había un policía que tomaba notas en un escritorio. El ordenador permanecía encendido, con algunos datos en su pantalla, y el teléfono descansaba mudo en su mesa. Nos miró con cierta incredulidad. Yo no tenía, para nada, el aspecto de un hombre árabe y Nadya menos aún, con su pelo rubio y su vestimenta europea. Tras un saludo protocolario, nos invitó a sentarnos y explicarle el motivo de nuestra visita. 'Alîm comenzó entonces una conversación con él, de la cual sólo pude entender el nombre de Laura y su apellido. Tras unas pocas preguntas, 'Alîm se dirigió a nosotros.

—Dice que si hemos notado su ausencia hoy, no podemos denunciar un secuestro, ni tampoco una desaparición. Dice que debemos esperar por lo menos hasta mañana por la mañana.

—Pero sabemos que ha desaparecido —dijo Nadya.

—Sí, pero las normas dicen que deben pasar veinticuatro horas hasta que se confirme la desaparición.

—¿Le has comentado lo de las pisadas y lo de la carta? —dije.

—No, déjeme la carta.

Rebusqué por mi mochila y saqué la misiva que nos habían entregado unos días antes. Se la acerqué a aquel hombre y la observó con detenimiento, pasando unos segundos detenido en el sello que acompañaba al papel y leyendo cuidadosamente sus palabras. De nuevo comenzó a hablar, dirigiéndose a ‘Alîm, pero también lanzando furtivas miradas hacia Nadya y hacia mí. Sabía que nuestro acompañante hacía de intérprete y por eso le hablaba a él, pero encauzando sus palabras también hacia nosotros dos, a pesar de saber que no entenderíamos nada.

—Dice que esta carta sólo puede ser usada para denunciar amenazas, pero nada más —dijo nuestro amigo—. Lamenta no poder hacer nada, pero nos dice que si venimos mañana, podremos poner la denuncia.

—Esto es increíble... —decía Nadya haciendo gestos de desesperación.

El policía mantenía cierto gesto de incredulidad, pero también parecía solidarizarse con nuestro problema. Tras unas breves palabras, ‘Alîm volvió a dirigirse a nosotros.

—Dice que es poco probable que se trate de un secuestro y que quizá la señorita Laura se ha marchado a algún lugar sin decir nada. Dice que quizá ya esté de nuevo en la excavación o que vuelva pronto.

—¡¿Es que no entiende lo grave de la situación?! —Nadya se estaba exaltando por momentos—. ¡Mi mujer ha desaparecido!

—No le he dicho que es su mujer —dijo ‘Alîm—. Aquí no se ve con buenos ojos que una mujer esté unida a otra. Le he dicho que son compañeros de profesión. Sin embargo, tiene razón, no podemos denunciar el secuestro hasta mañana. Si quieren, podemos poner la denuncia por amenazas por la carta, pero que hoy no podremos hacer nada más.

—Tranquila Nadya —dije—. No nos conviene enemistarnos con las autoridades.

—¡No es tu mujer la que ha desaparecido! —dijo la joven, abandonando la comisaría con prisas.

—Dile que lamentamos la reacción de Nadya —dije cuando ella se marchó—, pero que debe entender que es nuestra amiga y que estamos muy preocupados porque ella nunca desaparecería así por propia voluntad.

El joven tradujo mis palabras, suavizando así el rostro de nuestro interlocutor, quien respondió con una breve frase y buscando unos papeles en uno de los cajones de su mesa.

—Dice que se hace cargo de nuestra preocupación, pero que debemos entender que no se puede hacer nada más. Dice que lo mejor que podemos hacer es ir a la capital y presentar allí la denuncia ante el Consulado Español, dado que la señorita Laura es española —nos mostró unos impresos escritos en árabe—. Estos son los documentos para presentar la denuncia por amenazas. Le hará una fotocopia a la carta. Nos desea suerte en nuestra búsqueda y nos invita de nuevo a presentar la denuncia en el Consulado.

Con la ayuda de 'Alîm, rellenamos la denuncia y le entregamos, no sin recelo, la carta para que la fotocopiara, así como mi pasaporte y el documento de identificación de 'Alîm. Salió unos segundos de su despacho, dejándonos a solas.

—La actitud agresiva de la señorita Nadya nos podría traer problemas. Debe tranquilizarla y hacerle ver que si las autoridades se ponen en nuestra contra, no podremos hacer más de lo que ya hemos hecho.

—Lo sé, 'Alîm, lo sé, pero yo no sabría tranquilizarla. No me llevo bien con ella y mis intentos por calmar sus ánimos podría interpretarlos como una falta de preocupación por mi parte.

—Entonces quizá debería intentarlo yo.

—Sí, estoy seguro de que está decidida a pasar la noche aquí para presentar mañana la denuncia y partir hacia Trípoli mañana mismo para ir al Consulado.

Cuando volvió el policía, me devolvió la carta, así como nuestros documentos. 'Alîm me tradujo aquello que necesitaba saber sobre los papeles y los firmamos, agradeciendo la atención prestada y marchándonos fuera de la comisaría. Nadya estaba sentada en un banco, visiblemente abatida y preocupada. El cigarrillo se consumía poco a poco entre sus dedos. Encendí una pipa y me senté a su lado.

—Comportarnos con gritos y desprecios hacia la policía no nos ayudará —dije.

—Son unos inútiles y esperar hasta mañana para poner la denuncia me parece una pérdida de tiempo.

—Mañana haremos las gestiones. Si quieres, puedes ir por la tarde con 'Alîm a la capital para intentar resolver algo desde el Consulado. Visitad también el ruso. Yo volveré a la excavación por si se producen novedades.

Durante unos segundos, tuve la tentación de poner una mano en el hombro de la mujer. Era dura, casi parecía carecer de sentimientos, pero, por otro lado, me di cuenta de que realmente estaba preocupada por Laura. Quizá necesitaba consuelo, pero tampoco quería que mis intenciones de consolarla fueran mal interpretadas. Cuando casi me había decidido por el contacto físico afectivo, inexistente hasta entonces, se levantó y se colocó la mochila en el hombro.

—Busquemos un hotel —dijo resuelta—. Mañana volveremos a la comisaría.

5.- RETORNO A LA EXCAVACIÓN

Tras unos minutos de pesquisas, encontramos una pequeña posada donde alojarnos aquella noche. Como cabía esperar, Nadya buscó dos habitaciones: en una se alojaría ella y en la otra, 'Alîm y yo. Aunque ella hubiera dispuesto las estancias de otra manera, no habría permitido, más movido por la caballerosidad que por el miedo o el respeto, otra disposición diferente. Cuando ya el sol se escondía, bajé a recepción para usar el teléfono. Quizá no podría resolver nada, pero en esos momentos hablar con alguien conocido y amistoso me ayudaría sobremanera. El teléfono sonó dos o tres veces antes de que una voz femenina contestara al otro lado.

—Anabel —dije—, soy Ricardo.

—¡Ricardo! —dijo la esposa de Julián, visiblemente contenta—. ¿Cómo te va en Libia?

—Bueno, hay cosas que necesito consultar con tu marido.

—Enseguida te lo paso.

Escuché cómo Anabel dejaba el teléfono sobre la mesita en la que estaba colocado y llamaba a su marido. Unos pasos lentos, pero firmes, se acercaron al aparato y pude diferenciar la respiración de mi amigo antes de que pronunciara palabra.

—¡Ricardo! —dijo—. ¿Cómo os va en la excavación, muchacho?

—Hemos tenido algunas complicaciones —dije.

La voz de Julián pasó entonces de la alegría de saber de mí a la preocupación.

—¿Qué ocurre?

—Laura ha desaparecido.

—¿Qué quieres decir?

Le estuve contando durante varios minutos todo lo ocurrido desde mi llegada. El templo, el Poseidón, las pinturas del techo, los resultados químicos, los misteriosos pasillos, mis pesquisas sobre la Atlántida, la carta, las pisadas... su incredulidad y sorpresa iban en aumento según avanzaba mi relato.

—Resulta realmente preocupante —dijo cuando terminé, después de unos segundos de silencio, en los que mi amigo trataba de asimilar todo lo relatado hasta entonces—. Todas aquellas averiguaciones que has hecho me llenan de alegría. Saber que estás detrás de aquello que siempre has perseguido y que ahora te encuentras tan cerca de su solución, pero, por otro lado, la desaparición de Laura me preocupa sobremanera. ¿Cómo está Nadya?

—Sigue teniendo cierta actitud agresiva y despreciativa hacia mí, pero sé que entiende que ahora soy lo único que tiene para encontrar a Laura, y su único apoyo en este momento. Tarde o temprano cambiará su actitud para conmigo y se mostrará más amistosa.

—Estoy seguro de que así será. Mándame una copia de los resultados y alguna muestra si puedes. Haré algunas averiguaciones desde Madrid. Si hay algo más que pueda hacer...

—De momento no Julián, pero te agradezco tu ofrecimiento. Si hubiera algo, me pondría de nuevo en contacto contigo. En la excavación tengo un teléfono por satélite.

—Intenta llamarme a diario. Te agradezco que me hayas informado de todo esto, pero me quedo bastante preocupado. De momento no le comentaré nada a Anabel ni a mis hijos sobre el tema. Bastantes preocupaciones tienen ya.

—¿Cómo te encuentras tú?

—Bueno... el tratamiento me está dejando bastante debilitado.

—Te lo noto en la voz.

—Sí, estoy pasando por mi infierno particular, pero no me gusta ser una carga para nadie.

—No digas tonterías Julián. Desde que te casaste has sido una carga para tu mujer —dije en tono jocoso, tratando de quitar dramatismo a la conversación—. Durante años te has ido a decenas de excavaciones y has dejado a tu esposa en Madrid, preocupada por tu suerte. Lo sé porque yo me encargaba de visitarla y tranquilizarla siempre que tú te ausentabas más de una semana de tu casa.

—Tienes razón —dijo con una forzada y debilitada sonrisa—, pero ahora es diferente.

—Te entiendo —dije—. Ahora debes preocuparte más por sanar que por ayudarnos. Te agradezco tu interés en prestarnos apoyo desde Madrid, pero tu salud es prioritaria.

—Haré lo que pueda, tanto para sanar como para ayudaros. Mientras tanto, sigue mi consejo: no confíes en nadie. No sabemos quién está involucrado en ese grupo o en lo que quiera que represente el círculo ese del que me has hablado. La presencia de esos jinetes, como me has contado, indica que os tienen vigilados muy de cerca y que quizá ahora mismo os observan.

Lancé una mirada nerviosa a mi alrededor sin despegar el auricular de mi oreja. Ahora todos me parecían sospechosos. Tenía la impresión de que cada persona que pasaba por la recepción de aquel lugar, o que cada uno de los transeúntes que cruzaban la calle en el exterior, eran potenciales enemigos o espías.

—Estar en un país del que ni siquiera conoces el idioma nos hace encontrarnos muy perdidos en estos momentos.

—Lo sé. Y lo desesperado de la situación os podría llevar a agarraros a un clavo ardiendo, pero debéis ser cautos. Te lo repito de nuevo: no confíes en nadie. Tan sólo en Nadya, y con reparos.

—Conozco a Laura —dije—. Ella no se uniría a nadie que tuviera oscuras intenciones para con ella. He observado a Nadya. Está visiblemente preocupada por Laura. Lo único que me inquieta es que su actitud nos acarree más de un problema.

–Debes preocuparte por controlarla. Por lo que sé, su comportamiento antisocial y autosuficiente le ha provocado a Laura más de un dolor de cabeza en anteriores viajes, pero ella sabía controlarla. Es hora de que tú tomes temporalmente su relevo y la tranquilices cuando sea necesario.

—Mañana pondremos la denuncia por desaparición, pero por la tarde se marchará con nuestro intérprete a Trípoli y ahí quedará fuera de nuestro control. No quiero dejar la excavación a solas más de lo necesario y tampoco podría resolver nada allí.

—Me mantendré atento a la denuncia. Mis contactos en la policía me ayudarán a ello.

—Gracias Julián.

—No tienes por qué dármelas. No te olvides de enviarme una copia de los resultados y mantenme informado.

—Así lo haré amigo. Cuídate.

Colgué el teléfono algo más relajado. Mi único y verdadero amigo era la persona idónea para ayudarnos desde España, pero, dado su delicado estado de salud, tampoco quería cargarle con demasiadas preocupaciones. Subí de nuevo a mi habitación. ‘Alîm seguía leyendo su libro sentado en el tosco escritorio.

—No dejas nunca de leer —dije tumbándome sobre la cama.

—Y usted no deja nunca de observarlo todo —dijo él sin apartar la vista de su libro.

Me guié por el instinto y por los consejos de Julián y no le comenté mi llamada, aunque en el fondo tampoco tenía motivos para desconfiar de ‘Alîm. Siempre había estado dispuesto a ayudarnos y nos había servido bien todo ese tiempo. Aún así, no me gustaba la idea de dejarle solo con Nadya durante todo el viaje a Trípoli. Me acurruqué en la cama y caí en un inquieto sueño.

Casi no me había enterado de que me había quedado dormido cuando me sobresalté escuchando unos golpes en mi puerta. El sol apenas comenzaba a levantarse y mi compañero de habitación miraba con la misma incertidumbre hacia el origen de los golpes.

—¡Espero que ya estéis vestidos! —la voz de Nadya nos apremiaba a prepararnos—. ¡No espero por nadie!

Rápidamente, nos vestimos con las ropas que habíamos metido en nuestras mochilas, sin tiempo para ducharnos o siquiera lavarnos la cara.

Me colgué el bolso y ya Nadya nos esperaba en la puerta del hostal con un cigarrillo encendido en la boca. No me había dado cuenta hasta entonces, pero se había quedado el día anterior con mi caja de cerillas.

A pesar de las protestas de nuestro intérprete y de las mías, no nos permitió parar en un bar a desayunar y nos guió, casi a tirones, hasta la comisaría en la que habíamos estado el día anterior, donde el mismo policía nos recibió en su despacho, sin apenas sorpresa de que estuviéramos allí. Durante casi una hora, estuvimos relatando, con la ayuda de 'Alîm, los pormenores de nuestra historia, obviando los detalles de los hallazgos y otras cosas menores. El policía estuvo tomando minuciosas notas sobre nuestro discurso.

Al salir, Nadya quería que saliéramos ya raudos hacia nuestros destinos, pero 'Alîm y yo nos declaramos casi en rebeldía y nos negamos a movernos de la ciudad hasta que no hubiéramos calentado nuestros estómagos con algún café y, al menos, dos tostadas. Obviando las agresivas miradas de nuestra compañera, nos dimos un pequeño festín, del que ella se negó a probar bocado. No pude convencerla de que necesitaba comer algo si quería estar en forma para el resto de la búsqueda.

Tras el desayuno, Nadya tironeó de 'Alîm para ir a la estación y se marcharon sin apenas despedirse de mí. De nuevo me encontraba solo y de vuelta a la excavación. Durante el trayecto, las palabras de Julián resonaban una y otra vez en mi cabeza. El tabaco se me consumía raudo y apenas me ayudaba a aclarar mi mente. Cuando llegué de nuevo a la excavación, se me antojaba más fría e inhóspita que la anterior vez que llegué allí. Corrí hacia nuestra tienda teniendo la esperanza de encontrar allí a Laura, pero mis esperanzas rápidamente se desvanecieron al ver que ahí no estaba. Es más, nuestra tienda había sido revuelta y escudriñada a conciencia. Las muestras habían desaparecido, los resultados de las pruebas, mis notas... todo faltaba. Ya no sólo debíamos denunciar amenazas y una desaparición, sino también un robo. Llamé a Julián para informarle de mi regreso al campamento y comentarle mi desagradable descubrimiento, del cual se mostró no sólo turbado sino también apesadumbrado.

—Haz el favor de enviarme nuevas muestras de la roca y del metal a Madrid —dijo—. Sería bueno volver a analizarlas para tener muestras fidedignas.

—Así lo haré —dije—. Tendré que esperar a la noche para que me llame Nadya desde Trípoli. Le comentaré que hemos sido "atacados".

—Hazlo, así podrá poner denuncia si lo desea desde el mismo consulado.

Cuando colgué, me dediqué a hacer rápidas fotos del lugar, dejando constancia del desorden, pero tampoco toqué nada más. Me instalé en otra tienda, entre los trabajadores, donde me encontraba un poco más a salvo. Por la noche, después de cenar, me llamó Nadya informándome de su llegada. Yo hice lo propio sobre mi hallazgo y su cólera fue poco a poco en aumento. Accedió a que mandara más muestras a Madrid, no sin recelos.

6.- PUZLES EN LA OSCURIDAD

Tras colgar, me acosté en la nueva tienda, teniendo siempre la sensación de estar vigilado. Apenas pude dormir. Por la mañana temprano, lo primero que hice fue desayunar tan rápido como pude y adentrarme de nuevo en los pasillos del templo, esta vez a solas. Por desgracia, ahora no contaba con el apoyo de 'Alîm ni con la decisión de Nadya para ayudarme. Había llegado a una excavación donde yo no pintaba nada y, en pocas semanas, me encontraba a mí mismo como único responsable de los trabajos. Los empleados en el hallazgo continuaban sin descanso desenterrando todo el templo, mientras yo avanzaba lentamente por aquel pasillo. Rebasé la zona en la que me había dado la vuelta con el intérprete y continué unos pocos metros más, hasta que pasé por una parte de la pared izquierda en la que no había antorcha. Anteriormente, todas las teas habían sido colocadas equidistantes entre sí, a unos dos o tres metros de distancia entre ellas. Sin embargo, en ese lugar podía haber unos seis o siete metros entre una y otra, lo cual me desconcertó.

Dejé el pequeño farol que había traído conmigo y escudriñé la pared durante unos minutos. Aparentemente, era igual que el resto y nada hacía pensar que fuera especial, No obstante, los adoquines estaban colocados de manera diferente ahí, como si hubiese sido una sección aparte del resto. Coloqué mis manos sobre ella y las deslicé suavemente hasta que mis dedos fueron a topar con un trozo de la pared que se hundió. Di un pequeño respingo, ya que no me esperaba encontrar eso. Lentamente, apreté más ese extraño botón y un gran trozo de pared se abrió quejumbroso ante mí. Había descubierto lo que parecía ser una sala secreta. A primera vista era mucho más pequeña que la otra en la que habíamos encontrado las vasijas, pero unas extrañas moles de piedra adornaban la estancia. Me detuve un momento a observar esa especie de monolitos de unos dos metros de altura, medio metro de profundidad y otro tanto de ancho, de piedra gris y en buen estado. Unas pequeñas oquedades se presentaban en los cuatro lados de cada piedra, pero no alcanzaba a comprender su naturaleza.

De pronto, caí en la cuenta de que esas moles no eran de una sola pieza, sino que estaban realizadas por secciones, lo cual me sorprendió bastante. Rápidamente, tomé varias fotos de la estancia, antes de comenzar a realizar movimientos en ella. Sabía que sin Laura o Nadya no debía mover nada ni tocar nada, pero he de reconocer que la curiosidad y la excitación por los continuos hallazgos pudieron conmigo. Tras examinar las cuatro moles, cada una colocada en una esquina de la sala, no sólo descubrí que la primera sección de cada una apuntaba exactamente al centro de la sala, sino que el resto de las partes de cada monolito encajaba a la perfección con la inmediatamente anterior si las movía. Algo parecido al cubo de Rubik, pero con huecos. Al principio me costó muchísimo empezar a girar la primera sección del monolito, pues aquellos mecanismos no se utilizaban desde hacía milenios, pero, tras unos diez minutos de esfuerzos, pude encajar la primera de las cinco secciones del primer tótem. Observé detenidamente el nuevo hueco formado, realmente digno de mención, pues, tras unas oportunas medidas, pude observar que los ángulos eran de noventa grados perfectos y que las esquinas apenas habían sufrido desgaste. Todo un logro para unas piedras de doce mil años.

Pasada aproximadamente una hora, tenía ya el primer tótem completamente alineado con su base. Estaba casi agotado, pero me movía más la ilusión por encontrar algo importante que las fuerzas ya de por sí mermadas. Al alinear el primer monolito, escuché una serie de ruidos indescriptibles durante un par de segundos. Supuse que al estar debajo de los trabajadores, probablemente serían ellos, y no le di más importancia. Tardé casi otra hora en completar la segunda piedra. Esta vez los ruidos fueron más duraderos y un poco más claros, con lo que comencé entonces a descartar la posibilidad de herramientas caídas o golpes de mis compañeros en la superficie. Tras alinear la tercera, caí exhausto al suelo. Era casi mediodía y ya sí que mis energías no me permitirían un nuevo esfuerzo. El ruido, otrora indescriptible, se transformó en una extrañísima suerte de movimientos como de engranajes y resortes, algo completamente fuera de lugar en un templo de tanta antigüedad. Decidí subir de nuevo para almorzar y recuperarme de la titánica tarea que me había llevado toda la mañana. Mientras degustaba mi kebab, llamé a Julián para relatarle mis hallazgos, de los cuales se mostró claramente preocupado.

—Ricardo —dijo—, no seas loco y no alinees la cuarta pieza. Espérate a que haya vuelto Nadya y haced un estudio en profundidad. No sabes qué puede ocurrir cuando esté todo colocado.

—¿Qué piensas que puede ocurrir?

—¿Te parece poco que se desplome el templo sobre tu cabeza hueca?

—Vamos, Julián. He observado todo lo que llevamos descubierto. Todo parece estar creado para la belleza y el disfrute visual. Es un templo de adoración a Poseidón y Atlas. No creo que se tomaran las molestias de construir semejante prodigio para ahora destruirlo con cuatro piedras alineadas.

—No sabes lo que contiene. Ese templo puede albergar tesoros y esas piedras ser una forma de protegerlo. De verdad, Ricardo, parece que sea tu primera excavación. Estás actuando como un novato en esto. No te precipites. Sé que la búsqueda de la Atlántida es la obra de tu vida, pero jamás pierdas la visión de arqueólogo que siempre has tenido.

—¿A qué te refieres?

—Has pasado veinticinco años obsesionado con la Atlántida y siempre te has dedicado a documentarte. Has leído miles de libros, has hecho hallazgos propios sin salir de la biblioteca. Recuerda lo del Tíbet.

—¿Por qué todo el mundo quiere recordarme lo del Tíbet?

—¡Porque fue una gran cagada!

Julián parecía bastante más nervioso de lo habitual. Quería pensar que estaba preocupado por mi seguridad, aunque parecía tener miedo a que yo terminara mis pesquisas en el templo y descubriera que no tenía nada que ver con el continente perdido.

—Julián, al igual que durante veinticinco años mi obsesión ha sido la Atlántida, durante cuarenta la tuya ha sido El Dorado. Si te encontraras frente a una prueba casi irrefutable de su existencia, si estuvieras tocando con la punta de tus dedos la solución al misterio sobre su ubicación, tú también harías cosas de estas.

—Precisamente por eso, Ricardo. No quiero perder a nadie más.

—¿Qué quieres decir?

—Jamás me encontré con fuerzas para contártelo, pero creo que ahora te hará más bien que mal.

—Julián, me estás asustando. ¿Qué me has ocultado?

—Creí haber encontrado El Dorado. No hace demasiado, hará unos años. Había estado indagando en algunas bibliotecas de Sevilla y Madeira. Las piezas de los puzles están dispersas, pero el puzle siempre está completo. Sólo hay que ir por el mundo buscando y encajando.

—¿Llegaste a ir a buscarlo?

—No. Había descubierto varias pistas, pero necesitaba un punto de partida. Ya sabes, lo típico en estos casos, mapas sin nombres. Finalmente, encontré un punto de partida. Estaba mucho más al sur de lo que esperaba y tendría que comenzar a recabar información desde ahí. Todo apuntaba a que El Dorado se encontraba en alguna parte entre México y Canadá.

—¿Cuál fue el punto de partida?

—Brasil —dijo al fin con voz temerosa—. Fue hace diez años.

—Pero a aquella expedición no fuiste tú... fue...

—No quería perderme en recabar información desde un lugar tan lejano. Imagínate, tendría que empezar en Brasil y terminar a miles de kilómetros al noroeste. No me apetecía ese tipo de viaje. Prefería llegar un día a casa y encontrarme en mi buzón una carta con el paradero exacto.

—Mandaste a mi padre.

—Él se ofreció. Yo había caído preso de ese sentimiento que tenemos todos los arqueólogos. Todos queremos entrar triunfantes en el lugar que buscamos durante toda nuestra vida, sin apenas haber hecho el "trabajo sucio". Insistió tanto en ir a Brasil para ayudarme que no fui capaz de ver el peligro que entrañaba.

—¿Cómo has podido ocultármelo durante tantos años?

—Tenía miedo, Ricardo. Poco después de nacer tú, tu padre se marchó a una pequeña expedición en Tierra Santa. Me encomendó la misión de protegerte si algo le pasaba. Yo no veía peligro alguno, pero él insistía una y otra vez. Ricardo, eres como uno de mis hijos, no quería perderte en vida.

—Conocía muy bien a mi padre y sé que cuentas la verdad al decir que él te convenció para ir en tu lugar. Hasta cierto punto, puedo comprender que me lo ocultaras, pero podías haberlo dicho desde el principio. Yo jamás te guardaría rencor por nada.

Durante unos segundos hubo un incómodo silencio al otro lado del auricular.

—Lo sé —dijo al fin—. Gracias, de verdad.

—No hay que darlas.

—¿Comprendes entonces por qué no quiero que sigas adelante? Podría ser peligroso.

—Lo comprendo.

—¿Me enviaste las muestras?

—Sí. Antes de entrar en el templo empaqueté un poco de oricalco, y otras piezas más, y las envié con el coche que nos trae suministros. Supongo que en una semana o dos las tendrás en casa.

—Muchas gracias. Prométeme que no alinearás nada más hasta que tengas la certeza de que es seguro.

—De acuerdo —dije poco convencido—. Esperaré a que vuelva Nadya.

Colgué el teléfono sin apenas darle tiempo a una réplica. Sé que no le convencí desde el primer momento. Sólo lo había prometido para que se quedara tranquilo. Sin embargo, estaba decidido a volver por la tarde para terminar mi tarea. Tras devorar mi almuerzo y quemar una pipa, me introduje de nuevo en los pasadizos y llegué hasta la sala en la que había estado toda la mañana. Alineé el primer segmento. Me costó bastante, aunque no tanto como el segundo y el tercero. Comencé a mover el quinto y último. Estaba muy nervioso por lo que podría ocurrir y, en cierto modo, me sentía mal por haber mentido a Julián, pero podía tomarlo como una revancha por ocultarme tanto tiempo lo de mi padre. Aunque, al mismo tiempo, me sorprendía a mí mismo lo mezquino que podía llegar a ser a veces. Tal vez la Justicia Divina actuó para compensar la falta a mi promesa, cuando se quedó atascada la última sección a pocos centímetros de quedar completamente alineada.

7.- EL TESORO INESPERADO

No me lo podía creer. La última sección se había atascado. Sin dejarme abatir por la adversidad, hice girar la pieza en sentido contrario unos centímetros para volver a repetir el proceso. Desgraciadamente, no había solución fácil. Me coloqué enfrente del tótem, tratando de encontrar el motivo del bloqueo. Aparentemente, nada era diferente del resto de sus compañeros, pero algo debía haber. Tal vez, por los siglos que llevaban esas piezas en estado letárgico, algún trozo de roca se había desprendido o no estaba bien construido. Sin embargo, nada de eso encajaba con el resto del templo, cuidado hasta el mínimo detalle.

De nuevo, giré la pieza hasta el punto en el que se quedaba atorada y revisé cuidadosamente todas las aristas. Parecía que un poco de polvo o arena, que se había colado por sólo Dios sabe, había rellenado la finísima zona por la que la piedra se debía deslizar, haciendo el efecto de la típica piedrecilla que se mete debajo de las puertas. Soplé en el hueco, pasé la navaja, casi estuve tentado de coger un pincel de mi zurrón para limpiar la zona. A los pocos minutos, volví a probar y esta vez sí encajó. Casi de súbito, ese sonido de resortes que había escuchado por la mañana se hizo más claro si cabe. Durante varios segundos, toda suerte de engranajes parecían moverse por las entrañas del templo, como si el mismo Poseidón se fuera a levantar de su trono para masacrarnos a todos. He de decir, sinceramente, que por unos instantes sentí miedo, casi pánico, y llegué, incluso, a lamentar el haber mentido a Julián. El tiempo pasaba entonces muy lento.

De pronto, el sonido paró. Todos los mecanismos se habían movido ya, o quizá se había quedado atascado en algún punto. El caso es que todo quedó en silencio por un momento. Apenas podía escucharlo al principio, pero un sonido constante llegó hasta mis oídos, temiendo haber tocado algo que no debía. Era un sonido de líquido desplazándose lento e incesante, como de un fluido denso. Pegué la oreja a la pared y pude oír ya claramente cómo el líquido pasaba por esa zona, hacia el exterior de la sala. Me apresuré a coger el candil y seguir el sonido del gorgoteo, pero cuando pasé frente a una tea, me quedé muy quieto escuchando sus entrañas. Parecía que, dentro de los recipientes, un líquido cayera. Primero en un goteo y luego en un pequeño chorro, que debió llenar la antorcha en pocos segundos. Por fin, comprendí.

Miré dentro y un líquido negro con destellos dorados reposaba tranquilo, como si hubiera estado ahí todo el tiempo. Sin apenas tomar precauciones, acerqué mi mechero encendido al líquido y éste prendió con asombrosa elegancia. Para el más que probable desconsuelo de Julián, no había activado la autodestrucción del templo, sino que había abierto una misteriosa vía hacia algún recipiente hermético, donde se guardaba combustible para cada una de las teas de los pasillos.

Aliviado, fui de camino hacia la primera sala que inspeccioné junto con 'Alîm, encendiendo todas las antorchas y proporcionando cierta claridad al pequeño y misterioso laberinto. Ya más calmado, pude comprobar que nuestras pesquisas no andaban demasiado desencaminadas, ya que aquella sala estaba repleta de vasijas y cuencos. Había además otros utensilios susceptibles de ser utilizados a modo de recipientes. Todos en piedra, barro, arcilla, metales como oro o plata, incluso había de cristal y de, presumiblemente, oricalco, pero ¿para qué guardar ahí compuestos aceitosos si el combustible de las antorchas se proporcionaba de otro modo?

Tras unos minutos de investigaciones, comprendí que no era un almacén para combustible, sino una sala donde se guardaban materiales para algún tipo de ceremonia. Recogí de algunos platos lo que parecían ser restos de algo, que no era polvo, ya que las motas eran bastante más grandes y sólidas. Cuidadosamente, y tras hacer las pertinentes fotos y anotaciones, las recogí y las introduje en bolsas para muestras, tomando además algún cuenco y una vasija para llevarlos a la tienda que me servía de nueva base, aunque no fuera mucho más segura que la anterior.

Al salir a cielo abierto, comprobé cómo los trabajadores casi habían terminado de desenterrar el templo. Ya estaban colocando rampas y otros artilugios para ir bajando poco a poco hasta el nivel en el que estaba la puerta, aunque ahora sólo quedara el hueco y viejos trozos de madera casi destruida. La fachada no se quedaba, bajo ningún concepto, atrás en lo que a impresionante tocaba. Un blanco mármol y unas altas columnas acanaladas rodeaban por completo el edificio, terminando en un frontón triangular en su parte superior que mostraba escenas de festejos o ceremonias, siempre con Poseidón y un extraño personaje presidiendo. Las metopas también tenían una factura casi perfecta, aunque apenas alcanzaba a ver sus motivos. Deduje que el otro personaje podría ser probablemente Atlas, ya que su nombre estaba íntimamente relacionado con el templo.

Me dirigí a la tienda y dejé ahí los objetos recolectados. Tenía pensado enviarlos a Madrid para que le llegaran a Julián. Justo cuando ordenaba los platos, las vasijas y los cuencos, escuché el barullo típico de cuando llegaban los coches con suministros. Aproveché y envié algunas de las piezas a España para tratar de agilizar todo el proceso. Tras dejar el coche atrás, volví a internarme en el templo, aunque ahora ya lo pude hacer por la puerta y no descolgándome por el domo superior. Toda una experiencia nueva para mí, sobre todo por lo impresionante de entrar en un lugar como ese, haciéndolo de la misma manera que sus constructores, miles de años atrás. Rebasar aquellas columnas fuertes y robustas, observar de cerca los muros exteriores, atravesar la puerta y tener justo enfrente, a unos pocos metros, la figura más impresionante jamás creada. Era todo un deleite para la vista y quizá para todos los sentidos. Pensar en aquel momento en los fríos edificios modernos, tan aparentemente simples y carentes casi por completo de gusto y estilo, me hacía recapacitar sobre qué civilización era la más avanzada. Obviamente, aún quedaba por desenterrar todo el basamento exterior, pero estaba seguro de que cuando pudiera repetir la ceremonia de entrada, subiendo aquellos aún tapados escalones exteriores, me sentiría pequeño e insignificante ante tal demostración arquitectónica.

Bajé de nuevo por las escaleras, observé, no sin alivio, que las teas aún continuaban encendidas y, aparentemente, con todo el combustible aún por consumir. Apenas había estado una hora fuera, pero me preocupaba el quedarme a oscuras en aquel lugar. Es por ello que me llevé un par de faroles atados a mi cintura. Era quizá en aquellos momentos en los que más añoraba la presencia de 'Alîm, aunque más por su revólver que por su compañía. Volví a pasar por la sala donde me había topado con aquellas moles y me encontré con la sorpresa de que habían vuelto a sus posiciones originales. Yo no las había movido y dudo que ningún trabajador hubiera bajado aquí. Además, no había en el suelo más huellas que las mías. Deduje entonces que las piedras debían tener algún sistema temporizador para volver a su posición inicial una vez realizado su cometido.

Abandoné la sala y continué por el pasillo en dirección hacia lo que deduje que sería la "entrada" del templo, pero a unos tres metros de profundidad. Según caminaba, iba encendiendo las antorchas que, a pesar de los siglos, seguían cumpliendo su función a la perfección. Poco a poco me fui acercando a un recodo que giraba a la izquierda. Cuando llegué, me detuve unos segundos a descansar, mientras encendía dos o tres antorchas más. Observé todo el pasillo que había dejado atrás. Un amplio corredor que, a pesar de haber dejado atrás la pompa y el boato del templo, se me antojaba realmente impresionante. Me encontraba lógicamente nervioso por todos los descubrimientos que estaba realizando, ya que sólo el mecanismo de abastecimiento de combustible para las teas requería unos conocimientos bárbaros y estaba seguro de que todo lo que había escuchado según encajaba secciones de los tótems eran ruedas dentadas, cadenas y toda suerte de poleas, que demostrarían lo increíblemente avanzada que debía ser aquella civilización.

Me apoyé en la pared que se enfrentaba al pasillo ya explorado y un extraño crujido me llamó la atención. No era el sonido que cabría esperar de una pared normal. Me paré a observar los símbolos grabados en la roca y descubrí que, en algunos de ellos, una fina línea parecía cortarlos. Intuyendo que se tratara de una pared falsa, como la que me condujo a la sala de las moles anteriormente, empujé, tiré, toqué, golpeé e hice miles de intentos, hasta que la pared comenzó a ceder poco a poco. Una vez abierta una rendija, la misma puerta se hundió unos centímetros en la sala, permitiendo que se desplazara hacia la izquierda y colocándose justo detrás del muro. Era la puerta corredera más antigua jamás descubierta. Acerqué un poco el candil, buscando las antorchas, hasta que, por fin, encontré una. Cuando acerqué el mechero, una especie de canal interno encendió todas las teas de la sala y lo que encontré me hizo casi caer de rodillas: grandes vitrinas llenas de artículos metálicos de todas clases y todas las composiciones, monedas, trajes, armas, vehículos, recipientes, joyas...

Era una sala de unos diez metros de largo por cinco de ancho, donde se aglutinaba un tesoro realmente impresionante y de un valor incalculable. Oro, plata, platino, iridio, oricalco e, incluso, metales que no alcanzaba a reconocer a simple vista. Todo se encontraba en una sala que, por unos instantes, lamenté haber descubierto, por el más que probable expolio al que sería sometido. Lo que ante mis ojos se presentaba era pura belleza, pero lo más inquietante es que parecía tener influencias culturales y artísticas de casi todas las civilizaciones conocidas en el planeta. Había espadas que parecían ser cimitarras y katanas. Había armaduras de oro de influencia de Europea Medieval, joyas precolombinas, estatuas de deidades griegas... Había absolutamente de todo. Rápidamente, me dediqué a hacer miles de fotos. Las dos cámaras que tenía echaban humo. Pasé varias horas en esa sala, gastando baterías y tarjetas de memoria.

Cuando por fin había gastado todo el material, cogí las tarjetas y las guardé a buen recaudo. No me fiaba de que alguien pudiera robar todas esas fotos o destruirlas por algún oscuro motivo. Recogí algunas joyas y cetros que encontré, tratando de mezclar todos los materiales, y apunté todos los detalles que pude en la libreta del archivo. Luego, salí del templo, de nuevo por la puerta principal. Llevaba la mochila con objetos al hombro y miraba nervioso a un lado y a otro rezando para que nadie descubriera el tesoro que llevaba a mis espaldas. Afortunadamente, había tomado la precaución de cerrar la puerta del tesoro antes de marcharme, aunque había dejado encendidas las antorchas para comprobar su duración. Llegué a la tienda cuando el sol ya se estaba escondiendo. Me encontré entonces con un telegrama de Nadya, informando de que al día siguiente por la mañana llegarían a la excavación de nuevo. Probablemente, había intentado llamarme varias veces, pero, al pasar todo el día en el templo, no había podido contactar conmigo.

Tras reponerme un poco de los descubrimientos de aquel día, llamé a Julián, comentándole tan sólo el hallazgo del tesoro, sin decirle que había terminado el rompecabezas. Se mostró muy interesado en que le enviara varios objetos para su análisis, a lo que yo accedí encantado. Al colgar, metí las tarjetas de memoria en el ordenador y repasé todas las fotos que había hecho, mientras en otra pantalla se reproducía el vídeo. Era de veras increíble todo lo que había encontrado. Dudé por un instante en revelarle a Nadya el hallazgo, pero un tesoro de este calibre era un buen motivo para secuestrar a la jefa de una excavación, por encima quizá de la calidad de los descubrimientos.

Me acosté, no sin guardar a buen recaudo las tarjetas de memoria encontradas. Mi pipa aún humeaba sobre la mesa, quizá tanto como mi mente, que no paraba de repasar cada uno de los tesoros encontrados ahí abajo. Al despertar, comprobé aliviado que las tarjetas seguían en el mismo lugar donde las había dejado. Desayuné rápido hasta que oí a los camiones llegar.

8.- EL REGRESO

Salí y vi que en los vehículos también venían Nadya y 'Alîm, recién llegados desde Trípoli. Me acerqué a ellos y los saludé.

—Bienvenidos de nuevo a la excavación —Nadya pasó por mi lado sin apenas prestarme atención.

—Gracias, señor Ricardo —'Alîm parecía más amistoso, pero su físico demostraba un cansancio sólo producido por viajar con alguien como Nadya.

—Nadya —dije—, puede que no te interese saludarme, pero sí esperar a que te acompañe hacia nuestra nueva tienda, ya que la otra se ha vuelto insegura.

—Todo es inseguro en esta excavación —fue lo único que dijo.

—¿Pusisteis ya la denuncia?

—Sí —dijo el intérprete—. Tanto la denuncia por desaparición, como la del robo que nos explicó usted por teléfono. La verdad es que ha sido inesperado.

—Sí, aunque no una sorpresa. Si fueron capaces de entrar en la tienda estando yo para raptar a Laura, nada les impedía hacer lo mismo estando vacía. Puede que fuera una falta de previsión por nuestra parte.

—El campamento no volverá a quedar solo de momento —dijo Nadya mientras entraba en la tienda—. ¿Qué es esto? —dijo al ver los objetos que había sacado del templo.

—Nuevos hallazgos —dije risueño—. Resulta que la sala que exploramos nuestro amigo 'Alîm y yo no era para guardar el óleo de las antorchas.

Durante varios minutos les estuve explicando mis peripecias durante todo el día anterior, hasta que me había levantado. 'Alîm parecía sorprendido por todos los hallazgos, pero Nadya parecía más preocupada por otros menesteres.

—¿Había alguna pista sobre Laura? —preguntó la rusa por fin.

—No —dije apesadumbrado—. Desgraciadamente, no encontré nada.

–Entonces tus hallazgos no tienen importancia.

No quise discutir con ella dada la situación y, en cierto modo, tenía razón. Nuestro objetivo era el hallazgo de Laura. Las denuncias estaban puestas y no tardarían demasiado en llegar los policías e investigadores, que descubrirían por fin todo el pastel, impidiéndonos entonces toda excavación efectiva.

—De todas formas, le he enviado a mi amigo Julián muestras de lo hallado por Laura y por mí, de lo que encontré con 'Alîm y de algunas cosas que saqué ayer, para que las vuelva a analizar en Madrid.

—¿Julián? —preguntó 'Alîm.

—Sí, un amigo que tengo allí. Fue quien me dijo que Laura estaba aquí en Libia.

—Esperemos que siga aquí —dijo Nadya apurando su enésimo cigarro.

Su tesón por encontrar a Laura chocaba casi continuamente con su pesimismo sobre su paradero. Había aún muchas preguntas por responder, pero poco a poco íbamos desenmarañando el ovillo, y yo aún guardaba la esperanza de encontrarla pronto. Comimos un poco llegado el mediodía, mientras nos poníamos al día de nuestras aventuras. Yo les relaté todo lo concerniente a mis hallazgos en los túneles y 'Alîm me contó cómo había resultado el viaje a Trípoli. Decidimos tomarnos la jornada de descanso y continuar la exploración al día siguiente, no sin una pequeña discusión con la mujer de Laura, que seguía sin estar de acuerdo con mi forma de actuar. Tras la sobremesa, donde nos relajamos un poco fumando y bebiendo té, les acompañé a visitar los exteriores del templo.

—Es maravilloso —dijo el intérprete, sorprendido por la majestuosidad del hallazgo.

—Sin duda —contesté—. Es un ejemplo de templo griego casi a la perfección. El rosetón que antes veíamos casi a nivel, ahora se me antoja inalcanzable. Sólo Dios sabe qué técnicas se emplearon para realizar semejante prodigio.

—Sigo preguntándome cómo metieron a Poseidón en él —dijo Nadya.

—Lo único que se me ocurre es que colocaran el coloso ahí y luego realizaran las paredes del templo alrededor. Poseidón y el trono son una sola pieza maciza. Mover algo de tantas toneladas podría haber resultado un reto propio de las mega construcciones actuales y, sin embargo, ahí está.

—Hay gran cantidad de construcciones antiguas por todo el mundo cuya factura aún es un misterio.

—Quizá lo llevaron con troncos como ruedas —dijo 'Alîm.

—Estamos en un desierto —Nadya parecía incrédula ante la afirmación de alguien que no era arqueólogo—. ¿Tú ves algún árbol por aquí?

—Ahora no —dije—, pero hace doce mil años esto no era precisamente un desierto. Sin embargo, no es factible. El propio levantamiento de la estatua para colocarla en los troncos o la inmensa cantidad de árboles que habrían hecho falta sigue siendo un escollo, por grande que fuera el vergel que ahora es sólo arena y rocas.

—¿Han tomado medidas ya del templo por fuera?

—Empezaron esta mañana —dije—. Supongo que aún tardarán varios días en tener los resultados, pero se los enviaré también a Julián para que se los mande a algún matemático allí en Madrid.

—¿Podemos confiar en su amigo?

—Sin duda alguna. Me conoce desde que nací. Era amigo de mi padre. Le confiaría mi vida sin dudarlo un instante. Se mostraba bastante preocupado de que continuara con mis investigaciones en solitario, mientras vosotros estabais en la capital, pero ahora que me acompañáis supongo que se quedará más tranquilo.

—No te equivoques —dijo Nadya—. Los acompañantes sois vosotros.

—Como quieras —dije hastiado de la agresividad de la rusa.

Cuando oscureció, volvimos al campamento, donde nos despedimos de 'Alîm, quien se marchó a su tienda. Luego, Nadya y yo nos dirigimos a la nueva tienda principal. Al entrar, cogí mis cosas y me dispuse a salir de la misma.

—¿Qué haces? —dijo Nadya.

—Estoy recogiendo mis cosas. Me marcharé a otra tienda a dormir.

—¿Por qué?

—Compartí mi vida con Laura durante muchos años y ni a ella ni a mí nos importó dormir en la misma tienda, aunque fuera en distinta cama. Sin embargo, tú y yo nos conocemos tan sólo desde hace unas semanas y no creo que te haga gracia que esté aquí por la noche. Prefiero no privarte de tu intimidad. Me meteré en la tienda de algún trabajador.

—Están todas llenas —dijo Nadya con cierto titubeo.

—Bueno, entonces dormiré al raso. No quiero que te sientas incómoda.

Nadya guardó silencio durante unos segundos y me miró con cierta incredulidad. Fue la primera vez que la vi dudar y sentirse insegura. No se esperaba para nada que yo fuera tan respetuoso con ella, a pesar de que nos lleváramos mal.

—No te preocupes —dijo sin mirarme—. Puedes dormir en la cama de al lado si quieres.

—Gracias —dije y coloqué mis cosas de nuevo al pie de uno de los catres. Nadya se metió en la cama y se quitó la ropa dentro de las sábanas.

—Una cosa —dijo mientras se desnudaba.

—¿Qué?

—Como intentes tocarme, te degollaré y te daré de comer a los perros.

—No te preocupes —dije con una sonrisa—. No eres mi tipo. Además, eres la esposa de Laura y yo no me meto en parejas.

Nadya pareció quedarse tranquila ante aquella afirmación y se recostó bajo las sábanas. No llevaba nada puesto, a juzgar por toda la ropa que había dejado caer al suelo. Yo apenas tenía sueño, por lo que encendí el ordenador y me dediqué de nuevo a repasar las fotos que había hecho. Cuánto más miraba el tesoro, más me maravillaba. No era por su valor económico o porque fueran piezas de oro o plata, sino por la ingente variedad cultural que representaba. Era como si fueran piezas de miles de culturas... o la base de una sola. Pasada casi media hora, encendí una cerilla para prender de nuevo mi pipa y el destello reveló en la pantalla el reflejo de la cara de Nadya, mirando por encima de mi hombro las fotos. Yo me asusté y me quemé los dedos con el fósforo.

—Me has asustado —dije—. No te esperaba detrás. Ni siquiera te había oído levantarte.

—Quería ver las fotos —dijo Nadya sin quitar la vista de la pantalla.

Se había cubierto el cuerpo tan sólo con la sábana blanca. Veía sus pies desnudos sobre el firme, moviendo los dedos en actitud curiosa. Tenía su mano izquierda apoyada en la mesa y con la derecha sujetaba la sábana para evitar cualquier descuido.

—Es desconcertante —dijo—. Parecen tesoros traídos de todas las culturas conocidas.

—Sí. Me quedé perplejo cuando encendí las teas ayer. No daba crédito a todo lo que veía.

—Es una pena que dentro de poco todas estas piezas estén en museos, lejos de aquí.

—Es descorazonador. En cuanto se sepa todo lo que hemos descubierto, empezarán a especular con los tesoros, a convertir la zona en una feria. Será un gran impulso económico para el país y puede que termine siendo un hallazgo que desbanque a Egipto como zona arqueológica por excelencia.

—A los egipcios no les va a hacer ninguna gracia.

—No, por cierto.

Continuamos mirando las fotos durante varios minutos. De vez en cuando, Nadya señalaba con la mirada algunos detalles de las imágenes. Apenas había zonas de la sala que no hubieran sido fotografiadas. De repente, unos disparos nos sobresaltaron. Nadya dio un brinco y yo me precipité hacia la puerta de la tienda.

—¡Quédate aquí! —dije mirándola. De pronto, me quedé pálido y callado. El sobresalto le había hecho soltar la sábana y se encontraba parada frente a mí, mostrando un cuerpo realmente escultural y bonito. Rápidamente, giré mi cabeza para evitar mirarla, me puse colorado por momentos hasta que reaccionó y cogió de nuevo la sábana—. No te muevas de la tienda —dije avergonzado y titubeante—. Voy a ver qué ha sido eso.

Salí de nuestro cobijo y me dirigí hacia el templo, donde varios trabajadores armados hablaban a gritos con 'Alîm.

—¿Qué ha ocurrido? —pregunté al llegar.

—Parece que los guardias se han asustado al ver un grupo de cinco jinetes cerca —dijo el intérprete—. Al oír los disparos al aire han huido.

—Se nos están acercando —dije preocupado—. Será mejor que volvamos a nuestras tiendas y esperemos a que el día despunte.

Volví y me quedé fuera. Iba a entrar, pero recordé la imagen de Nadya desnuda, sin casi preocuparse o percatarse de su desnudez.

—¿Puedo entrar? —dije desde fuera.

—Sí —la voz de Nadya sonó un poco menos dura.

Al entrar, la joven estaba ya metida en la cama, envuelta en sus sábanas y dándome la espalda.

—¿Qué pasa? —dijo sin mirarme.

—Los jinetes han reaparecido —dije—. Va a ser una noche intranquila.

9.- EL MAUSOLEO

Cuando se levantó el sol, oí cómo Nadya se levantaba y se quedaba unos segundos sentada en la cama. Después la escuché levantarse y coger un cigarrillo.

—Buenos días —dije sin girarme.

—Es hora de trabajar —dijo Nadya—. Levántate y vístete.

—Prefiero esperar a que te cubras.

—Ya me viste ayer. No tengo nada más que mostrarte y no creo que te vayas a asustar a estas alturas de nada de lo que veas.

—Pero no está bien —dije—. Prefiero que te vistas y salgas de la tienda.

Oí cómo se quedaba muy quieta unos segundos. No le vi la cara, no hacía falta. Estaba sorprendida de mi actitud respetuosa hacia su intimidad. Le desconcertaba que un hombre no se interesara por verla desnuda. No se creía, y menos viniendo de mí, que fuera de esta manera. Aunque no lo dijo, sus conceptos sobre mí comenzaban a desmoronarse como un castillo de arena.

—Como quieras —dijo terminando rápido—. Ya estoy vestida. Cuando termines, estaré en la puerta del templo con 'Alîm.

Me vestí rápido. Quería demostrar a Nadya que no era quien ella pensaba. Que era una persona en la que se podía confiar. Alguien digno de su amistad. Y lo hacía más por Laura que por el simple detalle de caerle bien. Aunque a decir verdad, al fin y al cabo, no dejaba de ser un hombre y la imagen de su cuerpo no se me iba de la cabeza. Cuando llegué a la puerta del templo, Nadya y 'Alîm ya me esperaban. No me atrevía a mirar a la chica a los ojos.

—Bueno —dije al llegar—, pongámonos en marcha. Supongo que tendremos que volver a encender las antorchas cuando bajemos.

Nada más lejos de la realidad. Las teas aún continuaban encendidas. Habían pasado casi tres días desde que las prendí y, sin embargo, ahí estaban, como si llevaran dos minutos ardiendo. El nivel del combustible no había cambiado.

—Es impresionante —dije—. ¿Tendrá algún sistema de autoabastecimiento?

—No suena líquido —dijo Nadya—. El combustible es el mismo que el que llegó a la antorcha cuando activaste el dispositivo.

—¿Y cómo apagarlas entonces? —preguntó 'Alîm.

—Déjame un tarro vacío —dijo la joven. Lo abrió y lo colocó debajo de una de las teas. Aunque yo no me había dado cuenta, la punta inferior del recipiente de cada antorcha, tenía un pequeño tapón metálico que, al abrirlo, dejaba caer en el tarro todo el líquido combustible del candil, apagándolo por completo.

—Vaya —dije perplejo—. Ahora tenemos una muestra del líquido para analizarla.

Nadya acercó la nariz al tarro. El contenido, de un color negro azabache, era oleoso, pesado.

—No huele a nada conocido —dijo—. Guárdalo en el zurrón —me tendió el tarro.

Continuamos nuestro camino. Al llegar a la sala de los tótems, les mostré todo el mecanismo, explicándoles lo que había hecho para dar luz al lugar. Luego, les llevé hasta la sala del tesoro. Abrí de nuevo la puerta y ahí estaba. Cada pieza continuaba perfectamente en su lugar. El suelo sólo presentaba mis pisadas, y nada había cambiado.

—Es más impresionante en vivo —dijo 'Alîm.

—Y que lo digas —dije—. No tiene precio.

—Un tesoro así es motivo más que suficiente para secuestrar a cualquiera —dijo Nadya.

—Sin embargo, han pasado varios días desde que secuestraron a la señorita Laura y no han pedido rescate alguno.

—Les basta con las amenazas —dije—. Quieren que abandonemos el lugar. La carta, el secuestro, las huellas, la presencia de los jinetes...

—Ayer se acercaron demasiado —dijo 'Alîm—. Quizá tengan razón y debamos abandonar.

Nadya se quedó mirando a nuestro intérprete y no le hizo falta traducir su gesto. Ella no estaba dispuesta a abandonar, aunque esta búsqueda le costara la vida.

—Mi esposa ha desaparecido por esta excavación —dijo con aire rudo—, y juro que llegaré al final de todo este asunto, sea el que sea.

—Y yo te seguiré —dije—. Te guste o no.

Apenas me hizo caso. Salió de la sala del tesoro y continuó por el pasillo, encendiendo antorchas a su paso. Nosotros la seguimos tan rápido como nos fue posible. Era obvio que 'Alîm no tenía el espíritu aventurero del que nosotros gozábamos. No se nos había pasado por la cabeza, ni por un segundo, la idea de abandonar la excavación. Resultaba absurda. Al poco, pasamos por una puerta situada en la pared derecha.

—Esto es nuevo —dije.

—¿El qué? —preguntó Nadya.

—Desde que entramos por primera vez en el templo, sólo habíamos visto la puerta secreta de los pasillos, la de los tótems y la del tesoro, además de la puerta destruida de la entrada, pero ninguna clara e intacta como esta.

—Pero no es de madera. Es de roca.

—Apuesto a que se puede abrir.

Me coloqué frente a la puerta y comencé a empujar, tratando de bascular el peso en un lado y en otro, hasta que noté que el lado derecho cedía tímidamente.

—¡Este es el lado! —dije—. ¡Ayudadme a empujar!

Entre los tres, comenzamos a hacer girar el ala de roca hasta que la puerta estuvo completamente abierta. Nadya acercó el mechero a la primera antorcha y, al igual que en la sala del tesoro, todas las teas se fueron encendiendo como en un dominó.

—¿Qué es esto? —dijo 'Alîm.

—¡Son sarcófagos! —dije emocionado—. ¡Hemos descubierto un mausoleo!

—Entonces esto no es un templo de adoración —dijo Nadya—. Es un túmulo.

—Puede ser ambas cosas —dije—. Fíjate. Todos los sarcófagos son iguales. No hay distinción entre cada uno.

Como si fuera un niño el día de su cumpleaños, fui saltando de sarcófago en sarcófago. Eran de piedra, tumbados en una sala romboide en filas de a dos, ocupando todo el perímetro. Unas perfectas cajas de roca gris sin aparentes signos de desgaste, con una tapa de unos ocho o diez centímetros de espesor, igualmente lisas, y algo más anchas y largas que el recipiente.

—Quizá fueran de gente sin importancia —dijo 'Alîm—. Si no, estarían más trabajados.

—Te equivocas —dije—. Estos ataúdes de piedra pueden ser de personas muy importantes. Ten en cuenta que hay pocos, apenas unos veinte o treinta, y que están en un templo en el que rendían cultos. Debieron ser personas muy importantes para la cultura que estudiamos.

—Pero entonces, ¿por qué un sarcófago tan simple?

—No lo sé con seguridad. Quizá aunque fueran personas que tuvieron el honor de ser enterradas aquí, se consideraban iguales al resto del pueblo y, por lo tanto, no querían ostentación.

—O quizá este tipo de sarcófago ya era lo bastante bonito para ellos —dijo Nadya.

—Teniendo en cuenta la factura del templo, lo dudo.

—Ayúdame —dijo la rusa acercándose a uno—. Voy a levantar las tapas de todos.

—¡¿Pero qué hace?! —'Alîm parecía horrorizado—. ¡Un respeto por las personas que aquí yacen!

—¡A la mierda el respeto! No voy a marcharme de aquí sin comprobar si Laura se encuentra en uno de estos sarcófagos.

—¿Crees que la han matado? —pregunté sorprendido.

—¡Por supuesto que no! Pero no voy a quedarme con la duda. Hay que comprobar todas las posibilidades.

—De acuerdo —dije después de unos segundos de titubeo. Me acerqué a ella y sujetamos con fuerza la tapa de uno. Justo cuando íbamos a levantarla, la voz de 'Alîm nos detuvo.

—¡Un momento! —dijo—. ¡La tumba de Tutankhamon!

—¿Qué dices?

—¡La maldición! Estas paredes están llenas de cosas escritas en sumerio. ¿Quién sabe si es una maldición para que no se abran los sarcófagos?

—'Alîm tiene razón —dije.

—Pero ¿qué dices?

—No creo en maldiciones de ese tipo, pero aquí dentro hay cuerpos que llevan miles de años descomponiéndose. ¿Quién sabe los gases que habrá acumulados? No deberíamos abrirlos a cuerpo descubierto.

—Es cierto. Volveremos a la tienda. Ahí hay trajes guardados que podremos usar para abrirlos.

—¿Y si los trajes no sirven? —dijo 'Alîm asustado.

—Entonces habremos fracasado —dijo Nadya resuelta.

Hicimos las fotos y anotaciones de rigor, y salimos del templo. A pesar de las protestas de nuestro intérprete, nos acercamos a nuestra tienda y recogimos los trajes. Me sorprendía ver equipamiento tan sofisticado ahí.

—¿Cómo se os ocurrió traer los trajes que se usan en control de epidemias a una excavación?

—Toda precaución es poca —dijo Nadya mientras se lo ponía antes de entrar de nuevo en el mausoleo.

—'Alîm —dije—, será mejor que te quedes fuera de la sala. No tienes traje y no sabemos lo que podemos liberar al levantar las tapas. Será más seguro para ti.

—Insistir en que es una locura no sirve de nada, ¿verdad?

—Esta vez me temo que estoy con Nadya.

Entramos en la sala y nos dirigimos a la tumba que íbamos a abrir en un principio. Sujetamos fuertemente la tapa e hicimos toda la fuerza que pudimos para levantarla, pero apenas pudimos desplazarla unos centímetros hacia arriba. Nuestras fuerzas se agotaron y volvió a caer pesadamente.

—Entre los dos no vamos a poder —dije apoyándome en el sarcófago.

—Sí que podremos —dijo Nadya, quien se acercó a su mochila y sacó una palanca.

Nuevamente, volvimos a levantar la tapa todo lo que pudimos y colocó la pieza de metal entre ella y el sarcófago, dejando el hueco permanentemente abierto. Luego, haciendo fuerza entre los dos, levantamos la palanca y la losa cayó al suelo, provocando un gran estruendo y levantando una ingente polvareda.

—¡¿Están bien?! —la voz de 'Alîm sonaba muy nerviosa.

—¡Sí! ¡Estamos perfectamente! —dije tratando de quitar el polvo en suspensión con la mano.

Lo que nos encontramos dentro rebasaba con mucho nuestra imaginación. Un cadáver momificado y con los ropajes colocados por fuera de las vendas, que también contenían caracteres sumerios bien definidos. Alrededor de él, varias piezas de oro.

10.- LOS ARCHIVOS DE ATLAS

—Debió ser alguien muy importante —dijo Nadya observando el cadáver.

—Él y todos los que aquí yacen. Están enterrados en un túmulo demasiado caro para ser personas de bajo rango. Quizá fueran nobles o sacerdotes de este templo.

—He podido contar veinticinco tumbas. Vamos a tener que abrirlas todas.

—¿No les basta con una? —la voz de 'Alîm provenía del exterior de la sala. Parecía tener más miedo de las maldiciones que de las trampas que pudiera haber en aquel túmulo.

—¡Deben abrirse todas! —dijo Nadya.

—Observa estas vendas. Sus escritos no parecen estar pintados. Parece que forman parte de la misma venda.

—No tendremos un veredicto claro hasta que no los analicen, pero parece que están impresos con calor, como si se hubiera planchado la venda en esas zonas para crear los escritos.

—¿Qué serán?

—Pueden ser conjuros o un relato de la vida del difunto.

—Abramos el resto.

Durante varias horas, estuvimos abriendo todos los sarcófagos. En cada momia, los escritos de las vendas variaban, lo cual nos hacía pensar que era un texto distinto para cada cadáver. La opción del conjuro perdía fuerza. Las momias, perfectamente colocadas en cada hueco, tenían las piernas estiradas, la cara miraba al frente y los brazos estaban colocados en cruz sobre la pelvis. Sin embargo, un detalle que se nos había pasado por alto, me hizo observar con más detenimiento los cadáveres.

—¿Te has fijado en la cabeza? —dije mientras Nadya se acercaba.

—¿Qué tienen de raro?

—Observa —con sumo cuidado, giré el cráneo de la momia y descubrí algo intrigante.

—Los cráneos no son redondos —dijo Nadya confusa—. Son alargados e, incluso, más anchos.

—Bien es sabido que en algunas culturas, sobre todo visto en el Antiguo Egipto o en algunas culturas precolombinas, los nativos vendaban las cabezas de sus hijos para deformarlos y hacerlos parecidos a los dioses que veneraban.

—Sí, eso había leído en varios libros, pero me sigue pareciendo una crueldad.

—Lo es. También nos parecen una crueldad las prácticas espartanas de arrojar al vacío a bebés con algún tipo de deformidad o, simplemente, una imperfección, alegando que los espartanos debían ser anatómicamente perfectos. O los japoneses que vendaban los pies de sus hijas para que quedaran pequeños, ya que era símbolo de belleza. Todas las culturas han tenido algún tipo de práctica cruel en algún momento de su historia.

—Estas momias son de adultos, a juzgar por el tamaño. No me puedo imaginar la vergüenza o el rechazo social que podría causar un físico así en estos tiempos.

—Y, sin embargo, en aquella época podía ser un símbolo inequívoco de belleza o de poder.

Minutos después, abrimos el último sarcófago y comprobamos aliviados que Laura no había aparecido aún. Todos los sarcófagos tenían momias, excepto uno, que permanecía vacío. Cuando salimos de la sala, con las cámaras de fotos en la mano, 'Alîm nos miró con aire preocupado.

—¿Ha ocurrido algo raro?

—Nada, amigo mío —dije quitándome el casco del traje—. Todo ha ido estupendamente, no había gases, ni esporas y los detectores no han saltado. La sala está limpia.

—¿Quieres entrar a ver las momias?

—Prefiero no hacerlo. Son antepasados y les debo un respeto.

—Entonces no deberías siquiera observar las fotos que hemos hecho.

—No si puedo evitarlo.

Volvimos de nuevo al exterior del templo. Habíamos decidido descansar un par de horas y dejar los trajes en la tienda, antes de volver al interior para recoger muestras y continuar el viaje.

—Debo llamar a Julián para preguntarle si ha recibido las muestras —dije cogiendo el teléfono.

—No debería fiarse de nadie —dijo 'Alîm—. No sabemos lo que puede ocurrir en España con las muestras que ha enviado.

—Como ya te dije, Julián es de fiar. No te preocupes por él. Nos va a prestar una maravillosa ayuda.

La llamada fue breve. Julián no había recibido las muestras aún, pero se mostró muy interesado en las momias que habíamos encontrado. Me volvió a pedir que le enviara algunas piezas de los sarcófagos, lo cual le prometí pese a las reticencias de nuestro amigo intérprete. Pasado el descanso, volvimos a la sala de los sarcófagos y, con sumo cuidado, cortamos pequeños pedazos de la venda y recogimos algunos objetos que acompañaban a los cadáveres. Por momentos, pensaba que las momias se levantarían y nos atacarían. Con las muestras en nuestras mochilas, continuamos nuestro camino por aquel largo pasillo. Las antorchas que dejábamos atrás quedaban encendidas, a pesar de mi miedo a que en cualquier momento éstas se apagaran, dejándonos a oscuras en un lugar que cada vez me daba más terror. Llegamos, por fin, a una zona donde el camino se bifurcaba en dos.

—¿Cuál tomamos? —dije alumbrando un pasillo y otro.

—Esto no me gusta —dijo el intérprete.

—Vayamos por la derecha —dijo Nadya—. El otro lo abordaremos más adelante.

—Tú mandas.

Continuamos por el pasillo de la derecha, como mi compañera había sugerido, y, tras unos cortos tres metros, nos vimos en una pequeña sala vacía.

—Esta sala no contiene nada —dije—. Está vacía.

—Espera —dijo Nadya—. Al fondo hay otro pasillo.

Con suma cautela, nos dirigimos a aquel pasadizo que, de nuevo, nos condujo a otra sala diáfana.

—Esto no es normal —dije—. Normalmente nos hemos encontrado con algo en cada sala que hemos visitado y, sin embargo, en las dos últimas tan sólo había polvo.

—Tenemos otra sala más por explorar.

—Que nos llevará a otra vacía —dijo 'Alîm.

—De acuerdo. Si no encontramos nada, volveremos a la superficie y mañana iremos por el otro camino.

Afortunadamente, al llegar a la tercera sala, nuestra sorpresa fue mayúscula, ya que habíamos dado con un archivo importante. Varias estanterías de sólida roca se agolpaban unas con otras, repletas de papiros y de tomos aparentemente bien encuadernados.

—Esto es increíble —dije al ver los estantes—. Es como si hubiéramos entrado en la Biblioteca de Alejandría.

—Es un tesoro aún mayor que el que encontramos antes —dijo Nadya pasando la linterna por los papiros.

Con extremo cuidado, cogí uno al azar y lo desenrollé. Estaban muy rígidos y algunos trozos casi se deshacían al tacto. Eran sumamente delicados.

—¡Está escrito en sumerio! —dije sorprendido.

—No puede ser.

—¡Míralo! ¡Igual que las paredes del templo y de los pasillos!

Estudié durante unos segundos el manuscrito. Largos párrafos escritos a mano con tinta negra, cuyo contenido desconocía, pero estaba seguro de que serían de una riqueza cultural incalculable.

—Debemos manipularlos con cuidado —dije volviéndolo a enrollar, tarea que me llevó varios minutos, por el precario estado en el que se encontraba—. Fotografiaremos el lugar. Debemos tener constancia de su colocación antes de sacarlos de aquí.

—Deberíamos bajar una máquina de plastificado —dijo Nadya—. El estado de los documentos es delicado, si los plastificamos antes de sacarlos, conservaremos su integridad y no perderemos nada.

—Tienes razón —dije—. No tienen doscientos años, ni mil, tienen mucho más y han estado aquí en la misma posición Dios sabe cuánto tiempo.

—No deberíamos sacar ninguno por ahora —dijo 'Alîm—. Esperemos a que nos traigan la máquina.

—Cierto. Los objetos que llevamos en las mochilas empiezan a pesar. Debemos subir y dejarlos en la tienda. Mañana a primera hora enviaré las muestras y exploraremos el pasillo de la izquierda.

Al subir, la luz del sol me cegó por unos momentos, pero no tenía tiempo de preocuparme por ello, estaba como en una nube, tras haber descubierto algo tan maravilloso. Me pasé largas horas sentado en la silla de mi tienda, con la pipa en la mano, elucubrando sobre el contenido de aquellos documentos. ¿Qué dirían? ¿Qué enseñarían? ¿Qué revelarían? Me torturaba a mí mismo culpándome por no haber aprendido sumerio cuando tuve la oportunidad. Sólo algunos símbolos básicos que me habían ayudado a descubrir el nombre de Atlas en el templo.

—No pienses tanto en ello —dijo Nadya lanzando el paquete de tabaco a su cama—. Sabes que algunos pergaminos se destruirán antes de sacarlos de las estanterías.

—Lo sé y me apena sobremanera. Con que salvemos el noventa por ciento de ellos, imagínate la sabiduría que deben contener. Los entresijos del templo, mapas, historia, detalles de su construcción...

—Ya he rellenado la solicitud de la máquina de plastificado. Mañana cuando se vayan los vehículos a Jalu, se llevarán la carta para que llegue lo antes posible a Trípoli.

—Estoy deseando que llegue.

—No te hagas ilusiones. Con suerte tardará una semana en llegar.

—¿Cómo lo sabes?

—Es lo que tarda en llegarme el tabaco.

11.- LA TUMBA DEL REY

A la mañana siguiente, los objetos, junto con la petición de la máquina, partieron temprano hacia Jalu. De ahí, se derivaría la carta a Trípoli y las muestras a Madrid, para que Julián se encargara del análisis. Tras un frugal desayuno, nos dirigimos a la entrada del templo, donde Nadya y yo nos sentamos a esperar a 'Alîm, quien se había retrasado ayudando a algunos trabajadores en sus tareas.

—Todo lo que estamos descubriendo cambiará por completo nuestra visión de la historia —dije encendiendo una pipa sentado en las escaleras del templo, mientras un inusualmente agradable sol nos calentaba los corazones.

—Ya vendrán los gobiernos a politizarlo.

—Es cierto que los rusos tenéis una visión negra de la vida.

—¡Eso no es así! Somos realistas.

—Lo que tú digas, pero todos los autores rusos que he leído han llenado sus páginas de miseria y desolación. Es triste. Le amarga a uno leer página tras página lo desdichado que somos.

—Eres como todos los europeos. Os centráis en lo comercial. No leéis a los pequeños grandes autores rusos y os guiáis por prejuicios.

—¿Tú crees? Cuando todo esto termine, estaré encantado de que me muestres algún libro que me deje por mentiroso. Si lo encuentras, te pediré disculpas.

—Así lo haré. Todos mis libros están en casa, pero cuando vuelva, te enviaré una copia.

—¿Dónde vivís?

—¿Por qué quieres saberlo? —Nadya parecía muy reservada con su vida privada.

—No voy a ir a tu casa si no lo deseas. Como mi apellido indica, soy un caballero y te lo he demostrado ya en alguna ocasión. Es sólo curiosidad.

—Tenemos un caserío en Sicilia —dijo no sin reservas—. Pasamos poco tiempo allí y el que pasamos, rara vez estamos juntas.

—¿Por qué?

—A Laura le llaman constantemente para excavaciones en todo el mundo. Tiene en su despacho aún cinco carpetas con excavaciones pendientes. Siempre que puedo la acompaño, pero, en muchas ocasiones, coinciden sus viajes con otros míos. En ésta tuvimos la suerte de que yo me había cogido dos meses de vacaciones, después de volver de unas investigaciones en Siberia.

—Menudo cambio. De la estepa siberiana a los desiertos libios.

—Ojalá Laura no hubiera aceptado este trabajo.

—La recuperaremos, aunque en ello me vaya la vida.

Nadya me miró con una mezcla de incredulidad y sorpresa. El muro que nos separaba, y que ella misma había edificado, se iba desplomando pieza a pieza, con paso lento, pero firme.

—¿Merecerá la pena tanto sufrimiento?

—¡Por supuesto! Estoy seguro de que, esté donde esté, Laura también está investigando. Casi se había convencido de mi teoría.

—¿Crees realmente que estamos ante vestigios de la Atlántida?

—Cada vez estoy más convencido.

—Eso es como decir que hay otros mundos a los que se accede por portales escondidos al final de una cueva.

—¿Y por qué no? En este mundo todo es posible.

—Cada vez hay menos cosas imposibles.

—¿Sabes lo que significa tu nombre en ruso?

—¿Cómo no lo voy a saber? Significa...

—¡Perdón por el retraso! —'Alîm interrumpió a Nadya, que se levantó de un salto y recogió su mochila del suelo.

—En marcha —dijo ella, dando por zanjada la conversación más amena que había tenido con ella.

Entramos de nuevo en el templo y nos introdujimos de nuevo en sus entrañas, comprobando que las teas aún continuaban encendidas.

—Es imposible que sigan encendidas —dijo Nadya observando las antorchas—. Llevan varios días ardiendo sin parar.

—No, no es imposible —dije—. Existe cierto mito alquímico sobre un combustible perpetuo. Es posible que los que construyeron este templo hubieran descubierto los secretos de la alquimia y utilizaran esos conocimientos.

—De todas maneras, he traído las linternas con baterías cargadas. No me gustaría quedarme a oscuras en este lugar.

Rebasamos de nuevo todas las salas descubiertas hasta llegar a la bifurcación donde nos detuvimos el día anterior.

—Ahora toca la izquierda.

—La siniestra, según el latín —dijo 'Alîm.

—¿Y tú dices que los rusos somos pesimistas?

—Vamos, 'Alîm, estamos viviendo unos momentos históricos y tú te estás poniendo más y más nervioso a cada paso que damos.

A los pocos metros de tomar ese nuevo camino, nos encontramos con un recodo hacia la izquierda que desembocaba en otro largo pasillo oscuro y tenebroso.

—No soy experta en medidas, pero yo diría que estos pasillos no corren por debajo del templo exactamente, sino que estamos bordeando el perímetro del mismo.

—Sí. El pasillo que recorrimos 'Alîm y yo al principio, tanto a un lado como a otro, tenía más de cincuenta metros de largo y el que hemos dejado atrás rebasa con mucho los veinte metros. El centro lo debieron dejar intacto para no comprometer los cimientos de la construcción exterior.

Continuamos poco a poco por aquel largo pasadizo. A diferencia de los otros, no había entradas a un lado o a otro, ni pistas que nos indicaran puertas secretas ni nada por el estilo. Sólo eran dos largas paredes de roca que se perdían donde alcanzaba la vista. A ambos lados podíamos seguir viendo innumerables inscripciones en sumerio, escritas en pequeños párrafos de unos cincuenta centímetros de largo, separados entre sí por líneas verticales. Me preguntaba si dirían lo mismo que los papiros o si serían algo distinto.

—Todos estos textos me intrigan. Podrían ser copias de lo encontrado en los archivos que hemos dejado atrás.

—Es posible, aunque, ¿para qué molestarse en grabarlo en roca si había constancia en las estanterías?

—¿O por qué escribirlo en papiros si estaban ya grabados en roca? —dijo 'Alîm.

—¿Qué fue antes: el huevo o la gallina? Tal vez fueran conjuros, como se hacía antiguamente en algunas culturas —dije sonriendo.

—Vuelves a hacer suposiciones fantasiosas —dijo Nadya.

—Después de todo lo visto, me lo puedo permitir.

Nuestros pasos, sordos, nos estaban llevando poco a poco hacia un final indeterminado. El pasillo era más largo de lo previsto y me preocupaba no llegar a ninguna parte. Sin embargo, cuando llevábamos unos quince minutos andando, un detalle me llamó la atención.

—Fijaos —dije—. Se han terminado los grabados.

Efectivamente, las paredes, desde ese punto, se mostraban igualmente irregulares que antes, pero sin letra alguna, sin ningún texto que las adornara.

—Quizá no llegaron a terminarlo —dijo el intérprete.

—Me extraña. Es posible que al final de este pasillo se halle la última sala que, por algún motivo, no necesitaba estar acompañada de palabra alguna.

—Creo que veo el final —dijo Nadya agudizando la vista.

Rápidamente, nos acercamos a lo que era el final del pasillo. Una pared de roca cortaba abruptamente el paso.

—No me lo puedo creer —dije—. ¿No hay nada más? ¿Aquí se termina todo?

—Parece que sí —dijo Nadya observando el muro.

—Deberíamos marcharnos. Aquí ya no hay nada —dijo 'Alîm.

—No es posible —dije tocando el muro—. Debe haber una puerta o algo que se nos escapa.

—No hay nada.

Mis esperanzas se desvanecieron como una estrella fugaz. Habíamos pasado varios días inspeccionando los bajos del templo, para ahora ir a topar con un muro de piedra. Me senté en el suelo abatido.

—Parece que es el final —dijo Nadya.

Saqué mi pipa del bolso y la cargué con tabaco.

—¿No irá a fumar aquí? —dijo el intérprete sorprendido.

—Sé que no es ortodoxo, pero teniendo en cuenta lo mal que me siento ahora, creo que me lo puedo permitir.

Encendí la pipa y le di varias caladas. El humo espeso salió del hornillo y levitó unos instantes en el ambiente. De pronto, como movido por una fuerza, se coló por el centro del muro.

—¿Habéis visto eso? —dije levantándome.

—¿El qué?

De nuevo le di unas caladas a la pipa y solté el humo, esta vez cerca de la pared, y éste se volvió a colar por una rendija.

—¡Aquí detrás hay algo!

—Parece que no era el final —dijo Nadya.

Rápidamente, comencé a investigar la pared. Nadya me ayudó tanteando la roca una y otra vez, buscando algo que hiciera que la puerta se abriera, hasta que, por fin, apretando un adoquín, ésta comenzó a abrirse por el centro. Cuando las alas se habían separado del todo, la linterna de Nadya apuntó a una de las paredes y encontró un canalón que corría por todo lo largo de la sala. Le acercó el mechero y se prendió, iluminando toda la estancia y descubriendo el cénit de todos los descubrimientos.

Rodeado por una cantidad casi incalculable de tesoros, un sarcófago de oro y oricalco descansaba en el centro de la sala. Estaba muy bien trabajado y con innumerables piedras preciosas incrustadas en él. A sus pies había una placa de plata con símbolos en algún tipo de mineral. Tras leerla, no di crédito a lo que ponía.

—¡Es lo mismo que ponía en la puerta de arriba! ¡Es la tumba de Atlas!

—Es imposible —dijo Nadya observando el sarcófago—. La tumba de un rey atlante.

—La tumba de un hijo de Poseidón —dije emocionado—. Julián tenía razón: «El tabaco me llevará a la tumba.»

De pronto, un chasquido nos sobresaltó. Cuando Nadya y yo nos giramos, nos encontramos a 'Alîm apuntándonos con su revólver.

PARTE III

1.- LA TRAICIÓN

—'Alîm —dije confuso—, ¿se puede saber qué haces?

—Lo siento, pero ya han llegado demasiado lejos.

—Baja ahora mismo esa pistola.

—No puedo hacerlo.

—Dinos quién eres en realidad —dijo Nadya.

—Pertenezco a la Hermandad del Círculo Sagrado —el joven se abrió la camisa con su mano izquierda, mientras en la derecha sostenía el revólver. Descubrió entonces un tatuaje en el pecho. Era el mismo símbolo que habíamos visto en la carta y en el trono de Poseidón—. Durante generaciones, nuestro reducido grupo ha impedido a los arqueólogos encontrar rastros de la Atlántida. Aquél que ha encontrado algo, ha sido eliminado o silenciado.

—¿Dónde está Laura?

—No puedo decírselo. Lo siento señorita Nadya, pero es una información que no puedo darle. Ustedes morirán aquí y el templo será enterrado de nuevo, borrando toda huella de su excavación.

—¿Qué va a pasar con Julián? —dije preocupado.

—De eso nos encargaremos más tarde.

—¿Por qué hacéis esto? La Atlántida es una fuente de conocimientos que ayudaría al ser humano a mejorar.

—Los conocimientos que aquí se guardan, al igual que en el resto de los yacimientos que hay esparcidos por el globo, son demasiado avanzados como para que la sociedad actual los maneje. Su descubrimiento podría dar lugar a una época oscura, que terminaría con el exterminio de la raza humana.

—¿Qué va a pasar con Laura?

—Está retenida, pero está viva —Nadya mostró cierto alivio ante esa afirmación, y yo también—. Será puesta en libertad cuando la hayamos convencido de que todo esto debe permanecer oculto.

—Tú mandaste la carta.

—No, fueron mis compañeros. Yo sólo debía vigilar sus avances. Podemos convencer a la señorita Laura de que todo esto es peligroso, pero ustedes continuaron investigando a pesar de la desaparición de su amiga. ¿Qué sociedad podría manejar semejante tecnología si no son capaces de olvidar el conocimiento, arriesgando así la vida de alguien tan importante como su amiga? Si hubieran abandonado la excavación al recibir la carta, todo habría sido más fácil, pero la ambición que demuestran no conoce límites. La humanidad no está preparada para conocer la Atlántida.

–Las denuncias están hechas. Ahora os perseguirán —la ira de Nadya crecía por momentos.

–¿Están seguros de que las denuncias llegaron a buenas manos? Tanto el policía de la comisaría como los agentes del Consulado eran miembros de la Hermandad. Estamos en esferas muy altas del poder. Les aconsejé varias veces que dejaran la excavación, pero no me hicieron caso.

—¿Por qué nos has dejado llegar tan lejos?

—¿Tan lejos? ¿Qué han descubierto? ¡Nada! Nada si se compara con la totalidad de lo que queda por descubrir. Ustedes se han portado bien conmigo, me han tratado como a un igual, me han respetado y me han hecho partícipe de todo lo que han hecho. Eso no lo hicieron anteriores excavadores y saqueadores.

—Nosotros no somos saqueadores.

—¡Lo primero que han hecho al encontrar los tesoros ha sido saquearlos! ¡Han extraído objetos que debían permanecer aquí! ¡Los han difundido!

—¡El conocimiento nos hará libres!

—¡Este conocimiento no! ¡Les destruirá! Por eso debemos impedir que salga a la luz, aun a costa de algunas vidas.

—Сын сука... —lo que había dicho Nadya sonaba quizá peor que lo que me había dicho días atrás—. ¡Voy a matarte!

—Yo estoy listo para morir, señorita Nadya. Me he preparado durante años para que la muerte no me asustara. Ustedes sólo se han preocupado de esta vida.

—¡¿Dónde está Laura?! —Nadya se abalanzó sobre 'Alîm, pero tuve tiempo de sujetarla firmemente. En el forcejeo, desgarré casi por completo su camiseta de tirantes. Era evidente que Nadya no era amiga de la lencería.

—¡No se muevan! Yacerán junto con el primer rey de la Atlántida.

Se me había ocurrido una idea, pero no era posible decirle nada a Nadya, ni siquiera en el poco ruso que conocía, teniendo en cuenta que a quien teníamos delante era intérprete. Por tanto, sólo pude dibujar en la piel de la espalda de Nadya las letras P-L-A-N, esperando que comprendiera. Aún tenía mi pipa en la boca, así que, con suma tranquilidad, la volví a encender procurando que se mantuviera bien encendida.

—No vas a matarnos, 'Alîm —dije acercándome—. No vas a hacerlo porque para matar a Nadya, tendrás que matarme a mí primero —me coloqué justo delante del traidor. El cañón de su revólver tocaba con mi pecho. Nadya parecía turbada, no comprendía que alguien como yo arriesgara su vida por ella—. Tú decides.

—No he decidido el orden. Puedo matarle a usted primero y luego a la señorita.

Él no se había dado cuenta, pero el hornillo de mi pipa apuntaba directamente hacia su cara en ese momento y, aprovechando el desconcierto, soplé fuertemente en el mástil de mi pipa, haciendo que la ceniza saliera volando bien caliente e impactara contra su cara, haciéndole tambalearse. En ese momento, Nadya y yo saltamos sobre él. Mientras ella lo sujetaba, yo pateé el revólver, lanzándolo lejos de su alcance. Rápidamente, lo atamos a una columna.

—¡Esto no cambia nada! —dijo 'Alîm forcejeando—. Si no los mato yo, ¡otros lo harán!

—¡Dime dónde está Laura o no conservarás un hueso sano! —Nadya le soltó un tremendo puñetazo en la cara. Las gafas del joven salieron volando destrozadas. Casi pude oír la carne de su rostro desgarrándose.

—Ya se lo he dicho antes. No me asusta la muerte.

—¿Y la muerte en vida? Puedo provocarte tal dolor y tal sufrimiento que desearás estar muerto.

—Ricardo, vigílale. Voy a la tienda a buscar unas cosas.

—¿Qué vas a hacer?

—Persuadirle.

—Toma esto antes de salir —me quité la camisa y se la ofrecí—. No es bueno que cientos de obreros te vean medio desnuda en mitad del desierto.

Nadya aceptó, no sin cierta sorpresa, la camisa que le ofrecía. Se la puso y salió de la sala corriendo.

—No van a sacarme la información. La señorita Laura será liberada a su debido momento, pero ustedes no podrán adelantarlo.

—No sé lo que va a hacer Nadya, pero si algo he aprendido de ella, es que siempre consigue lo que quiere. Será mejor que me cuentes de buenas maneras dónde tienen retenida a Laura. Por tu bien.

—Mi bien es la preservación del secreto. Al igual que todos los miembros de la Hermandad.

—¿Y si te prometiéramos que vamos a abandonar la excavación?

—No lo harán. Les he observado. Sé que no lo harán.

Pocos minutos después, Nadya apareció con una manta y algunos objetos dentro de la misma.

—Ricardo —dijo—, será mejor que salgas del templo. Lo que va a ocurrir aquí no es agradable.

—Prefiero quedarme.

—¡Que salgas! —la voz imperiosa de Nadya me convenció con más facilidad que a 'Alim, quien continuaba mirándonos con aquella sonrisa socarrona.

—De acuerdo, pero procura no matarle. Podemos usarlo para canjearlo por Laura.

—Mi vida no es canjeable. Mis hermanos cuentan con mi muerte si es necesario. Saben que no revelaré nada.

—¿A tus hermanos no les importa que mueras si no cuentas nada? ¿Y qué os diferencia entonces de nosotros?

—Realmente, el bien de la humanidad. El secreto de la tecnología es más importante que mi vida.

—Ricardo, márchate, pero déjame tu pipa aquí.

—No me la rompas —dije tendiéndosela—. Es la única que tengo.

Salí de la sala, no sin antes echar un último vistazo a 'Alîm. Me sentía realmente decepcionado, había confiado en él. Las palabras de Julián me retumbaban en la cabeza una y otra vez: «No confíes en nadie.» De todas formas, me negaba a salir del templo. Me quedé apoyado sobre el Poseidón. Me di cuenta de que necesitaba fumar, pero no tenía mi amada pipa, que en tantos viajes y aventuras me había acompañado. Era un momento difícil. Nadya se había quedado a solas con 'Alîm y sólo Dios sabía lo que ahí abajo iba a ocurrir. Me sentía impotente. No podía sonsacarle la información sobre el paradero de Laura y los nervios me comían, ahora que no podía entretenerme con el tabaco. Saqué el paquete que tenía recién abierto y me dediqué a olerlo y a manosearlo despacio, tratando de mantenerme ocupado con algo.

La espera era tensa. En varias ocasiones tuve la tentación de bajar a ver qué pasaba. No podía mantener la paciencia en una situación como esa.

Trataba de prestar atención a cualquier sonido que proviniera de los pasadizos, pero el silencio era toda la respuesta que encontraba. Harto de esperar, me desplacé hacia la escalinata y me detuve unos segundos tratando de percibir algún sonido, pero no había nada. Cuando bajé el primer escalón, un horrible grito me detuvo. Parecía ser 'Alîm que se retorcía de dolor. El miedo entonces se apoderó de mí, dejándome paralizado en aquella escalinata.

Pocos segundos después, escuché los pasos de alguien que se acercaba por los pasillos. Me mantuve expectante. De pronto, Nadya apareció con la manta en los brazos. Era evidente que lo que llevaba dentro era el cuerpo sin vida del joven intérprete, que no había sido capaz de soportar la larga tortura. Una gran mancha de color rojo oscuro tintaba casi toda la manta. El cuerpo de Nadya también parecía bastante salpicado de sangre.

—¿Qué ha...?

—No preguntes —me interrumpió la rusa—. Ya ha oscurecido, así que es el mejor momento para salir del templo y buscar un sitio donde enterrar el cuerpo.

—¿Has descubierto dónde se encuentra Laura?

—Awbärï.

—¿Awbärï?

—Sí. A algo más de seiscientos kilómetros al sur de Trípoli.

2.- CAMINO DE AWBÄRÏ

—¿Qué vamos a hacer con el cuerpo?

—Iremos unos minutos hacia el norte —dijo Nadya—. Amparados por la noche. Lo enterraremos y nos olvidaremos de él.

—No entiendo cómo has sido capaz de sonsacarle información.

—'Alîm estaba preparado para la muerte, pero no para la muerte en vida. Sabía que no pensaba matarle, así que prefirió contármelo después de un poco de... "persuasión".

—Prefiero no saber tus métodos.

Recogimos el cuerpo de 'Alîm y nos aventuramos a través del desierto. Durante un tiempo, que se me hizo eterno, transportamos el cadáver. Constantemente, miraba a un lado y a otro, nervioso. Temía que alguien nos descubriera y nos denunciara. La búsqueda de Laura estaba comenzando a transgredir la ilegalidad, pero estaba dispuesto a eso y más con tal de encontrarla.

Tras varios minutos de camino, lleno de nervios y de incertidumbre, llegamos a un lugar apartado entre las rocas. Nadya cavó un hoyo bastante profundo, mientras yo vigilaba la posible aparición de alguien. Cuando apenas se veía ya la cabeza de mi compañera, tiró de la manta, haciendo caer pesadamente el cadáver. La ayudé a salir y, entre ambos, tapamos la tumba.

—En condiciones normales —dije—, deberíamos decir unas palabras sobre él.

—Pero esto no son condiciones normales. No se merece ni el trabajo que hemos realizado para cavar su tumba, pero tampoco nos podemos arriesgar a que lo encuentren. El desierto dará cuenta de sus malditos huesos.

Volvimos al campamento, donde estuvimos recogiendo algunas cosas, necesarias para la partida hacia Awbärï.

—No podemos dejar la excavación sin vigilancia —dije—. Algo debemos hacer.

—Ya he hablado con un amigo mío ruso. Vendrá a Jalu en un par de días y se hará cargo de la excavación.

—¿Confías en él?

—Por supuesto. No vamos a abandonar esto. Además, será temporal. Dentro de unos días tendremos a Laura otra vez entre nosotros y volveremos al trabajo. Hay mucho que hacer aquí.

—¿Te das cuenta de lo que hemos encontrado? Es la tumba de un semidiós, la tumba de Atlas, hijo de Poseidón. Es increíble.

—Y, sin embargo, no hemos encontrado palabra alguna que diga «Atlántida».

—No, pero tampoco es necesario. Verás, Teopompo no la llamaba Atlántida, sino Melópide, que viene de Melope, una de las estrellas de las Pléyades, que se suponen eran las hijas del Titán Atlas. Es probable que Poseidón le diera a su primogénito ese nombre en honor al Titán y no es casual entonces que se llamara Melópide.

—Me sorprende cómo lo relacionas todo.

—Sí. Sé que puede parecer que cojo las teorías con pinzas...

—¿Con pinzas?

—Sí. Es una expresión. Parece que uno unas cosas con otras tan sólo por un sitio, sin importar si encajan por otro lado, pero sé que, al final de esta búsqueda, veremos que todo encaja a la perfección.

—Entiendo. Será mejor que nos acostemos. Pasado mañana llegará mi amigo y me gustaría partir para Awbärï cuanto antes.

—Tienes razón. Espero que, con la muerte de 'Alîm, no se produzcan más ataques a la excavación. Sería difícil de controlar.

La noche me atormentó con imágenes de nuestro difunto traidor. Su cadáver descompuesto se me aparecía en sueños y, al despertarme, creía ver su silueta en la puerta de la tienda. Prefería no preguntar a Nadya qué había ocurrido en esa sala y casi estaba temeroso de volver a entrar en ella, pero, sin duda, debería hacerlo tarde o temprano.

Por la mañana, Nadya me despertó. Fuimos a desayunar y nos adentramos de nuevo en la sala que contenía el cuerpo de Atlas. Había varias manchas de sangre en el suelo, incluso, pude acertar a ver lo que, parecía un diente. Aparté la vista de esos restos y me concentré en aquellos que llevaban ahí más de veinticuatro horas. El sarcófago era de veras hermoso. No se encontraba tumbado en el suelo, sino que descansaba sobre una cuña de piedra que lo levantaba veinticinco grados exactos sobre el suelo, según nuestras mediciones. De esta manera, parecía más majestuoso si cabe que si hubiera estado tumbado.

—Esta sala me recuerda a las de los faraones egipcios —dijo Nadya.

—Sí. Un sarcófago de oro en el centro, rodeado de incalculables tesoros... es posible que las disposiciones de las momias egipcias obtuvieran su inspiración de esta sala o de otras similares.

—¿Crees que hay más?

—Por supuesto. Espero encontrar al menos nueve más. Una por cada hermano de Atlas.

—Diez tumbas para diez reyes, pero aquí sólo hay una.

—Como ya le dije a Laura, cada hijo de Poseidón recibió un "pedazo" de imperio para gobernar. A Atlas le tocó Mauritania, según Diodoro. Hubo otros que recibieron otras zonas del globo. Ten en cuenta que el imperio atlante abarcaba todo el planeta, si no me equivoco.

—Pensaba que se reducía a una simple isla.

—La capital sí, pero, como pasaba con el imperio romano, no podemos pensar en Italia como el imperio, sino en medio mundo.

Sin miedo ya a nada, procedimos a abrir el sarcófago, haciendo que la tapa cayera pesadamente al suelo. Ante nosotros, se mostró un espectáculo digno de cualquier película con efectos especiales. Una momia, de algo más de dos metros de longitud, se encontraba ante nosotros. Su aspecto, lejos de parecer tétrico, era de veras majestuoso. Los vendajes estaban cubiertos por extraños ropajes muy pomposos, típicos de alguien de alta alcurnia. Dos báculos de oro se cruzaban en su pelvis, asidos por sus manos, e innumerables joyas de finísima factura decoraban el resto de su cuerpo. La momia despedía un extraño brillo a su alrededor, como si su esencia divina todavía impregnara la carne que había debajo de los vendajes, decorados también con inscripciones sumerias, pero con letras de oro, dando fe de lo importante de este personaje.

—No puedo resistir la curiosidad —dije—. Deberíamos girar la cabeza.

—Tienes razón —dijo Nadya—. Yo lo haré.

La rusa sujetó con cuidado la testa de rey y la giró lentamente, confirmando mis sospechas: su cráneo también estaba deformado, alargado en su parte posterior.

—Parece que hacían esto con todos —dijo Nadya.

—Podría haberlo pensado de los cadáveres que hay en el mausoleo ahí atrás, pero este es un hijo de Poseidón. Nadie se atrevería a deformar su cuerpo. Creo que él era así de forma natural.

—Intrigante.

Tras hacer las mediciones y fotografías de rigor, subimos de nuevo a las tiendas, donde hice mi rutinaria llamada a Julián. Escuchó absorto mi relato del hallazgo de la tumba de Atlas, pero no le comuniqué en ningún momento la traición de 'Alîm o el paradero de Laura, ya que no quería preocuparle más de lo normal. La conversación terminó con la frase «no confíes en nadie», repetida hasta la saciedad.

Al día siguiente, la matutina caravana de todoterrenos que traían víveres y materiales vino acompañada por un joven de pelo castaño, algo espigado, de piel tremendamente blanca y ojos oscuros, aunque con una expresión muy dura en su cara. Era el amigo de Nadya.

—Te presento a Piotr, mi amigo —dijo Nadya—. Piotr, él es Ricardo.

—Es un placer —dijo Piotr con un acento ruso aún más marcado que el de su amiga.

—Igualmente —dije—. Ahora me disponía a enviar algunas muestras a Madrid para que las analicen.

—¿No las pueden analizar aquí?

—No es una plaza segura. Prefiero enviarlas a España, donde las analizarán personas de confianza.

Tras el almuerzo, estuvimos enseñándole todas nuestras indagaciones. Le hicimos un tour exprés por los pasillos inferiores y le explicamos algunas de las cosas que encontramos. Su rostro endurecido se iba ablandando por momentos y, en algunas ocasiones, parecía que se iba a echar a llorar. Por la noche, tras la cena, acomodamos otro catre en la tienda para que pudiéramos dormir los tres a gusto y por la mañana nos despedimos de nuestro compañero.

—Vigila bien la zona —dije—. Como ya te hemos dicho, esta excavación ya no es segura y si hay cualquier cosa que necesitemos saber, no dudes en llamarnos al teléfono que llevamos.

—Perded cuidado. No ocurrirá nada.

A pesar de que acababa de conocer a ese hombre, me fui con tranquilidad en mi corazón, sabiendo que dejábamos la excavación en buenas manos. Aunque también estaba lleno de incertidumbre, sobre todo porque no sabía qué nos íbamos a encontrar en Awbärï.

—Espero que no tengamos que entrar en combate —dije mientras el vehículo se tambaleaba en el desierto.

—No te preocupes —dijo Nadya—. Estamos preparados para todo —la joven abrió su mochila discretamente y pude ver la culata del revólver de 'Alîm.

—Me da escalofríos.

—Tranquilo. Ahora la llevo yo.

—¡Y eso es lo que me preocupa!

Una tímida sonrisa se dibujó en el rostro de Nadya, comprendiendo la ironía de mi frase. Cerró el macuto y lo depositó con cuidado a sus pies, encendiéndose un cigarro. Por la noche llegamos a Trípoli, donde lo primero que hicimos fue fletar un pequeño avión para Awbärï, que saldría al día siguiente, a una hora temprana. He de reconocer que su precio fue menor del que pensaba. Una rápida cena y un sueño intranquilo es todo lo que recuerdo de aquella jornada. La siguiente imagen que se me viene a la mente es la de la puerta de mi habitación, aporreada por Nadya, cuando el sol aún no se levantaba. Durante el trayecto, estuve repasando con Nadya algunas notas, pero una duda rondaba mi cabeza sin cesar.

—Dime, Nadya, ¿cómo encontraremos a Laura? No tenemos más pistas que la ciudad donde se encuentra.

–Aterrizaremos al este de la ciudad. Debemos dirigirnos al noroeste, donde hay una serie de granjas. Ahí, en una de ellas, está escondida Laura.

3.- LA CIUDAD DE AWBÄRÏ

El aterrizaje fue un poco más movido de lo que me esperaba, pero, por fortuna, nos bajamos del avión de una pieza. Tras echarnos las mochilas al hombro, nos fuimos al primer hotel que encontramos y que ofrecía ciertas garantías.

—Espero que mi habitación tenga ducha con agua caliente —dije tratando de establecer algún tipo de conversación con Nadya, ya que el silencio comenzaba a resultar un tanto incómodo.

—Será más seguro para ambos que cojamos una habitación doble.

A decir verdad, su afirmación no me sorprendió para nada. Ya habíamos dormido en la misma tienda y, para ser sincero, he de reconocer que tenía razón. Nos encontrábamos muy cerca de donde podían haber muchos miembros de la Hermandad del Círculo Sagrado y no podíamos arriesgarnos a estar solos ni un minuto.

—Tienes razón —dije al fin—. Es un viaje peligroso. Ahora que hemos recibido un ataque directo contra nosotros, debemos ser más cautos que nunca.

Subimos a la habitación que nos habían dado, la número 711, y descubrimos, no sin sorpresa, que nos habían dado una habitación con una sola cama de dos plazas.

—Creo que han pensado que somos pareja —dije.

—Pues piensan mal —dijo Nadya cogiendo el teléfono.

Intentó hablar de forma amable con el recepcionista, pero su tono fue pasando poco a poco de la calma a la cólera, colgando el teléfono tan fuerte que creí que tendríamos que recoger las piezas por todo el hotel.

—Dice que es la única habitación que tienen libre. Lo demás está cogido por no sé qué.

—De acuerdo —dije—. Duerme tú en la cama. Yo dormiré en el sillón.

—Mañana no podrás moverte por los dolores de espalda —dijo Nadya más calmada.

—Eso no me preocupa. Al fin y al cabo, no creo que pueda conciliar el sueño.

—No seas crío —dijo en un tono que no sabría dirimir si se trataba de jocoso o de enfadado—. Tus constantes muestras de caballerosidad no van a hacer que me caigas mejor. Somos adultos. Podemos dormir ambos en la cama.

—¿No temes que, estando dormido, te abrace?

—Sólo duerme recordando que soy yo la que tiene el revólver —ese sarcasmo sí lo había pillado.

—De acuerdo. Haremos lo siguiente: tú dormirás bajo las sábanas y yo sobre ellas. Y no admito un "no" por respuesta.

—¿No pensarías que te iba a dejar dormir bajo mi misma sábana?

—Eres imposible —dije cayendo derrotado sobre el sillón.

—Voy a darme una ducha.

Nadya entró en el aseo de la habitación. Mientras tanto, yo me dediqué a estudiar un plano que había podido coger de recepción. La zona que decía Nadya era un apretado de granjas, con amplios terrenos cosechados y pequeñas construcciones en alguna de sus delimitaciones. Parecía que íbamos a tardar días en explorar toda la zona. Pocos minutos después, la joven salió envuelta en una toalla. Abrió su mochila y comenzó a sacar varias cosas, como prendas o artículos de aseo.

—Espero que no hayas gastado todo el agua caliente —dije—. Ahora me toca a mí ducharme.

—Ten cuidado. Es difícil regular la temperatura.

Entré en el aseo. El vaho todavía estaba descansando sobre el espejo y la humedad era patente. Estaba todo muy limpio, como cabía esperar. Me metí en la ducha y dejé que el agua templada me empapara por completo. Hacía varios días que no me daba una ducha en condiciones y era de agradecer, teniendo en cuenta que mis botas tenían más arena de la que se había podido extraer de los alrededores del templo. Esa sensación de placer tan sólo me duró unos segundos, ya que enseguida el agua caliente, casi hirviendo, me sacó de mi sopor, alcanzando la manecilla del agua fría justo en el momento en el que las quemaduras comenzaban a enrojecer mi piel. Tuve que renunciar a toquetear más los mandos y, muerto de frío, me enjaboné y me aclaré con el agua helada que salía de esa ducha tan pendenciera.

Cuando salí, fui corriendo a mi fardo para coger ropa cómoda para pasar la noche. Nadya había salido al balcón para fumar y decidí acompañarla. Había comenzado a anochecer y la bajada de temperatura, acompañada de una suave brisa, hacía la estancia en aquella terraza mucho más agradable. Nadya permanecía impasible apoyada en la barandilla. Oteaba el horizonte, hacia el norte, y llevaba el pitillo a su boca de forma mecánica, sin apenas darse cuenta de lo que estaba haciendo. Ese tipo de actitud en ella, como de autómata, había dejado de impresionarme y me resultaba ya hasta elegante. La imagen de mujer implacable, de mujer de acero imposible de alterar, se había desmoronado semanas antes, con la desaparición de Laura, y su parte humana había asomado tímidamente la naricilla, a pesar de sus continuos esfuerzos por esconderla.

—Ahora se está muy bien aquí —dije tratando de romper el hielo.

—Si quieres puedes dormir aquí.

—No es muy aconsejable. La dureza de las temperaturas diurnas sólo es superada por la de las nocturnas. Podrías levantarte mañana y descubrir que mi piel, ahora morena, es de un azul preocupante y que me he convertido en un témpano de hielo —el comentario, casi jocoso, no había tenido el menor efecto en esa mujer, que continuaba exprimiendo cada calada al cigarro, mientras yo degustaba lentamente mi pipa.

—¿Cómo era Laura cuando la conociste? —preguntó por fin. Cada vez que mostraba su faceta humana, intentando entablar conversación, me echaba a temblar, sobre todo cuando giraba en torno a Laura.

—Igual que es ahora. Una mujer con principios, con convicciones, una mujer consagrada a su profesión por encima de todo —Nadya me lanzó una mirada inquisitiva, preguntándose si esa afirmación no llevaría un tono de reproche por dejarme colgado en el altar.

—Pero, sobre todo —continué—, es una mujer que quiere a los suyos, una mujer que no expondría a su gente al peligro bajo ningún concepto.

—Y, sin embargo, continuó excavando a pesar de la amenaza.

—He de reconocer que ahí fui yo quien le dio un empujoncito. Yo tampoco expondría a los demás al peligro, pero este descubrimiento... Creo que es más grande que todos nosotros. Creo que, hasta cierto punto, nos supera y que si lo completamos, no sólo habremos logrado el reconocimiento mundial. Siento que si lo completamos, le habremos dado a la humanidad motivos más que suficientes para plantearse hacia dónde van exactamente.

—Llegará un día en el que esa actitud te jugará malas pasadas.

—«Llegará un día...» —dije pensativo—. Esa frase acaba de recordarme algo.

—¿El qué?

—Verás, Ovidio, en su obra *Las Metamorfosis*, lanzaba una frase parecida: «Atlas, llegará un día en el que tu árbol será despojado de su oro por un hijo de Zeus.» Quizá no se refería al Titán Atlas, sino al hijo de Poseidón, advirtiéndole de la futura destrucción de la Atlántida.

—Eres único para hilvanar una charla coloquial con tu incansable búsqueda de la Atlántida.

—Pero tiene sentido, ¿no crees?

Nadya no contestó. Se limitó a lanzar la colilla por el balcón, sin preocuparse por los posibles transeúntes, y se metió en la habitación. Cogió una botella de agua y le dio un largo trago, dejando que algunos hilillos se escaparan por las comisuras de sus labios. En otros tiempos, una mujer así habría sido objeto de burlas y mofas, sin embargo, eran tiempos modernos y una actitud así en una fémina era más digna de elogio que de otra cosa.

—Voy a acostarme —dijo—. Mañana saldremos temprano a inspeccionar las granjas.

—Me sorprende que no hayamos salido esta misma tarde.

—El viaje ha sido largo y no hubiera servido de nada emprender la búsqueda con las fuerzas mermadas.

Había descubierto que Nadya, además de tener un carácter impulsivo, arrogante y con aires de autosuficiencia, poseía también una mente fría y calculadora, capaz de prever movimientos y necesidades. Decidí quedarme aún unos minutos en aquel balcón. Tenía demasiadas cosas en qué pensar. La pipa se consumía lentamente mientras recordaba cómo su humo nos había llevado a la tumba de Atlas.

A pesar de todas las aventuras en las que me había visto envuelto en mis años de arqueólogo, he de reconocer que en esta ocasión estaba asustado. Y no era por lo que podría descubrir, sino porque temía por la integridad de Laura. Habían pasado dieciocho años desde la última vez que la vi y la había perdido pocos días después, en cierto modo, por culpa mía, ya que la había empujado con vehemencia a continuar adelante con la excavación a pesar de la carta.

Tenía miedo de lo que pudiera encontrar en la zona que había marcado el malogrado 'Alîm. Había pasado por decenas de situaciones peliagudas, pero jamás había tenido que entrar en combate y menos contra un grupo de gente de la que apenas sabía nada. Casi deseaba no encontrar a nadie vigilando a Laura, pero sabía que no iba a ser así. En esos momentos, deseaba estar de nuevo en mi despacho de Madrid, rodeado de papeles y de carpetas con posibles excavaciones. Casi deseaba encontrarme en otro trabajo que no fuera el de arqueólogo.

Cuando por fin consumí todo el tabaco de una placentera fumada, entré de nuevo en la habitación. Nadya parecía dormitar tranquila, aunque eso era un eufemismo, pues sabía que tenía el revólver bajo la almohada y que sus ojos y oídos permanecían más alerta de lo que jamás lo habían estado. Por la mañana, me despertó el ruido que producía mi compañera recogiendo sus bártulos. Ya estaba vestida y preparada para salir. A pesar de mis protestas, no paró de jalearme todo el rato para que me diera prisa. Había recobrado sus fuerzas, su impaciencia y su mal humor. Tuve que luchar mucho para que me dejara tomarme un café que me terminó de despertar y salimos del hotel con la incertidumbre a cada paso.

Pasamos varios minutos cruzando aquel bosque de casas y aquellas calles atestadas de gente. En varias ocasiones, descubrí a Nadya esperándome varios metros por delante de mí, con esa expresión que parecía tacharme de inútil y estorbo. Después de abandonar la urbe por su lado norte, nos dirigimos al oeste a paso rápido. El calor asfixiante no ayudaba a la caminata y me preguntaba una y otra vez si todo esto serviría de algo. Agotados, tras casi media mañana caminando, llegamos a la zona plagada de granjas. Era una zona de veras enorme y los campos sembrados se extendían más allá de donde alcanzaba la vista. Parecía que buscáramos una aguja en un pajar.

—Bueno —dije—, ¿qué hacemos? ¿Entramos en cada casa y la registramos a fondo? ¿O llamamos a Laura a gritos?

—Ni lo uno ni lo otro. Esperaremos a ver caballos que se adecúen a las características de los que viste en la excavación.

4.- RAFÎQ

—Tras todo lo que hemos andado, ¿sugieres que esperemos?

–Todas estas granjas están en época de siembra. Las tierras están diáfanas y la vista alcanza bastante lejos. Habrá bastante movimiento en cada una. Probablemente, Laura estará retenida en una que apenas registre movimiento.

—Tienes razón. En principio deberíamos pasear por la zona, observando las granjas.

—Exacto, aunque tenemos que ser cautos. Si han visitado la excavación, tal y como dijiste, nos reconocerán inmediatamente.

Comenzamos a caminar despacio. Los latifundios se extendían más allá de nuestra vista. En la mayoría se veía a varios trabajadores arando o sembrando, los animales tiraban de pesados aperos, en muy pocas se podían ver ingenios mecánicos. El calor abrasador nos dificultaba mucho la tarea y pasar de un lado a otro de cada terreno, siempre por el exterior de las vallas, nos llevaba algunos minutos. Continuamente mirábamos al interior de las casas y observábamos atentamente cada movimiento.

Algunos granjeros se nos quedaban mirando, curiosos por ver a dos personas occidentales paseando despacio por aquellas tierras. Se quedaban parados, apoyados en sus azadas o en sus rastrillos. Algunos apoyaban el saco de semillas en el suelo y nos lanzaban profundas y desconfiadas miradas. Otros simplemente obviaban nuestra presencia y se limitaban a continuar con sus labores. El terreno era extenso y el tiempo limitado.

—Parece que la vida en estas zonas es mucho más tranquila que en la ciudad —dije limpiándome el sudor de la frente y observando a los granjeros.

—Es más pausada, pero es una vida muy dura.

Nuestra conversación fue interrumpida por las llamadas de atención de uno de los trabajadores de una granja, que se dirigía hacia el linde de sus tierras, agitando la mano para atraernos. Rápidamente, nos pusimos en guardia. Nadya acercó sigilosamente su mano a la culata del revólver, sin que éste se viera. El pulso se me aceleró y noté cómo comenzaba a temblar. Mi pipa se agitaba entre mis dientes y tuve que sujetarla con firmeza para que no se notara mi nerviosismo. El hombre se apoyó en su cerca y comenzó a hablarnos en árabe. No entendíamos una palabra. El idioma se hacía ininteligible, sobre todo por su cerrado acento. En ese momento echaba más de menos a 'Alîm que nunca.

—¿Español? —dije—. ¿Inglés? ¿Ruso?

—¡Español! —dijo el tipo abriendo los brazos casi tanto como su sonrisa— ¡España!

—¡España! —repetí aliviado—. ¿Habla español?

—¡Claro! Lo aprendí en una escuela que enseñaba árabe, español y francés.

—Es un alivio porque no le estábamos entendiendo.

—Les preguntaba si estaban buscando algo en concreto —tenía bastante menos acento del que se podía esperar. No sonaba como el típico árabe hablando español. Me resistí a comentarlo, pero tenía menos acento que Nadya.

—Sólo paseábamos —dijo Nadya recelosa.

—Vaya —dijo él—. Es una zona extraña para que dos occidentales paseen, sobre todo para una señorita rusa.

—La ley no nos lo impide —el tono agresivo de Nadya emborronó la sonrisa de nuestro interlocutor.

—Por supuesto que no. Mi nombre es Rafîq y soy el dueño de estas tierras.

—Rafîq —dije pensativo—. Creo que significa «amigo», ¿no es así?

—¡Sí! ¡«Amigo»! Y no es un nombre que me llegara por azar, intento ser una persona amistosa. ¿Quieren pasar a mi casa a tomar algo?

—Tenemos prisa —dijo Nadya.

—Pues caminaban despacio para tener prisa.

—Disculpe a mi amiga, cuando tiene calor se pone de muy mal humor. Tomaremos un poco de agua si no le importa.

—¡Por supuesto! La entrada de la finca está a unos minutos caminando, pero pueden saltar la valla si lo desean.

—Aún nos quedan fuerzas para hacerlo —dije saltando ágilmente. El problema fue que no calculé bien y mi pie se enganchó en la cerca, haciéndome caer de bruces sobre el terreno ya arado.

Cuando Rafiq me ayudó a levantarme, preguntándome si estaba bien, vi cómo Nadya saltaba la valla bastante más despacio y con la cara colorada, muerta de vergüenza ajena.

—Parece que sus fuerzas no son tantas como pensaba —dijo nuestro amigo.

—El calor hace más mella de lo que parece. Adelántese, enseguida vamos nosotros.

—Por supuesto.

Rafiq comenzó caminar, azada en mano, dirigiéndose hacia la casa que había unos metros más adelante. Nadya se me acercó y me miró con cara de pocos amigos.

—¿Por qué has aceptado la oferta? —dijo ofuscada—. Podría ser uno de ellos.

—Verás, mi soviética amiga, el agua que hemos traído está más que caliente ya, estamos bastante cansados y no nos vendría mal descansar unos minutos. Si ese tipo es de ellos, lo sabremos en pocos minutos, por eso debes tener el arma preparada. Si no lo es, quizá nos pueda informar.

—Sigo pensando que es una mala idea.

—Tú sí que eres una mala idea —dije entre dientes.

—¿Decías algo?

—No, no, nada...

Entramos en la casa y Rafiq ya estaba acercando a la mesa una jarra de agua fría con unos vasos. Nos ofreció sentarnos en los cojines que había dispuesto y caímos a plomo en ellos, abrumados por el cansancio de nuestras piernas.

—Parece que sí necesitaban un descanso —dijo nuestro amigo viendo cómo engullíamos los vasos de agua sin casi respirar.

—Lo siento —dije—. Hoy es un día en el que particularmente hace mucho calor.

—Sí. Esperemos que bajen un par de grados las temperaturas estos días.

Durante unos minutos estuvimos conversando sobre la situación del país. Andaba bastante preocupado por los últimos cambios, aunque se mostraba esperanzado ante la idea de que el país fuera remontando poco a poco las últimas crisis económicas y políticas. Tenía confianza en que la cosecha sería mejor que la anterior y nos reveló que, a pesar de vivir al suroeste de Libia, su educación había sido bastante europea. Al interesarnos por su estado civil, nos dijo que su mujer estaba haciendo unas compras y que sus hijos estaban en la escuela.

—¿Qué tal es la vida con los vecinos? —pregunté tratando de encauzar la conversación.

—No me quejo. Son buenas personas, nos ayudamos los unos a los otros y solemos pasar bastante tiempo charlando.

—¿Los conoce a todos?

—No —dijo con una sonrisa—. Algunos están demasiado lejos como para mantener una relación cercana con ellos. Al norte, hay una gran zona sin ocupar, como una gigantesca plaza. Más al norte, hay una serie de granjas, una de ellas la ocuparon hará cosa de dos o tres años, pero jamás he visto siembra ahí.

Nadya y yo nos miramos, ambos comprendimos lo que decíamos sin hablar.

—¿Hay movimiento? —dije curioso.

—Muy poco y el que hay no se corresponde con la siembra. Tienen un pequeño establo con caballos negros. No son árabes, parecen más europeos, de la raza que se mezcló con la nuestra. Dicen que en el sur de España se crían.

—Caballos andaluces —dije pensativo.

—Sí. A mis vecinos y a mí nos llama la atención porque esos caballos no son típicos de la zona. Además, salen poco de la casa y, por lo general, de noche.

—¿Son todos hombres?

—Sí, unos seis o siete. Son muy... ¿Cómo se dice? Solitarios. No hablan con los vecinos, no participan en actividades comunes... son raros. ¿Por qué lo preguntan?

—Curiosidad —dijo Nadya.

—La curiosidad es una de las virtudes del hombre, pero también su perdición.

—Tenemos sospechas de que esas personas no hacen cosas muy legales —dije tirándome a la piscina. Era arriesgado hablar tan abiertamente sobre nuestras sospechas con alguien que habíamos conocido unas horas antes, pero si no avanzábamos en la conversación, no obtendríamos nunca información.

Rafîq se recostó en sus cojines despacio. Miraba su vaso de agua, aunque parecía tener la mirada perdida, mesaba su barba con su mano diestra mientras torcía la boca tratando de juntar las piezas.

—No puedo aseguraros que tengáis razón o que sean las personas que buscáis, pero tampoco puedo deciros que no. Son gente rara. No dan problemas, pero muchos de nosotros reconocemos que nos dan escalofríos a veces cuando pasamos por delante de esas tierras. No hace mucho que uno de mis vecinos nos comentaba, preocupado, que antes de que la mañana llegara, había visto cómo uno de ellos, descargaba un gran bulto del caballo y lo introducía en el establo. No puede asegurarlo porque la luz era escasa, pero le pareció que una mano salía del bulto.

Ante esas palabras, Nadya y yo dimos un respingo. A mi compañera se le cayó el vaso que se hizo añicos contra el suelo.

—Lo siento —dijo Nadya recogiendo los pedazos de cristal.

—No te preocupes —Rafiq le apartó las manos del suelo con inusitada dulzura y educación, recogiendo él mismo los cristales—. Son vasos viejos y bastante feos. Casi te agradezco que lo hayas roto —dijo con una sonrisa.

Tras dejar los cristales en la cocina, volvió a sentarse frente a nosotros.

—No sois simples paseantes —dijo—. Creo que estáis buscando esa cabaña, ¿no es así?

—Eres una persona despierta, Rafiq —dije sonriendo—. Tenemos la sospecha de que la persona que llevaban aquella noche es amiga nuestra. ¿Cuánto hace que tu vecino vio eso?

—Hace pocos días.

—Encaja en nuestra historia.

—Debe disculparnos —dijo Nadya levantándose—, pero debemos ir en busca de nuestra amiga ahora que nos ha dicho dónde encontrarla. Comprenderá que debemos partir enseguida.

—Antes de marcharos, tomad esto —nos obsequió con tres botellas de plástico con agua fría—. Es todo lo que puedo hacer. Siento no poder acompañaros, pero mis tierras necesitan de mis cuidados.

—Ya ha hecho más de lo que le correspondía —dije tendiéndole la mano.

El apretón terminó con nuestras manos en el pecho, en señal de respeto.

—Que la paz vaya con vosotros.— Dijo Rafiq

—Igualmente, amigo —dije.

Salimos de sus tierras y cruzamos esa gran plaza de la que él hablaba. Una tierra baldía que tardamos cerca de una hora en cruzar. Al llegar a las granjas que nos indicó, pudimos ver cómo en todas había actividad, excepto en una, a la que nos acercamos sigilosamente.

—Mira —dijo Nadya—, huellas de caballos.

5.- LA RECUPERACIÓN

—Esta es la casa que nos dijo Rafiq. Mira, ahí está el establo.

—Falta poco para que oscurezca. Iremos al establo aprovechando la oscuridad. Con suerte, algunos de ellos saldrán a esas horas.

—¿Crees que son los mismos que nos vigilaban en Jalu?

—Hay más de seiscientos kilómetros de una ciudad a otra. Dudo mucho que sean los mismos, pero sí son del mismo grupo. Y eso de que hayan traído a Laura hasta aquí, refuerza la teoría.

La espera de aquellos minutos se hizo tremendamente larga. Esperábamos a una distancia prudencial, escondidos entre matorrales, sentados o tumbados. Apenas nos movíamos y apenas hablábamos. El agua que Rafiq nos había regalado nos vino más que bien. Cuando por fin oscureció, nos levantamos despacio, mirando a un lado y a otro, pero enseguida tuvimos que volver a escondernos. Siete hombres salieron de la casa y se dirigieron hacia el establo. Efectivamente, iban vestidos igual que los que había visto semanas antes en la excavación. Parecía que todos habían salido de la casa y que no quedaba nadie, ya que ninguna luz quedó encendida en ella. Sin embargo, uno de ellos llevaba una antorcha en la mano. Entraron seis en el establo y uno se quedó fuera vigilando. En unos minutos, cinco caballos con sus jinetes salieron de aquel lugar, abandonando las tierras y, probablemente, la ciudad. El sexto hombre salió a pie, charló unos segundos con el que se había quedado vigilando y volvió a la casa.

—Es nuestra oportunidad —dijo Nadya—. Se han ido casi todos y sólo quedan dos.

—¿Y qué hacemos? ¿Entramos pegando tiros como John Wayne?

—No seas imbécil. Yo me encargaré del que está vigilando. Esperemos que el de la casa no se dé cuenta hasta que estemos lejos.

Nos acercamos a la verja y la saltamos en silencio. Respiré aliviado al comprobar que, esta vez, no había tropezado con algún madero, arruinando así el factor sorpresa. Nadya me hizo una señal, invitándome a que me quedara escondido donde estaba, por delante del establo y ligeramente torcido a la izquierda del mismo. La rusa comenzó a reptar por entre los matojos, en silencio, despacio, y quedó entonces pegada a una de las paredes del lugar, acercándose poco a poco. Cuando ya estuvo cerca de la esquina, me hizo una señal para que hiciera algo de ruido. Cogí una piedra que tenía cerca y la lancé. El guardia se percató del ruido y se dirigió hacia donde la piedrecita había golpeado. Nadya aprovechó ese momento para saltar sobre él y partirle el cuello de forma sospechosamente eficiente. A juzgar por ese episodio y por la información que le había sonsacado a 'Alîm, parecía que no siempre había sido una pacífica arqueóloga. Me hizo señales y me acerqué a su posición. Escondimos el cadáver y nos introdujimos en la cuadra.

Había aún dos o tres caballos pastando, sin ensillar. El heno se amontonaba en algunas esquinas, y algunos cubos de sal estaban casi tapados por balas de paja. Parecía que no se preocupaban de sembrar el terreno, pero tampoco lo dejaban crecer de forma salvaje. Tras investigar un poco el lugar, vimos una trampilla que conducía a unas escaleras que bajaban algunos metros.

—Más escaleras —dije cansado—. Todo se basa en lo mismo.

—¡Silencio! Vamos a bajar.

Poco a poco bajamos cada escalón. Parecía que no había más vigilancia. Una puerta de madera era todo lo que encontramos al final de un corto pasillo. Por debajo se veía cómo la luz de algún fuego iluminaba la estancia. Al aproximarnos a la puerta, vimos que estaba cerrada con un candado. Obviamente, había algo de valor al otro lado. Nadya cogió un gran guijarro que había en el suelo y lo lanzó contra el candado, rompiéndolo por completo. Abrimos la puerta y ahí estaba. Laura permanecía de rodillas al final de la sala con las manos atadas a la espada y sujeta la cuerda por otra cadena que se afianzaba en la pared. Nos acercamos corriendo, arrodillándonos frente a ella. Parecía estar inconsciente, sucia y algo demacrada, pero sin aparentes heridas. Vestía un pantalón corto y una camiseta negra. Sus botas de caminar con gruesos calcetines, bastante sucios.

—Laura, cariño —dijo Nadya nerviosa, acariciando su cara.

—Está inconsciente, pero viva —dije tocando su cuello.

Un ruido a nuestras espaldas nos alertó. Al girarnos, un corpulento hombre estaba a punto de golpearnos. Me aparté a tiempo para que no me diera, pero a Nadya le alcanzó de lleno, golpeándose contra la pared y quedando inconsciente en el suelo. El tipo comenzó a soltar una retahíla de palabras en árabe, lógicamente incomprensibles, mientras yo me incorporaba y le hacía frente.

—No sé cómo nos habéis encontrado —dijo al fin—, pero esta será vuestra tumba.

—¿Qué le habéis hecho a Laura?

—Está drogada. Duerme plácidamente y lo seguirá haciendo varias horas.

—Malditos bastardos.

Me lancé sobre él, tratando de golpearle en la cara, pero fue más rápido y me golpeó en el estómago, haciéndome caer pesadamente al suelo.

—¿Estás intentando enfrentarte a mí? ¡Soy más fuerte que tú!

—Eso no me importa —dije mientras saltaba otra vez para alcanzarle. Me esquivó y yo me giré para lanzarle un puñetazo en la cara, pero me sujetó el puño con una mano.

—Alfeñique... jamás conseguirás golpearme lo más mínimo —me sujetó por la muñeca y me lanzó, al menos, tres metros hacia la pared.

Caí al suelo, quedando unos segundos aturdido. Vi cómo se acercaba a Nadya, tratando de levantarla. En ese momento, me alcé de nuevo.

—¡No la toques! —dije imperativo.

—¿Cómo es que todavía puedes levantarte? Deberías quedarte en el suelo y dejar que la muerte te alcance.

—No lo haré. He venido a por Laura y no me iré sin ella.

El hombre soltó una tremenda carcajada.

—¿Quién ha dicho que vayas a salir de aquí?

—¡Mi fuerza de voluntad! —le sorprendí lanzando un rápido puñetazo que le hizo tambalearse. Me miró con sorpresa, con su mano en la cara, incrédulo ante el golpe que acababa de recibir.

—¡Reventaré tu fuerza de voluntad a base de golpes!

En ese momento, todo me pareció confuso. Comencé a recibir una lluvia de puñetazos, a gran velocidad, sin apenas tiempo para defenderme, hasta que caí al suelo de nuevo.

—Espero que no te levantes más. La próxima vez, acabaré con tu vida directamente.

Estaba completamente KO. Ese hombre, que podía alcanzar fácilmente el metro noventa, era rápido, fuerte y resistente. El combate estaba resultando muy desigual. Haciendo acopio de mis últimas fuerzas, volví a incorporarme. El tipo parecía hastiado de mi insistencia.

—¿Cómo es que vuelves a levantarte? ¡Deberías estar muerto después de la paliza que te he dado!

—Jamás mientras me quede un soplo de vida.

Esta vez fue él el que se lanzó contra mí, pero tuve tiempo de apartarme y le lanzó el puñetazo a la pared. Pude oír cómo se partían algunos de sus huesos y vi cómo la sangre brotaba de sus nudillos. Aproveché la confusión y me aupé a su espalda, rodeando su cuello con el brazo intentando ahorcarle. El tipo era de veras resistente porque comenzó a golpearme contra las paredes intentando que le soltara y tardó varios segundos en dejar de forcejear. Me miró con los ojos inyectados de sangre y murió.

Caí de rodillas al suelo, tratando de recuperar las fuerzas. El pecho me dolía, parecía que me había hecho alguna fisura en una costilla y era probable que me hubiera desplazado alguna vértebra, sin más consecuencia que el dolor. Algunos cortes en mi cara permanecían sangrantes. Me acerqué a Nadya y la desperté. Me miró con incredulidad al ver a nuestro agresor yacer en el suelo y a mí cubierto de heridas, pero vivo y victorioso. Desatamos a Laura, que se removió inquieta, sin recuperar la consciencia, y salimos de aquella finca. Mientras Nadya sujetaba a Laura, yo me dediqué a borrar las huellas de nuestra huída, volviendo por el camino que habíamos tomado hasta llegar a la casa de Rafiq. Nuestro amigo nos abrió la puerta y quedó escandalizado al ver nuestro estado.

—¡Por Alá! ¿Qué os ha pasado?

—Hemos confirmado nuestras sospechas —dijo Nadya dejando a Laura sobre un diván.

—¿Es ella la chica que fueron a buscar?

—Sí, hemos podido recuperarla.

No recuerdo mucho más de aquel momento, ya que, por lo que me dijo Nadya, me desplomé en el suelo, agotado por las heridas producidas. Al despertarme, era temprano y el sol entraba cálido por la ventana. Estaba en una cama y me habían vendado el pecho y curado las heridas. Me levanté dolorido y salí de la habitación. En el salón estaban Rafiq y su mujer junto a Nadya y Laura, quienes me miraron sonrientes.

—¡Laura! —dije sorprendido de verla despierta. Ella no pudo contenerse y, de un salto, me dio un largo y fuerte abrazo. Vi las estrellas cuando me apretó en la costilla, pero no hice ningún gesto. Prefería su abrazo, que correspondí con un apretón no menos intenso.

—Me alegra que te hayas despertado por fin —dijo Rafiq levantándose y tendiéndome la mano—. Anoche te desplomaste, agotado por la pelea.

–Fue difícil deshacerme de aquel tipo, pero al menos Laura está entre nosotros, que es lo que cuenta.

—Siéntate —dijo la mujer de Rafiq, acompañándome hasta los cojines—. Debes desayunar algo.

—¿Qué ocurrió, Laura?

—Me fui a dormir aquella noche, en la tienda de la excavación. Estaba agotada. Tú dormías, pero había alguien introduciéndote unas gotas en el oído. Yo no pude reaccionar. Otros tres hombres me ataron y amordazaron, luego me dejaron inconsciente y, cuando me desperté, estaba atada en aquel lugar. Me dieron comida y agua, pero me repetían una y mil veces que debía abandonar la excavación, que si no lo hacía, Nadya y tú moriríais.

—Faltó poco —dije—. 'Alîm era de ellos. Trató de matarnos cuando habíamos llegado demasiado lejos, según él.

—¿Y qué ocurrió con él?

Yo no contesté. Sólo negué con la cabeza.

—No puedo creerlo. ¿Qué hay tan importante en ese lugar como para matar?

—Una tumba —dije con resolución.

—¿Una tumba? —dijo Rafîq confuso.

—La tumba de Atlas, rey de la Atlántida.

6.- REGRESO A JALU

—¿La has encontrado? —dijo Laura estupefacta.

—¿El rey de la Atlántida? —dijo Rafîq sin comprender.

—Sí, uno de los diez reyes del mítico imperio. No sólo hemos encontrado la tumba, también un mausoleo con varias momias y un montón de tesoros y papiros. Es un hallazgo histórico.

—¿Qué dicen los papiros? —Laura parecía haberse recuperado de las semanas de cautiverio.

—No lo sabemos. Están escritos en sumerio. Además, su estado es muy precario. Hemos tenido que recurrir al pedido de materiales para su conservación. Los que estén en mejor estado serán tratados con productos y el resto serán plastificados con cuidado. Intentaremos plastificar algunos en el mismo templo, pero la mayoría se los tendría que enviar a Julián para que los traten en laboratorios.

—¿Cómo es el templo por fuera? ¿Lo habéis desenterrado?

—Sí, es un templo griego, o al menos parece de planta griega, grandes columnas, una escalinata... Es increíble.

—Amigos míos —dijo Rafîq levantándose—, odio parecer poco hospitalario, pero no tardarán en darse cuenta de que Laura ha sido liberada. Deberían marcharse cuanto antes y estar lejos de aquí.

—Tienes razón Rafîq —dije levantándome—. Deberíamos volver cuanto antes al avión para regresar a Trípoli. Me gustaría llegar mañana por la noche a la excavación.

Nadya ayudó a Laura a levantarse. No tenía heridas, pero semanas de inactividad la habían dejado con unas fuerzas más que mermadas.

—Muchas gracias por tu hospitalidad —dijo Laura abrazando a Rafîq.

—No se preocupen amigos. Intentaré mantenerles informados si alguien en esa zona se mueve.

Abandonamos aquel lugar. Uno de los hijos de Rafiq se ofreció a llevarnos al aeropuerto en coche. Era joven, pero conducía bastante bien y parecía sortear la marabunta de gente con incuestionable habilidad. Durante gran parte del viaje temí por la integridad de aquel destartalado vehículo, no sólo por su aspecto interior y exterior, sino por el precario estado de algunas de las vías que tomamos. Los botes que daba el coche me obligaban, más de una vez, a sujetarme con fuerza a cualquier asidero que tuviera cerca.

Tras llegar a la pista de aterrizaje que dos días antes habíamos abandonado Nadya y yo, encontramos el avión preparado para despegar. Nos subimos con celeridad y, cuando el aparato estaba ya a suficiente altitud, pudimos respirar aliviados y recostarnos un poco en los sillones. Me dolía bastante el costado, por la costilla fisurada, pero afortunadamente podía contarlo, después de semejante paliza. Cuando abrí los ojos, Laura me zarandeaba con suavidad. Me había quedado dormido y me despertó justo cuando habíamos tomado tierra en Trípoli. Había oscurecido ya y Nadya estaba pagando al piloto.

—Buscaremos un hotel para esta noche —dijo Nadya—. Mañana por la mañana partiremos hacia Jalu. Afortunadamente, llegaremos antes de lo previsto.

—Estoy deseando ver lo que habéis encontrado.

—Te lo enseñaremos en cuanto lleguemos. Es digno de visitar, sin duda.

Llegamos al mismo hotel que la vez anterior. Esta vez nos dieron una habitación un poco más grande. Tenía una cama doble y otra simple que habían puesto especialmente para nosotros. En cuanto dejamos los petates, bajamos a cenar, cena que devoramos como si no hubiéramos comido en una semana. Fue una cena en silencio, tan mecánica como lo era Nadya por lo general. Tras llenar nuestros estómagos, subimos de nuevo a la habitación. Hice compañía a Nadya en el balcón, donde degustaba un pitillo, mientras que yo me preparaba una pipa y Laura gozaba de una ducha como hacía varios días que no disfrutaba.

—¿Qué tal la costilla? —dijo Nadya.

—Bien. Me duele un poco cuando respiro, pero espero que se cure pronto.

—¿Y la espalda?

—Rafiq tuvo el detalle de colocarme la vértebra de nuevo. Sólo estaba un poco desplazada. Me molesta un poco, pero estoy bien. Lo que peor llevo es el picor en las heridas que todavía se me están curando en la cara. ¿Qué tal tu cabeza? Te diste un buen golpe.

—Bien. Estuve el resto de la noche con un dolor de cabeza importante, pero no parece haber tenido más consecuencias —guardó silencio durante unos segundos. Parecía que quería decir algo, pero le costaba horrores—. Yo... quería darte las gracias —dijo por fin sin mirarme.

—¿Las gracias? ¿Por qué?

—Por enfrentarte a aquel tipo. Podría haberte matado. Era fuerte como un toro y te dio una buena paliza, sin embargo, aguantaste y le ganaste. No vi la pelea, pero debió ser muy complicada para ti.

—No tienes por qué darme las gracias. Lo he hecho por decisión mía. Te prometí ayudarte en todo lo que hiciera falta para recuperar a Laura. No tengo intenciones sentimentales con ella, pero es mi amiga y si tengo que morir por ella, lo haré.

—Te lo agradezco.

—Vaya —dijo Laura saliendo al balcón—, nunca pensé que os vería llevaros bien.

—No nos llevamos bien —dijo Nadya recomponiéndose y saliendo del balcón—. Sólo nos hemos soportado para poder recuperarte.

Laura la miró sonriendo. A pesar de la dureza de la que su mujer hacía gala, ella la conocía perfectamente. Se apoyó en el balcón junto a mí y observó la ciudad oscurecerse poco a poco, mientras el sol se escondía.

—¿Te ha sido difícil bregar con ella?

—Bueno. Su actitud de mujer de hierro ha sido más que nada una tapadera. Es una mujer justa y sabia, pero agresiva.

—No puede evitarlo. Está en su naturaleza.

—No siempre ha sido arqueóloga, ¿verdad?

—Mejor no preguntes. Hay ciertas cosas que es mejor mantenerlas en el suspense.

Tras la ducha de Nadya, me tocó a mí. Me quité la venda del pecho y me di una acogedora ducha, dejando que el agua purificara mis heridas, mi mente y mi alma. Después, Laura me ayudó a colocarme una venda limpia. Nadya observaba de reojo mis heridas. Tan obvio resultaba que era una mujer dura e implacable como lo era que se preocupaba por quien le rodeaba, como una leona protegiendo a sus cachorros.

Cuando me acosté, sabía a ciencia cierta que esa noche sería la última en mucho tiempo en la que dormiría en una cómoda cama. Aun así, estaba deseando volver a la excavación. Tenía miedo de que hubieran tomado represalias y hubieran atacado el templo, pero, por otro lado, estaba seguro de que nada había pasado. Algo en mi corazón me lo decía. Por la mañana temprano, cogimos un tren hacia Jalu. El viaje fue rápido y apenas nos enteramos del mismo. A mediodía, ya estábamos bajando del ferrocarril. Los todoterrenos ya nos estaban esperando en la estación. Apenas salimos del andén, ya estábamos metidos dentro de los coches.

—Estoy deseando volver a la excavación —dijo Laura ansiosa—. Quiero ver todo aquello que habéis descubierto, tocar esos tesoros con mis propias manos y leer los pergaminos que habéis descubierto, pero, sobre todo, quiero encontrarme cara a cara con Atlas.

Mientras mi pipa humeaba en mis manos, observaba con media sonrisa a Laura. Hacía muchos, muchos años que no la veía así. Probablemente, no la había vuelto a ver sonreír así desde antes del viaje al Tíbet. Por primera vez desde que llegué a Jalu semanas antes, me sentía en paz.

Cuando llegamos a la excavación, ya entrada la tarde, Piotr ya nos esperaba sonriente. Su pálida piel había dado paso a un rojo interesante, casi fluorescente, tan sólo roto por el blanco de la crema que inundaba su nariz y la marca en la frente, del sombrero que se quitó para recibirnos. Si hubiésemos estado en el sur de España, sólo le habría faltado la cámara de fotos para parecer un perfecto turista.

—Me siento muy contento de tenerles de vuelta —dijo tendiéndome la mano.

—¡Piotr! —Laura estaba sorprendida de verle ahí y le dio un largo abrazo.

—Llamé a Piotr para que nos vigilara la excavación mientras estábamos fuera —dijo Nadya, encendiéndose un cigarro.

—¿Has visitado la excavación mientras estábamos fuera? —dije guardando mi pipa.

—Sí. La verdad es que todo lo que han encontrado es increíble. Parece que harán que los cimientos de la historia se tambaleen.

—Sin duda alguna —dije sonriendo—. Sin duda alguna.

—Me gustaría levantarme temprano mañana —dijo Laura—. Quiero visitarlo todo y establecer mis valoraciones.

—Espero que no me discutas sobre mis hallazgos. Son pruebas irrefutables de que hemos encontrado parte de la Atlántida.

—Tranquilo. Ya con todo lo que me has contado, estoy más que convencida.

—Para mí sería todo un honor acompañaros —dijo Piotr—, pero he recibido una llamada desde Japón. Están interesados en que haga mi propia valoración sobre Yonaguni.

—Vaya —dije sorprendido—. Casi te envidio. Será un trabajo maravilloso, sin duda, y por lo menos no tendrás a gente persiguiéndote y tratando de asesinarte.

—Pasaré la noche con vosotros y mañana temprano partiré de nuevo hacia Jalu. Desde allí, volveré a Trípoli, donde me espera un avión de la empresa que me contrata para llevarme directamente a Tokio.

—Bien —dijo Nadya—. Acompáñanos a la cena, por lo menos.

Durante gran parte de la cena, permanecimos callados. Parecía que el retorno a la excavación le había traído a Laura recuerdos del secuestro. Sus ojos permanecieron apagados hasta que le lancé un guisante para atraer su atención. Al principio, me miró con cara de sorpresa, pero luego sonrió y el brillo volvió a sus ojos. Ya no estaba en peligro. Nosotros la protegíamos.

Durante el resto de la comida me estuvo preguntando por Julián y por los descubrimientos que habíamos hecho. Nos acribilló a preguntas y no paró hasta que Nadya, con toda la dulzura de la que disponía, la hizo callar. Cuando volvimos a la tienda, me ofrecí dormir, al menos aquella noche, en otra tienda diferente.

—Puedes dormir con nosotras. No pasa nada —dijo Laura.

—Creo que esta noche necesitaréis estar solas. Ya volveré a dormir aquí mañana.

Piotr y yo nos instalamos en una tienda cercana y aquella noche dormí profundamente.

7.- VUELTA A LA NORMALIDAD

A la mañana siguiente, despedimos a Piotr antes del desayuno. Nosotros tomamos un rápido café y nos dirigimos al interior del templo. Según nos había informado nuestro amigo, los días en los que habíamos estado fuera todo esto había estado muy tranquilo. Los jinetes no habían vuelto a aparecer y los trabajos, aunque ralentizados, habían continuado.Pudimos ver cómo varias vasijas de la primera sala habían sido extraídas, catalogadas y empaquetadas. Habían dispuesto una gran tienda, cerca de la nuestra, que servía de almacén para su posterior traslado a Trípoli. El resto de las salas no habían sido tocadas aún. Condujimos a Laura hacia la primera estancia, donde le mostramos y explicamos nuestros descubrimientos.

Al enseñarle la sala de los tótems, le hice una pequeña demostración, no sin esfuerzo, de cómo había movido cada sección. Se mostró bastante interesada por la naturaleza del combustible que habíamos hallado. Sin embargo, fue en la sala del tesoro donde Laura comenzó a abrir sus ojos y a tomar cierta idea de lo que estábamos descubriendo. Tuvimos entonces tiempo y ganas de observar más detalladamente los objetos que habíamos encontrado. A la derecha encontramos una serie de cofres apilados. Eran de madera algunos, de oro otros y de cobre o, incluso, algún tipo de mineral otros más. Pequeños pedestales mostraban lo que nosotros creímos en un principio que eran máscaras funerarias, de oro y plata principalmente, aunque también había figuras de animales de todo tipo, tanto africanos como típicamente europeos, asiáticos o, incluso, americanos. En una esquina, había un pequeño bote alto de alabastro, como un paragüero, con escenas extrañas dibujadas en sus lados. Estaba lleno de bastones y cetros de oro, probablemente, utilizados para demostrar el mando en el lugar.

Pasamos un rato abriendo tanto los cofres como los pequeños joyeros que se acumulaban en algunos estantes de madera. Anillos, colgantes, pendientes y pulseras de gran belleza se amontonaban en cada cajita, todas ricamente decoradas con piedras preciosas o con nácar y oricalco. Algunos anillos eran simples alianzas, pero otros tenían preciosas formas. Sabíamos a ciencia cierta que uno sólo de esos anillos podría valer lo suficiente como para no tener que preocuparnos por trabajar ni nosotros ni, probablemente, nuestros hijos. Sin duda, parecían ser posesiones de Atlas o, incluso, donaciones de sus súbditos, en clara demostración de devoción hacia él el día de su muerte o de su entierro, pues no debió ser el mismo día.

—Todos estos tesoros son impresionantes —dijo Laura—. La riqueza del rey en aquella época debía ser incalculable.

—Como la de los faraones egipcios —dije sosteniendo un collar de oro en la mano—. Sólo que aquí no sabemos si estos serían objetos de lujo o simples baratijas. Debemos tener en cuenta que en la sala de Atlas hay bastantes más cofres y el ataúd está repleto de joyas y piedras preciosas.

—Unos reyes no se llevarían baratijas a su última morada —dijo Nadya—. Todos estos tesoros, los restos encontrados en las otras salas y todo lo que hemos visto, me llevan a pensar que este tipo de enterramiento es parecido al de los faraones. Se llevaban sus posesiones y cosas útiles para el "gran viaje".

En la pared que le seguía se apoyaban varias armas. Algunas eran espadas de metal, hierro, acero... eran de varios tamaños y formas. También había lanzas, probablemente usadas para la caza, al igual que varios arcos, cada uno con su carcaj al lado. Me llamaba sobremanera la atención que todos estos tesoros no hubieran sido saqueados en tiempos pretéritos, pues la desaparición entre las arenas de este templo era símbolo de la desidia en su custodia. Las espadas, ricamente decoradas en sus empuñaduras por cadenas de oro o plata y cordeles de cuero, parecían ser más ornamentales que funcionales. Era obvio que se trataba de armas mortales en buenas manos, pero me costaba imaginarme a Atlas en una batalla con una de estas carísimas espadas en la mano.

—Estas espadas no parecen haber sido usadas —dijo Laura observándolas.

—Es obvio —dije sonriendo—. Las lanzas, las ballestas o los arcos sí se podrían haber usado para la caza, pero las espadas son armas que se usan principalmente para la guerra y la Atlántida, según Platón, era pacífica. Al menos en tiempos de Atlas.

—Observad esto —dijo Nadya llamando nuestra atención.

Justo en la pared de enfrente, una serie de pedestales escondidos entre otros objetos tenían unas figurillas bastante interesantes. Se trataba de reproducciones en miniatura de barcos de distintas formas. Sujeté uno con cuidado en mi mano. Era de metal, pero no le faltaba detalle. A simple vista parecía un barco fenicio, usado para el transporte de mercancías para el comercio. No presentaba una sola arma y parecía tener una gran puerta en su cubierta para la bodega. Otro de los barcos era de madera. Tenía la forma de los barcos egipcios, usados para el transporte de personas. Iban a remo, combinado con velamen bastante grande para el tamaño del barco.

—Esto prueba que la Atlántida gozaba de una fuerza marítima increíble, pero estaba centrada en el transporte de personas y mercancías. Eran mercaderes más que militares —dije.

—Sin embargo —dijo Laura—, según Platón, sí contaban con una potencia marítima militar que era lo que la hacía famosa y poderosa.

—Sí, pero me atrevería a decir que esa potencia se formó siglos después, cuando la sangre divina de los reyes se había desvirtuado y estaba cercana la decadencia del imperio, cuando controlaban terrenos más por la fuerza que por la cultura.

Abrimos algunos de los cofres que nos encontramos. Dentro, toda suerte de ropajes perfectamente doblados descansaban. Su estado de conservación era mejor de lo que esperábamos y ni siquiera olían a humedad. Con sumo cuidado levanté uno y lo sujeté frente a mí. Parecía ser una túnica de color azul eléctrico, con motivos florales bordados en hilos, aparentemente, dorados. Los tirantes poseían broches con un motivo común: círculos concéntricos en oricalco. Probablemente, una representación de la Ciudad Capital. Debajo de la túnica, había un cinturón metálico, realizado con placas de oro y plata a modo de escamas, que se cerraba en una hebilla de oro con doble agujero. Tenía una especie de tira de cuero, que parecía servir para sujetar algo que se atara al cinto, bien una espada ceremonial, bien un cetro de mando. Encontramos algunas sandalias, pero también botas cerradas de caña alta, todas de cuero o algún tipo de material vegetal. Se encontraban bien colocadas en los fondos de los cofres, todas emparejadas y sujetas unas con otras con hilos de varios colores.

—Esto no encaja —dijo Laura mirando algunas botas.

—¿El qué? —dije confuso.

—Las botas, las sandalias, todas distinguen entre pie izquierdo y derecho y esto no ocurrió hasta el siglo XIX. No existía diferencia entre un lado y otro hace mil años, ni diez mil.

—Y, sin embargo, lo tienes aquí delante –dije sonriente—. Este templo lleva miles de años enterrado y lo sabes. Hay muchos conocimientos que se perdieron en un momento determinado y se recuperaron siglos después. Por ejemplo, en la época romana, las ciudades contaban con sistema de alcantarillado y, sin embargo, en las ciudades medievales no había nada de eso. ¿Por qué? Pues simplemente porque se perdieron. Aquí pasa lo mismo.

—Y ya existía el dinero —dijo Nadya metiendo la mano en una gran caja. Al sacarla, tenía la palma repleta de monedas.

Me acerqué curioso y observé esas piezas de varios tipos: oro, plata y bronce. Todas de forma redonda o cuadrada, de un par de milímetros de grosor, tres incluso. Tenían grabados símbolos sumerios en ambas caras, formas muy simples, pero muy bien acuñadas. Por lo que vi en el cofre, estaban en perfecto estado, apenas tenían muescas. Parecían ser monedas acuñadas exclusivamente para el rito funerario, como si el rey las fuera a necesitar en la otra vida. En esa sala, era el único cofre que contenía monedas, pero sin duda su valor era incalculable. Haciendo cuentas, la relación era la siguiente: teniendo en cuenta que el cofre era de unos ochenta y cinco centímetros de fondo por ciento cincuenta de largo y cincuenta de alto, había once columnas y veintiuna filas de monedas redondas de oro. Cada pila tenía unas ciento sesenta y cinco monedas, lo cual hacía 38.115 monedas de oro. Las monedas cuadradas eran de plata y el número era aproximadamente el mismo. Por último, las de bronce, que también eran circulares y estaban dispuestas de la misma forma. En total, podría haber unas ciento quince mil monedas.

—Es toda una fortuna, incluso para faraones o reyes de la antigüedad —dije mirando cada moneda—. Están nuevas, como recién salidas de una fábrica.

—Y, sin embargo, tenemos que pensar que son artesanales —dijo Nadya.

—No necesariamente. Los resortes y engranajes que proporcionaron combustible a las teas me dan la idea de que conocían a la perfección las leyes de la mecánica. Debían tener máquinas para producir este tipo de monedas en masa, aunque no usaran electricidad.

—¿Te refieres al vapor? ¿Como las antiguas locomotoras?

—Es posible. Un imperio del tamaño e importancia de la Atlántida requiere fabricación rápida y optimización del trabajo. Quizá no usaran el vapor, ya que resultaría altamente contaminante y eso va contra la armonía de la que se le presupone a la Atlántida, pero sí algún tipo de automatización.

Los ropajes, sin embargo, parecían todos tejidos a mano. Eran de factura impecable y casi todos de la misma medida, lo cual daba a entender que estaban realizados para la misma persona.

—Aquí hay ropa de mucha calidad —dijo Laura—. Algunas de ellas parecen ser ceremoniales, muy historiadas, pero carentes de comodidad. Otras, sin embargo, parecen menos vistosas, pero permitiendo más facilidad de movimiento, como si fueran ropas de diario. Parece el fondo de armario de Atlas, traído pieza a pieza.

—Desde luego no se dejaron absolutamente nada. Hasta la más mínima posesión del rey fue traída aquí. Parece que se preparó para un largo viaje, sin retorno.

—Igual que en Egipto o en otras culturas.

—Este templo se convirtió en una tumba, pero también en una fuente de sabiduría y un lugar de culto. Por las cosas que hemos encontrado, era la tumba de Atlas, pero también permanecía abierto como lugar de oración y como lugar para homenajes y festejos, pues las vasijas y los platos encontrados dan muestras de ofrendas.

—Se está haciendo tarde —dijo Nadya—. Deberíamos subir y cenar. Mañana exploraremos con más detenimiento el mausoleo.

—Debería hacer un pedido de material de embalaje, no sólo de plástico y guata, sino también de cajas de madera y un cuadernillo para guardar algunas monedas. En el momento en el que movamos ese cofre, las monedas comenzarán a mezclarse, golpearse y arañarse, arruinando gran parte de su valor.

—¿Te has fijado en los caracteres de uno de sus lados?

—Sí —dije pensativo—. Los mismos que en la puerta y en la tumba. Eran monedas de tiempos de Atlas. Quizá con el cambio de rey cambiaron los caracteres.

—Pues entonces también en cada zona, con el reinado de sus hermanos.

Volvimos a la tienda y, después de cenar, estuve gran parte de la noche realizando el inventario de las cosas que debía pedir por la mañana. Tras dormir por fin aquella noche en la tienda junto a Laura y Nadya, la mañana amaneció clara y calurosa, como todas las mañanas. Era la hora de examinar las momias que había en el mausoleo.

8.- ¿QUIÉNES ERAN?

Al entrar en el mausoleo, observamos con alivio que nada se había tocado ahí. Por lo que habíamos podido averiguar, ni en ella ni en la cámara del rey había entrado nadie después de nosotros, ya que tenían demasiado respeto por aquel lugar y por los restos óseos que contenían. Permanecían abiertos los sarcófagos y Laura estaba estupefacta ante las cosas que habíamos descubierto. Observaba las momias con completa sorpresa e incredulidad, no ya por el proceso minucioso de momificación que presentaban los cadáveres, sino por la forma de sus cráneos, entre otros detalles.

—¿Tenemos los resultados de los análisis de Julián? —dijo Laura.

—Sí —dije apesadumbrado—. Me los enseñó Piotr antes de marcharse, pero todos dieron inconcluyentes.

—Eso no es posible —dijo Nadya—. Han tenido que cometer algún error en los laboratorios. Cogeré algunas muestras y repetiré los estudios en la tienda-laboratorio que hemos preparado.

Al mover algunas de las momias, nos dimos cuenta de que, debajo de ellas, los sarcófagos tenían un pequeño hueco donde encontramos cinco vasos canopes en cada uno. Era un tipo de momificación típicamente egipcia, muy lógica por cercanía en la zona en la que nos encontrábamos, aunque el imperio egipcio se encontraba bastante más al oeste.

Nadya se dedicó a recoger los vasos de uno de los sarcófagos y recortó pequeños trozos sin escribir de las vendas de algunos de los cuerpos. Las piernas permanecían estiradas y los brazos cruzados a la altura de la pelvis. Se veía perfectamente dónde comenzaban las vendas, por lo que sería muy sencillo desenvolver cada cuerpo a la hora de estudiar mejor las momias.

Uno de los objetivos para ese día era sacar una de las momias en algún tipo de parihuela, la cual llevaríamos a la tienda-laboratorio para introducirla en una máquina de rayos X que había llegado en nuestra ausencia. Parecía que Piotr había hecho un ingente pedido de objetos en base a la lista minuciosa que había dejado Nadya y nuestro misterioso mecenas no había puesto objeción alguna.

—Dime Laura —dije cuando Nadya salió con algunos objetos—, ¿quién os contrató para esta excavación?

—No lo sé. Hace unos meses recibí un paquete en mi casa con los datos de esta excavación y dos contratos pendientes de firmar: uno para Nadya y otro para mí. Lo tenía que remitir a un código postal, sin nombre, sin datos, sin nada.

—Un misterioso mecenas, que no pone objeción ninguna a la hora de traer los carísimos objetos que tenemos que usar, como la máquina de rayos X o la máquina de plastificado, estas cámaras de foto y vídeo, los focos, incluso, los generadores que nos surten de electricidad y el continuo flujo de dinero.

—No sé quién será, pero parece muy interesado en los descubrimientos.

Nadya había cogido los vasos de uno de los sarcófagos y en una mochila llevaba diversas bolsas con muestras de varias cosas. Nosotros, mientras, habíamos estado realizando fotos una detrás de otra de todo aquello que nos habíamos encontrado. Sin duda, había mucho que fotografiar y grabar y más aún en el resto de salas, pero era algo histórico. Cuando nuestra compañera bajó, traía la parihuela y a uno de los trabajadores, quien entró temeroso en la sala. Parecía que había sido sutilmente elegido voluntario para ayudarnos a subir el cuerpo. Con sumo cuidado, colocamos a nuestro "amigo" sobre la camilla y lo izamos lentamente. Luego, recorrimos los pasillos poco a poco hasta subir las escaleras y encontrarnos de nuevo frente a Poseidón.

—Tengo la impresión de que nuestro "amigo" jamás pensó volver a estar frente a su dios —dije sonriendo—. Si estuviera vivo, se escandalizaría por algunos de los avances tecnológicos de hoy en día.

—Si estuviera vivo, no tendríamos que llevarle en la camilla —dijo Nadya.

—Parece que pesara un quintal —dijo Laura, no sin esfuerzo.

—Es cierto —dije cayendo en la cuenta—. Un cuerpo de este tamaño y seco debería pesar bastante menos de lo que pesa este. ¿Cuánto? Debe rondar los ochenta kilos. Demasiado para él. Es como si estuviera relleno de plomo.

Llegamos por fin a la tienda-laboratorio. Era una tienda grande, de unos cuarenta o cincuenta metros cuadrados. En uno de los lados estaban colocando toda la maquinaria y en otro había una mesa para colocar la momia. Al fondo, había tres mesas para manejar nuestros papeles, varias estanterías y material de oficina. Parecía que no se había reparado en gastos. Dejamos el cuerpo sobre la mesa de operaciones, pendiente de que trajéramos algún experto forense para comenzar a trabajar con ella. Nuestro mecenas nos había proporcionado a un experto que llegaría al día siguiente. Tras dejar la tienda bajo una férrea vigilancia, nos marchamos a cenar y yo aproveché para llamar a Julián y darle buena cuenta de casi todo lo ocurrido. Se mostró realmente turbado cuando le relaté, aunque sin demasiados detalles, nuestro fugaz viaje a Awbärï y la recuperación de Laura. También le comenté lo descubierto en la minuciosa exploración de la sala del tesoro y la extracción de la momia. Parecía un poco molesto porque no le había llamado en varios días, sin embargo, estaba aliviado por saber que Laura estaba a salvo y nosotros también.

Al día siguiente, mi sorpresa fue mayúscula al ver que el médico forense que habían traído para el estudio de las momias se llamaba Eduardo Herrera, un médico español que nos facilitaría sobremanera el problema del idioma. Era un hombre de unos sesenta años, pulcramente vestido y de modales igualmente pulidos. Todo un caballero que se solía perder bastante en experiencias personales y con un gran conocimiento sobre historia.

—Díganme —dijo Eduardo—, ¿cuántas momias han encontrado ahí abajo?

—En la sala donde estaba esta, había veinticinco momias, más otra que hay solitaria en otra sala aparte.

—El vendaje exterior es, sin duda, peculiar. Parece un vendaje egipcio, si no fuera porque sus manos están colocadas más abajo. Los egipcios solían colocar los brazos cruzados sobre el plexo solar. Otras momias que he visto tenían sus extremidades superiores paralelas al cuerpo, sin embargo, esta los tiene sobre el pubis. Se aprecia perfectamente a pesar del vendaje. El vendaje también es digno de mención. Parece tener aproximadamente entre seis y ocho centímetros de ancho, de color amarillento, probablemente por el paso del tiempo, pero con caracteres sumerios inscritos en ellas.

—Sí, todos esos detalles los vimos nada más descubrir los sarcófagos —dijo Nadya.

—Bien, bien. Vamos a colocar la momia sobre la máquina de rayos X para observar su interior.

Entre los cuatro, volvimos a recoger a nuestra "amiga" y la colocamos sobre la máquina. Eduardo se mostró intrigado por el llamativo peso de los restos.

—¿Están seguros de que está vacía? Pesa una barbaridad.

—Los vasos canopes que hemos rescatado de debajo de ella dan a entender que son restos eviscerados. Lo que no sabemos es si han sido descerebrados o no.

—Bueno, eso es algo que nos mostrarán estos aparatitos.

Encendimos la máquina y comenzamos a observar por primera vez el esqueleto. Era remarcable ver unos restos óseos que no se habían visto en miles de años.

—Veamos —dijo Eduardo, colocándose unas gafas de cerca—. Por lo que estoy viendo, su cráneo es más alargado de lo normal. Probablemente sea por la moda de aquellos tiempos, de modificar, por algún extraño motivo, los cráneos de los niños para que presentaran este aspecto. Hasta que no quitemos las vendas no podré determinar si fue por causas naturales o por la presión de algún vendaje. El esqueleto parece ser antropomorfo. Sin duda estamos delante de un ser humano, al menos en estructura: dos brazos, dos piernas, una cabeza, espina dorsal, costillas, cadera... todo normal. Las manos también parecen normales. Uno, dos, tres... vaya, ¡qué curioso!

—¿El qué? —dije interesado.

—Sus manos y sus pies... tienen seis dedos.

—¿Polidactilia? —dijo Laura sorprendida.

—Sin duda, querida, esta momia sufría en vida de polidactilia, o lo que es lo mismo, el síndrome por el cual se dota a una de las extremidades de un dedo extra, aunque en este caso lo tienen las cuatro. No parece ser un síndrome, sino algo tan común como nuestros veinte dedos totales. Ellos nos ganan por cuatro. Esto me recuerda a una autopsia que tuve que realizar hace años a un caballero que había muerto, aparentemente de extrema vejez, pues contaba con noventa y ocho años. Tenía polidactilia en su mano izquierda y lo había aprovechado para colocar un anillo más en su mano. Era conocido como "Seisdedos" en su pueblo y su fama por su malformación le había facilitado su ascenso hasta alcalde.

—Esta momia no deja de sorprendernos —dijo Nadya.

—Si hubiera tenido ese síndrome en tan sólo una mano, diría que se trata de un caso aislado y de simple casualidad que hubiéramos sacado precisamente la momia amorfa.

—No creo en las casualidades, doctor —dije sonriendo.

—Eduardo, por favor —dijo con exquisitos modales—. A usted no le llamo "arqueólogo".

—¿Entonces estamos ante una raza de humanoides que tenían seis dedos y cráneos alargados?

—Tendría que hacer más pruebas, que me llevarán un tiempo. Estoy deseando sacar las vendas, pero me atrevería a decir, dado lo que tenemos delante, que estos restos no son de seres humanos, al menos no en su totalidad. Su morfología así lo sugiere, sin embargo, algunos detalles me hacen sospechar que estamos ante una especie de evolución paralela.

—¿Algo así como Neandertal y Cromañón? —dijo Laura.

—Algo así, pero esta especie evolucionó bastante más.

—Tengo la impresión de que la Atlántida se me queda corta —dije manoseando la pipa apagada entre mis manos.

—Espero que no tenga la intención de encender la pipa en esta tienda, amigo Ricardo.

–No se preocupe. Está apagada y vacía. Sólo la estoy manoseando por los nervios.

—Bien, cuando nos tomemos un descanso, yo mismo sacaré mi pipa para acompañarle —dijo sonriendo.

—Dios los cría... —dijo Laura—. ¿Es que no me pueden traer a la excavación a alguien que no fume?

–¿Ven esa mancha pequeña en el cráneo? —dijo Eduardo, señalando la zona—. Parece ser el cerebro. Estas momias no fueron descerebradas, lo cual rompe con la posibilidad de su origen egipcio. El cerebro se seca y atrofia, y se queda dentro del cráneo como un fósil.

—No parece haber nada dentro del cuerpo —dijo Laura.

—Ciertamente —dijo Eduardo mirando los canopes—. El cuerpo está eviscerado y, sin embargo, pesa como si estuviera lleno de plomo. Por lo que veo, por el tipo de pelvis, parece ser masculino. No hay fracturas, ni lesiones aparentes. Conserva todas las piezas dentales y debía medir aproximadamente dos metros. Amigo, eras muy alto para la época en la que finaste.

Con cuidado, colocamos la momia sobre la mesa de operaciones de nuevo para extraerle las vendas que rodeaban su cuerpo.

—Para esta operación voy a necesitarles a los tres —dijo Eduardo—. Necesito que dos levanten el cuerpo mientras otros dos enrollamos las vendas.

9.- DESNUDO

Comenzamos identificando el final de la venda. Parecía poder extraerse con facilidad, enrollándose sobre sí misma, aunque la tarea era más lenta de lo inicialmente previsto. Aproximadamente cada cinco metros, la venda se acababa y comenzaba un rollo nuevo. Laura y Eduardo enrollaban vendas mientras Nadya y yo sujetábamos la momia.

—Tengo la impresión de que todos los rollos tienen el mismo texto —dijo Nadya—, como si los fabricaran en serie.

—Querida, tendrá la oportunidad de comprobarlo cuando terminemos de desnudar a nuestro "amigo". Mientras yo abro y estudio su cadáver, podrá analizar cada centímetro de tela.

Tras varias horas desenrollando, llegamos, por fin, a ver piel del tronco. Parecía estar en perfecto estado, aunque ennegrecida por el tiempo. La técnica del vendaje parecía haber comenzado por extremidades, cabeza y órganos genitales, para tapar después el resto del cuerpo.

—La forma de sus genitales confirma que era varón —dijo Eduardo —. La piel parece conservarse bien, lo cual nos proporcionará información sobre su ADN. Vamos a quitar el resto de las vendas y podremos tener una visión más amplia de todo su cuerpo.

Poco a poco, fuimos retirando el resto del vendaje hasta que, al quitar el de la cabeza, Laura dio un respingo al descubrir los ojos, dejando caer el rollo al suelo, que corrió por toda la sala.

—¡Sus ojos están intactos! —dijo sorprendida.

Eduardo, con media sonrisa en la cara, sacó un bolígrafo y golpeó uno de los globos oculares.

—¿Son de cristal? —dije incrédulo.

—Efectivamente, amigo mío. Esta civilización conocía más técnicas de las que creemos. Cuando este pobre dio su último aliento, sus ojos y vísceras fueron extraídos de algún modo y sustituyeron sus globos oculares por otros de cristal, dejándolos abiertos. Probablemente, para que no perdiera detalle de la eternidad que le aguardaba. Su color tiene un extraño tono violáceo, lo cual me recuerda a los ojos de una famosa actriz. Tendremos que observar otras momias para ver si ese era su tono natural o si, por el contrario, los hacían así para generalizar el aspecto de todos.

Al terminar de descubrir el cráneo, vimos que aún gozaba de un pelo rizado y largo, de color rojizo, que le debía llegar hasta los hombros.

—No sé cómo sería en la época en la que aún caminaba por esta tierra, pero, sin duda, este personaje habría causado gran impacto si hubiera estado vivo hoy en día. Un tipo de dos metros de alto, con cráneo alargado, pelirrojo, con ojos violetas y veinticuatro dedos no es como para pasar desapercibido.

A pesar de todos los descubrimientos increíbles que estábamos haciendo, Eduardo parecía mantener una serenidad propia sólo de personas que habían realizado miles de autopsias y habían visto ya de todo, aunque dudo mucho que hubiera visto todas estas cosas en un solo cadáver.

—¿Cree que es único? ¿O serán todos iguales? —pregunté.

—Ricardo, eso sólo hay una manera de averiguarlo, pero todo a su tiempo. Agotemos el estudio de este caballero antes de pasar a sus compañeros de cripta.

La boca de la momia estaba cerrada. Sus ojos presentaban cierto rasgo almendrado y su nariz, características negroides. Sin duda, era una mezcla tan explosiva como imposible hoy en día. Una vez desprovista por completo de los vendajes, colocamos los rollos en una mesa aparte para que Nadya pudiera dedicarse a su estudio pormenorizado.

—Es mediodía —dijo Laura—. ¿Qué tal si comemos y descansamos un rato antes de proceder a la autopsia?

—Excelente idea —dijo Eduardo—. La sobremesa resultará el momento más que oportuno para cumplir mi promesa de fumarme esa pipa contigo, Ricardo.

Al sentarnos a la mesa, descubrimos que Eduardo tenía los mismos modales a la hora de trabajar, hablar y tratarnos que a la hora de comer. Parecía ser un tipo educado en las más exquisitas escuelas. Tras la comida, le acompañé a su tienda, donde nos sentamos ambos en su mesa. Llenamos nuestras pipas y sacó dos vasos y una botella de bourbon, ofreciéndome una más que agradecida copa.

—Este es uno de los pequeños placeres que me permito —dijo mostrando la botella—. Una pipa y un vaso de bourbon después de comer me relaja y me despeja las ideas, preparándome mentalmente para el trabajo que desempeñaré por la tarde. Por las noches me suelo relajar fumando una nueva pipa y leyendo páginas de algún libro que me interese.

Casi podría decir que el humo de su pipa olía más agradable que el mío, a pesar de que yo utilizaba uno de los tabacos más selectos que se fumaba en España. Durante aproximadamente una hora, disfrutamos de aquel vaso de bourbon y de la larga fumada de aquellas pipas, charlando sobre los descubrimientos que habíamos hecho durante la mañana y sobre los que, probablemente, haríamos por la tarde. Pasada la sobremesa, fuimos a la tienda-laboratorio, donde Nadya ya había extendido una de las vendas y estaba analizando y transcribiendo los escritos que aparecían en ella.

—No parece haber restos de tinte en las letras de las vendas —dijo Nadya mostrándome una de las porciones. Tiene pinta de que ha resultado ser más una decoloración que un pintado.

—Resulta un hecho de lo más interesante —dijo Eduardo—. Me recuerda a la Síndone.

—¿La Sábana Santa? —pregunté confuso.

—Exacto, amigo mío. Los estudios realizados sobre la misma demuestran que la figura del personaje que aparece retratado no fue pintada ni imprimada de ninguna manera. Las fibras de la Síndone que son más oscuras parecen haber sido desecadas, deshidratadas. Me jugaría el cuello a que estas vendas presentan unos símbolos parecidos, por no decir los mismos.

—No deja de arrojar datos extraordinarios —dije pensativo—. Bueno, dediquémonos nosotros al estudio de la momia. Ya me dedicaré más tarde a interpretar los símbolos de las vendas.

Nos acercamos a la momia y Eduardo se colocó de nuevo sus gafas, observando con detenimiento la superficie de su piel.

—A pesar de estar ennegrecida —dijo Eduardo—, parece que la piel tenía un tono rosáceo. Podríamos decir que era como el que tenemos hoy en día. Su masa muscular está obviamente arruinada, pero aparte de la polidactilia y de la forma de su cráneo, nada más parece ser diferente de lo que nosotros poseemos ahora mismo.

—¿Cuántos vasos canopes habéis encontrado?

—Cinco.

—Es curioso... en la cultura egipcia eran cuatro. En uno el estómago, en otro los pulmones, en otro las vísceras y, en el último, se alojaba el hígado. ¿Qué contendrá el quinto?

—No son egipcios, con lo cual es posible que metieran en él el corazón.

—Tiene sentido. En la cultura egipcia no se extraía el corazón de las momias, porque creían que ahí residían los sentimientos. Sin embargo, es posible que esta cultura sí lo hiciera, a pesar de todas las semejanzas que estamos encontrando.

—Ellos metían textos sagrados entre los vendajes. Nuestra momia tiene los textos escritos directamente en la venda.

—Sí, es algo... vaya... ¡Qué raro!

—¿El qué?

—Esta parte en el abdomen. Hay un corte largo, que corresponde al usado para extraer los órganos, pero aquí hay otro corte un poco más pequeño, cosido *ante mortem*... Este sujeto fue sometido a una operación quirúrgica.

—¿Una operación quirúrgica hace diez mil años? —dijo Laura acercándose.

—A las pruebas me remito. Fue operado. Probablemente, por el tipo y colocación de la cicatriz, de apendicitis.

—Parece increíble.

—Y lo es. Si me hubieran dado este cadáver en mi laboratorio de España, pensaría que es un cuerpo momificado por algún método artificial y que no contaría con más de veinte años de antigüedad. Sin embargo, me acabo de encontrar con un enigma para la ciencia mucho más interesante de lo que imaginaba.

—Esta operación da sentido a las Piedras de Ica —dije pensativo.

—Esas piedras son motivo de gran controversia, mi querido amigo. Había muchas que se habían descubierto como fraude y, sin embargo, había otras cuya procedencia era todo un enigma. No obstante, he de darte la razón. Si esto que acabamos de descubrir es cierto, estamos ante la operación quirúrgica más antigua de la historia.

Tras hacer las observaciones preliminares y mientras yo me dedicaba a grabar en vídeo y hacer decenas de fotos, Eduardo abrió el cuerpo por el mismo lugar por el que se habían extraído los órganos y metió la mano. Tras unos segundos, sacó un hueso.

—Esta es una de las costillas flotantes. La utilizaremos para analizarla y saber de qué se compone este esqueleto, ya que el peso de este fragmento supera con mucho el peso de uno similar de nuestro cuerpo.

Tras dejar el hueso en una bandeja, volvió a la momia y abrió su boca con suavidad.

—La cavidad bucal presenta los mismos elementos que cualquier otra momia de estas características. Parece tener todas las piezas dentales en su sitio. Además de tener una dentadura envidiable, excepto por un pequeño detalle...

—¿Cuál?

—Tiene un empaste. ¡Este "amigo" es una caja de sorpresas! Operación de apendicitis, empastes... es increíble.

La momia traía sorpresas una detrás de otra. Eduardo cortó un poco de pelo y se lo ofreció a Nadya, que seguía transcribiendo todos los símbolos de las vendas. También sacó una uña y la colocó junto al pelo. Era menester analizar absolutamente todo.

—A pesar del cuidado y esmero que pusieron en su momificación —dijo Eduardo—, fue enterrado desnudo. Sin duda, estamos ante un personaje que pasó por muchas penurias durante su vida o que trabajó incansablemente durante muchos años y, al morir, fue liberado de todas sus responsabilidades, con la única tarea de descansar tranquilamente el resto de su vida.

—En un principio pensé que sería el séquito del rey.

—Dudo mucho que estas personas murieran al mismo tiempo que el rey. Yo lo interpretaría más como el sacerdote al cuidado del templo. Quizás falleció después de cuidar del sepulcro durante varias décadas y luego fue enterrado aquí abajo, para descansar junto a quien ha protegido.

—Quizá sacando el resto de las momias, lo sabremos.

—Todo a su tiempo, querido amigo. Por lo que estoy observando aquí, el cráneo fue modificado a temprana edad, para obtener esta forma. Su cráneo era normal, pero parece que, para ser sacerdote, debía parecerse al rey que me habéis comentado. Es posible que su estudio sea mucho más enigmático que el de nuestro caballero.

10.- LOS CUIDADORES DEL TEMPLO

Pasamos toda la tarde revisando y observando a la momia. Nuestro amigo Eduardo nos estaba haciendo avanzar a pasos agigantados, según iba descubriendo nuevas incógnitas. Llegada la noche y tras cenar, volví a visitar su tienda para degustar una nueva pipa. Esta vez me ofreció de su tabaco, extranjero parecía. Lo usé en mi pipa y, para ser sinceros, me apené por no tener un montante de dinero suficiente como para fumar ese tabaco asiduamente, ya que era el tabaco más sabroso que había probado jamás.

—¿Qué tabaco es? —pregunté intrigado.

—No es ninguno en especial. Son muchos —dijo Eduardo sonriendo.

—¡Una mezcla! Hacía tiempo que no probaba ninguna.

—Los tabacos que se venden en los estancos no son para nada malos y el tabaco que tú utilizas es el que yo uso de base, sin embargo, me di cuenta de que el resto de las cosas que le faltaban las podía añadir a través de otros tabacos.

—¿Qué lleva?

—Eso es un secreto que me llevaré a mi tumba —dijo sonriendo— Si lo deseas, te puedo dejar una bolsita de cuero con un poco de mi mezcla, pero no te daré la receta. Y si en algún momento haces una mezcla, no reveles sus ingredientes. Son los secretos de los fumadores.

Disfrutamos un buen rato del tabaco que me ofreció y, llegada una hora prudencial, volví a la tienda junto a Nadya y Laura, que ya dormitaban en sus catres. Me tumbé y caí en un profundo sueño en el que rememoraba escenas de un hipotético proceso de momificación del cadáver que habíamos sacado. Por la mañana temprano, cuando me levanté, me dirigí a la tienda-laboratorio y ya estaba allí Eduardo trabajando intensamente.

—Duermes poco por lo que veo.

—Leonardo Da Vinci apenas dormía. Consideraba que el sueño era una pérdida de tiempo. Yo duermo, pero tan sólo tres horas. No necesito mucho más. Además, amigo mío, los descubrimientos que ayer hicimos me dejaron tan intrigado que no he podido pegar ojo.

—Bienvenido a mi mundo.

—Sin embargo, has sido el último en levantarte. Hace ya media hora que tus queridas amigas salieron al templo, a observar el resto de las momias según unas directrices que les he dado. Quiero comprobar si todas son hombres.

—Supongo que descubriremos mucho más de ellas cuando sean todas extraídas y estudiadas como hicimos con nuestro primer "compañero".

—Sin duda. Ahora, si me disculpas, voy a seguir con el trabajo, que está resultando apasionante.

Me dirigí al templo y entré de nuevo en el mausoleo, donde Laura tomaba notas sobre las medidas que Nadya le estaba dictando.

—Buenos días chicas.

—Buenos días Ricardo —dijo Laura—. Parece que Eduardo está en éxtasis por los hallazgos.

—Me imagino que como todos. Me ha dicho que ya os ha puesto trabajo que hacer.

—Sí. Nos pidió que tomáramos unas medidas de ciertas partes del cuerpo. Por lo que hemos observado y deducido, hay hombres y mujeres, aparentemente adultos, y ninguno baja del metro noventa.

—Eran todos muy altos.

—A través de la fórmula del Dr. Karl Pearson —dijo Nadya—, hemos estimado que el sujeto que hay en la tienda debía medir unos doscientos tres centímetros exactamente. El resto de los que tenemos aquí muestran unas proporciones parecidas. Aunque varíen en el sexo.

—Reforzamos entonces la teoría de que eran todos guardianes de este templo.

—Es probable —dijo Laura—, aunque sabes que el estudio antropológico de las momias no es lo único que debemos observar para sacar esas conclusiones.

—No puedes hacer mucho en esta sala ahora mismo —dijo Nadya—. ¿Por qué no vas a sacar pergaminos de la sala de archivos y los subes a la tienda-laboratorio?

—Sí —dije—. Es mejor que dividamos un poco el trabajo. De paso, echaré un vistazo a los símbolos que sacaste de las vendas.

—Nuestras sospechas eran ciertas. Son textos de cinco metros de longitud, pero el mismo en todos los rollos. Parece que se fabricaban en serie para la momificación, porque las que he visto en estas momias tienen exactamente los mismos.

—¿Y las vendas de Atlas?

—Aún no las he mirado, pero es probable que también las tengan.

Me dirigí con una mochila vacía hacia la sala de pergaminos. Todos los rollos estaban en la misma posición que cuando los dejamos. Los trabajadores no habían llegado a aquella sala y, por lo tanto, no habían tenido oportunidad de arruinar ninguno. Tras apuntar concienzudamente la posición de cada uno, metí en la mochila todos los que cupieron sin apretujones y subí de nuevo al laboratorio, donde Eduardo parecía charlar amigablemente con la momia.

—¿Tenéis una conversación amena?

—Yo le hablo con palabras —dijo Eduardo—, pero él me habla con marcas, signos y evidencias de su vida. Por lo que he visto, tuvo una vida cómoda, en tanto en cuanto jamás le faltó un plato de comida, pero también dura, pues tuvo que trabajar mucho, algo curioso, tratándose de un posible guardián de un templo, cuyas obligaciones suelen ser las de presidir los festejos, cuidar de la buena conservación de la construcción y realizar alguna que otra ceremonia periódica. Este hombre trabajó mucho, tanto a nivel físico como mental. Parece que no había puestos de privilegio, por lo que he descubierto.

—Ahí abajo me han dicho que hay hombres y mujeres, y que ninguno baja del metro noventa.

—Hombres y mujeres, y muy altos... parecía ser una sociedad muy equitativa en cuanto a sexos. Me aventuraría a decir que no había guerra de sexos y que ambos aprendían todo tipo de artes, tanto de guerra como de paz.

—Ojalá la civilización actual fuera igual.

—Amigo mío, poseemos ordenadores. Aparatos que nos permiten ver el interior del cuerpo, coches y aviones que nos llevan a altas velocidades de un punto a otro de la Tierra, podemos vernos a tiempo real desde dos lugares muy alejados gracias a la videoconferencia, hemos llegado a la Luna y hemos plantado artilugios mecánicos en Marte y, sin embargo, nuestro civismo y conocimientos distan mucho de los que gozaban muchas de las civilizaciones que ahora estudiamos y consideramos... de bárbaros.

—Hemos dado vueltas sobre la palma de Buda.

—Exactamente. Creemos que hemos adelantado mucho en pocos años, que nuestros conocimientos superan de largo a los de los Mayas, los Aztecas, los Dogon o, incluso, al Imperio Romano, pero los primeros tenían increíbles conocimientos arquitectónicos, los Dogon nos han impresionado con sus conocimientos de astronomía y en las universidades todavía se estudia el Derecho Romano. Y no hace falta que hayan sido Atlantes para demostrarnos todo esto. Amigo mío, tenemos mucho que aprender de nuestros antepasados y poco que enseñarle a las generaciones futuras.

Mientras Eduardo continuaba examinando la momia, llamé a Julián para darle cuenta de lo que habíamos encontrado. Su voz sonaba bastante cansada, pero me tranquilizó diciendo que todo marchaba bien respecto a su enfermedad. Quedó muy agradecido por todos los avances que estábamos haciendo y más aún por la información puntual que le iba transmitiendo cada día. Decía conocer de oídas a Eduardo y lo calificó como uno de los más grandes profesionales en la materia. Se mostró bastante tranquilo cuando supo que nos estaba ayudando. Afortunadamente, las nuevas máquinas que nos había proporcionado nuestro mecenas incluían un fax y conexión a internet, con lo cual pude enviarle una copia de los textos hallados en las vendas para que fueran analizados. Me prometió una respuesta antes de que finalizara la semana.

Tras tres días almacenando pergaminos en el laboratorio, decidimos que era hora de sacar a Atlas de su lugar de descanso, para lo cual necesitaríamos a mucha más gente de la que usamos en un principio. Esta vez fueron diez los voluntarios para sacar el sarcófago. Yo intentaba ayudar, pero no había espacio para Laura ni para Nadya y preferimos que Eduardo no se estropeara las manos moviendo aquella mole, aunque insistió en presenciar la extracción del féretro. Cuando Nadya y yo entramos en la sala, tuvimos buen cuidado de no observar fijamente las manchas de sangre, de las que, afortunadamente, nadie se percató. Se me revolvía el estómago al estar de nuevo en una sala que me traía tan fatídicos, pero importantes recuerdos.

Tardamos todo un día en sacar el sarcófago de los pasillos y dejarlo reposar por fin a los pies de Poseidón. Resolvimos sacarlo del templo al día siguiente. El reloj marcaba el mediodía cuando por fin dejamos a Atlas en el laboratorio. El viaje desde el templo, gozó de bastante popularidad entre los trabajadores, quienes apenas nos dejaron un pasillo estrecho para llegar a nuestro destino, ya que la curiosidad era mayor que el respeto por los huesos de los que ahí descansaban.

Habíamos tenido cuidado de tapar el féretro antes de sacarlo de su sala, con lo cual nos encontrábamos entonces en el laboratorio con la tapa puesta. Al retirarla, un gesto de asombro y curiosidad salió de Eduardo, al observar el tenue brillo que despedía la momia y la belleza de las letras que aparecían en las vendas, esta vez realizadas en oro y oricalco. Lo primero que hicimos fue sacar el cuerpo y extraerle la máscara que tapaba su cara. El peso de la pieza era de veras considerable al tratarse, según nuestras estimaciones, de oro macizo.

—Me recuerda a la máscara de Tutankhamon —dijo Eduardo.

Tras ello, decidimos depositarlo en la máquina de rayos X, la cual no nos mostró apenas nada nuevo, excepto por el hecho de que su cerebro no parecía haberse consumido, así como tampoco sus órganos internos.

—El cuerpo está en las mismas condiciones que su compañero, el cual sacamos días atrás, si exceptuamos que su cerebro parece intacto y que no parece haber sido eviscerado, lo cual es llamativo —dijo Eduardo—. Parece que porta algún tipo de objeto en sus manos, algo como báculos de mando. También parece haber objetos entre los vendajes.

—¿Tiene polidactilia? —dijo Nadya.

—Al menos en sus pies sí. Seis dedos perfectamente diferenciados y, aparentemente, funcionales, al igual que las otras momias. Es innegable que pertenecían todos a la misma raza.

Dejamos a Atlas sobre la mesa de operaciones y comenzamos a desenrollar las vendas.

—Parece increíble que estemos haciendo lo mismo que hace unos días —dijo Eduardo—. Sin embargo, lo que antes hicimos con la mayor de las curiosidades, ahora lo hacemos con el mayor de los respetos. Y miedo.

—¿Por qué lo dices? —pregunté mientras enrollaba la venda.

—Porque los tres estáis temblando como pajitas, amigo mío —dijo sonriendo.

Poco a poco, las vendas se iban retirando. Nadya confirmó que lo que había escrito era exactamente lo mismo que en las otras vendas. Mientras la rusa sujetaba el cuerpo y Eduardo y yo sacábamos las vendas, Laura se dedicaba a recoger los múltiples objetos que iban saliendo de entre las ataduras, colocándolos en una mesa para su posterior estudio, hasta que Eduardo se quedó parado, mirando fijamente el cuerpo, como petrificado.

—¿Qué ocurre? —pregunté.

—Ocurre que lo que estoy viendo es médicamente imposible.

—¿El qué?

—Estoy viendo ya la piel de Atlas y parece que hubiera sido momificado hace unos minutos.

PARTE IV

1.- LOS OTROS RESTOS

—No puede ser —dije estupefacto—. Lleva miles de años muerto.

Eduardo desenvolvió el resto del cuerpo, dejando tan sólo las extremidades y la cabeza vendadas.

—Pues aquí lo tienes. Tiene una gran gargantilla de oro, un cinturón de hilo dorado y su abdomen y su pecho están prácticamente descubiertos. Su piel está intacta. Es más —dijo observando el abdomen—, no hay signos de haber profanado su piel con objeto alguno, como observamos en la radiografía. Sus órganos internos permanecen intactos.

—¿No está eviscerado?

—No. En el sarcófago no hay vasos canopes. Han dejado la piel sin mácula alguna. Además, su piel parece desprender un leve brillo amarillento.

—Es la prueba de que es un semidiós. Sin heridas, muerto, probablemente, de extrema vejez y aún brilla. Es la prueba definitiva de que estamos ante el Atlas del que hablan todos los libros. Estamos ante un hijo de Poseidón.

Comenzamos entonces a quitar las vendas de los brazos. Presentaba brazaletes a la altura de sus bíceps. Tenía también dos guardabrazos de oro y oricalco en sus antebrazos, y sus doce dedos estaban llenos de anillos, dando cuenta de lo importante que era.

—Ni siquiera presenta *rigor mortis* —dijo Eduardo—. Su cuerpo parece haber muerto hace unos minutos sin duda. Es increíble. Jamás me había encontrado con algo semejante.

—Descubramos la cabeza —dije ansioso.

—Casi me da miedo saber qué descubriremos —dijo Laura.

Eduardo comenzó a retirar las vendas lentamente. Poco a poco, fuimos descubriendo las facciones del rostro y una barba pelirroja bien recortada. El pelo, del mismo tono, estaba recogido en un moño y, al desenredarlo, su suavidad nos llamó la atención sobremanera y nos sorprendió también su longitud, que establecimos en cincuenta y cuatro centímetros. Un pelo extraordinariamente largo. Sus ojos, también almendrados, fue quizá lo que más nos sorprendió, ya que no tenían un color determinado. Según el ángulo en el que se miraran, presentaban una tonalidad u otra, pasando por todo el espectro.

—Son los ojos más bonitos que he visto en mi vida —dijo Laura—. Los ojos del hijo de un dios, sin duda.

—No son sus ojos lo que me inquieta —dijo Eduardo—. Fijaos en la hermosura de su rostro, sus proporciones, pero sobre todo en su expresión. Jamás en la historia nadie ha presenciado un rostro tan lleno de paz y serenidad. Tiene la mirada perdida, pero parece haber alcanzado la plenitud, el Nirvana.

—¿No os recuerda a nadie? —dijo Laura.

Todos nos miramos comprendiendo las palabras de Laura. Sabíamos perfectamente a quién se refería, pero ninguno nos atrevimos a pronunciar el nombre, ni a sugerirlo del todo.

—Creo que nos vamos a limitar a medir el cuerpo y tratar de sacar el ADN de alguna manera —dijo Eduardo—. No voy a cometer el tremendo sacrilegio de profanar con un bisturí este cuerpo, aunque las dudas se nos amontonen con la curiosidad. Sé que muchos de mis colegas pondrían el grito en el cielo y estarían más que ansiosos por meter las manos en las tripas de Atlas, pero yo, personalmente, me niego.

—Deberías redactar un informe desaconsejando su intervención —dije—. Habría que prohibir por ley que se tratara de abrir este cuerpo.

—Me temo que, cuando se haga público, el debate será más que acalorado.

—Nuestro desconocido mecenas es más poderoso de lo que creemos —dijo Laura—. Ha convenido un pacto con el gobierno para impedir toda difusión hasta que terminemos nuestras investigaciones. Así evitaremos interrupciones y gente no invitada a la fiesta.

—Me pregunto quién será... —dije pensativo—. Alguien con tanto dinero y tan poderoso, que se mantiene en el anonimato.

—¿A vosotros también os llegó el contrato por correo junto a los datos de la excavación? —dijo Eduardo.

—A mí no —dije—. Estoy pendiente de que me llegue.

—Este hombre es muy meticuloso. Estoy seguro de que pronto llegará. Veamos, según estas medidas, la altura del cuerpo es de dos metros exactos. Parece que no han dejado ni un milímetro de margen. Estoy seguro de que, si medimos el cuerpo con algún tipo de medidor electrónico, la medida sería de doscientos centímetros exactos. Aproximadamente —continuó Eduardo—, veintisiete centímetros de largo de la cabeza, que si lo multiplicamos da... vaya, es casi exacto. Estas medidas son muy rudimentarias, pero me atrevería a decir que la del cuerpo completo es siete veces y media la medida de la cabeza.

—Es un cuerpo bastante proporcionado —dije mirando a Atlas.

—Sin lugar a dudas. Poco más de ciento treinta y tres centímetros de largo, desde el talón hasta la cadera. Unos sesenta y siete centímetros desde el cuello hasta la cadera. Las medidas guardan una proporción increíble. Desde el hombro hasta la punta de los dedos, algo más de ciento cinco centímetros, ciento seis diría yo. Su peso en condiciones normales debía ser de algo menos de cien kilos, pero teniendo en cuenta los huesos que hemos encontrado antes, y a ojo, este hombre puede superar perfectamente los ciento cincuenta kilos, a pesar de que no parece haber tenido un ápice de grasa. Era un hombre alto, musculoso y muy hermoso.

—Son datos abrumadores. Todo un *sex symbol*... —dijo Laura.

—En nuestra época actual, en el Imperio Romano, en época de Carlomagno, de Napoleón, de Erik el Rojo e, incluso, en tiempos de Gengis Kan, cualquier mujer, y supongo que muchos hombres, se girarían para observar a alguien como él.

—No te preocupes por eso, Eduardo —dije sonriendo—. Estoy seguro de que cuando todo esto se sepa, el planeta entero querrá recorrer la distancia que sea necesaria para admirarlo.

—Hay algo diferente en Atlas, con respecto del resto de las momias que hemos encontrado en el mausoleo, y es que Atlas no tiene rasgos negroides en la nariz, ni en ninguna parte de su cuerpo. Parece caucásico más bien.

—Tienes razón —dije observando la momia.

—Ya he terminado de transcribir los caracteres de las vendas —dijo Nadya, mostrándonos varios folios—. Los enviaré mañana por correo, junto con el informe de los últimos días, a nuestro mecenas. Espero que le guste lo que hemos encontrado.

—Yo voy a llamar a Julián. Permíteme que le envíe esos folios por fax, para que también los miren en Madrid. Estoy seguro de que encontrará estos hallazgos muy interesantes.

—Creo que por hoy no tenemos nada más que hacer —dijo Eduardo —. Sería conveniente devolver a nuestro "amigo" a su féretro y cerrarlo para impedir que su brillo alerte a nadie por la noche. Ahora, a la luz de los focos, el resplandor que despide es más bien tenue, pero nadie sabe si en la oscuridad se verá mejor o, incluso, si aumentará.

—Como las pinturas fluorescentes, que brillan en la oscuridad —dijo Laura.

—Esto no es una pintura que se pueda comprar en cualquier bazar, querida mía —dijo Eduardo, colocando una de sus manos en el hombro de Laura—. Es el hijo de un dios y dudo mucho que se inspiraran en él para hacer esa pintura.

Entre risas y anécdotas, más relajados, pero todavía noqueados por el descubrimiento, estuvimos cenando tranquilamente. Más tarde, volví a hacer mi visita de rigor a la tienda de nuestro forense, donde, bajo el humo de nuestras pipas, continuamos debatiendo largamente sobre los pormenores del cuerpo que habíamos encontrado. Al día siguiente, descubrimos, al abrir el féretro, que el cuerpo continuaba completamente intacto.

—Es curioso —dijo Eduardo—, aunque, dadas las circunstancias, no tanto como cabría esperar. Muchas momias se han arruinado a los pocos segundos de abrirlas. Siglos enteros de aislamiento las habían dejado inmaculadas hasta que, al abrirlas, se arruinaron. Esta, sin embargo, permanece en el mismo estado, lo cual aumenta aún más su misterio y su gloria.

—La comunidad científica se verá vapuleada por nuestros hallazgos —dije observando las joyas.

—Sin duda alguna, pero debemos ser más cautelosos que nunca. Por suerte o por desgracia, el descubrimiento de este cuerpo no revela ninguna verdad absoluta sobre la religiosidad. Lo único que nos dicen los documentos, es que existió un tiempo en el que Zeus, Poseidón y todos los dioses del Olimpo eran una realidad, pero eso no quiere decir que no existiera Jehová, Alá o Ra o cualquier otro dios que hoy en día se venere. Eso significa que, cuando esto se dé a conocer, fanáticos de varias religiones tratarán de atentar contra este cuerpo, en un pobre intento por destruir las pruebas de algo que podría arruinar sus modos de vida.

—Sin olvidar que presentar la imagen inmaculada del hijo de un dios supone una herejía —dije—. El mismo Vaticano temblaría si dijésemos que hemos encontrado los restos de Jesucristo y tratarían de destruir las pruebas.

—Eso no es tampoco una verdad absoluta, amigo mío. Aunque es una posibilidad tan factible como las demás. No se puede negar que hemos encontrado algo maravilloso y único en este planeta, pero no todo el mundo es tan abierto de mente.

—No creo que sea el único.

—¿A qué te refieres?

—Hasta ahora, todo lo que sabía sobre Poseidón y la Atlántida se ha cumplido. Si no me equivoco, esta es sólo una de las diez momias que deberíamos encontrar. No olvidemos que Atlas es sólo el primogénito de los vástagos que Poseidón tuvo con Clito. Su hermano gemelo era Eumelo y estoy seguro de que lo encontraremos tarde o temprano, igual que las otras cuatro parejas de gemelos.

—Hemos encontrado uno —dijo Nadya—. ¿No crees que es suficiente por el momento?

—¿Qué crees que dirá nuestro misterioso mecenas cuando le digamos que puede haber otras nueve momias repartidas por el mundo?

—Sin duda nos financiará nuevas expediciones —dijo Laura.

—Si lo que este hombre busca es la Atlántida —dijo Nadya—, nos espera una época muy larga de descubrimientos.

—Lamentaré profundamente no poder acompañarles de momento, pues mi contrato terminará en cuanto acabemos con las momias del mausoleo y mis innumerables compromisos me impiden acompañarles, además de mi avanzada edad, pero tened por seguro que podréis contar conmigo siempre que lo necesitéis.

—Lo sabemos, Eduardo —dijo Laura sonriendo—. Sin embargo, aún nos queda bastante trabajo. Tenemos que identificar el resto de momias y sacar algo en claro de los archivos que estamos recuperando.

—Mi misión a partir de ahora será tratar de conservar los manuscritos —dijo Nadya.

—Yo ayudaré al doctor en todo lo que sea menester —dije—. Además de proporcionar todo el apoyo que pueda en el resto de tareas.

—Me temo que mi labor será más o menos como la de Ricardo —dijo Laura—, aunque también tendré que preocuparme de las excavaciones que vamos a comenzar alrededor del templo. Es probable que encontremos más restos en las cercanías.

—Un templo nunca está aislado de viviendas o de una urbe —dijo Nadya—. Por pequeño que sea, aquí debió haber un poblado, como mínimo. Estoy segura de que tarde o temprano tendremos que desplazar el campamento, para dejar espacio para futuras excavaciones.

—Va a ser una obra titánica —dijo Eduardo—, y nos costará mantenerla en secreto.

—Amigos míos —dijo Laura levantándose—, nos queda aún mucho trabajo por hacer en Libia.

2.- ¿TABACO?

—Tengo los resultados de la momia del mausoleo —dijo Nadya al oír el pitido de la máquina.

—¿Qué dicen? —pregunté intrigado.

—Veamos, la venda está compuesta por lino en su mayoría. Hay sedimentos de polvo y también... ¿Qué es esto? —dijo sorprendida—. Debe haber algún error... quizá porque habéis tocado la venda con las manos.

—No puede haber objetos extraños -dijo Eduardo—. Ninguno de nosotros ha tocado las vendas sin guantes.

—Pues aquí hay algo que no encaja. Aquí dice que hay restos de tabaco.

—Debisteis pegar restos en los guantes de alguna manera —dijo Laura.

—No —dije resuelto—, no necesariamente. Es un hallazgo sorprendente, pero no es la primera vez que lo veo.

—¿A qué te refieres?

—El tabaco, por sorprendente que parezca, también es un elemento presente en momias egipcias. En un principio pensaba que era por el poco cuidado que podrían haber tenido colegas nuestros a la hora de manipular las momias, pero ahora veo que no es así. La verdad es que me da rabia haber dudado de la profesionalidad de compañeros. Es posible que estuviera ahí como desinfectante.

—Pero el tabaco es una planta venida de América. No se conocía en Europa, Asia o África antes de la llegada de Colón al Nuevo Continente.

—Lamento discrepar —dijo Eduardo—, pero me temo que no soy tan seguidor de esa teoría. Muchos de los descubrimientos recientes, y no tan recientes, apuntan a que Colón no fue el primero en llegar a América, máxime, tengo la impresión de que fue el último. Anteriormente, fueron escandinavos y asiáticos. Es más, creo que él tampoco fue el primer europeo en pisar aquellas tierras. Hay muchas evidencias que apoyan esta teoría y sabéis perfectamente que es más que probable.

—¿Quién es ahora una investigadora paranormal? —le dije a Laura recordando la conversación que mantuvimos cuando entramos por vez primera en el templo—. Sostengo la misma teoría que Eduardo. El estrecho de Bering separa a Asia de América por tan sólo cien kilómetros. Cierto es que está en unas condiciones climatológicas muy adversas para cualquier viaje hoy en día, más aún en la antigüedad, pero no es ninguna salvajada presumir que antes hubo otros colonizadores.

—Debería haber evidencias agrarias entonces —dijo Nadya.

—No tiene por qué. Es posible que, dado el potencial comercial de la Atlántida, el tabaco no fuera exportado para plantarlo en otras tierras. O quizá sí, pero al no poder ser cultivado, dada la diferencia climatológica, sería comercializado como algún tipo de especia. En este caso, traído de América especialmente para su uso funerario, como otro tipo de plantas. De todos es sabido que es desinfectante. Se podría haber usado como prevención para evitar la infección de las incisiones realizadas para la extracción de las vísceras.

—En ese caso, las vendas de Atlas no tendrán ese elemento, teniendo en cuenta que no se le practicó operación alguna.

—Quizá sí lo contenga, pero como medida preventiva —dijo Eduardo.

—Esto se complica cada vez más —dijo Laura—. Ahora resulta que tenemos tabaco en las momias... Me está empezando a doler la cabeza. ¿No tendría entre esas vendas algo de paracetamol?

—No hace falta, querida —dijo Eduardo buscando en su bolso—. Aquí tienes una pastilla. Tómatela con agua.

—Gracias —dijo sonriendo.

—Tampoco es descabellado pensar que entre las vendas podría haber algún tipo de medicina.

—No, para nada, pero los resultados no arrojan esos componentes.

—Y, sin embargo, hemos encontrado joyas y amuletos entre las vendas —dijo Eduardo—. Además de hojas de algunas plantas que pudieron ser utilizadas a tal efecto. Lo que me llama la atención es que no se usó ningún tipo de fijador para las vendas.

—Es cierto -dije—. En Egipto se fijaban con goma arábiga, lo cual ralentizaba sobremanera el proceso de momificación. Se podía tardar hasta quince días en envolver por completo una momia. Aquí no hay fijación alguna. Tan sólo una venda muy bien colocada.

—Desconozco la forma en que se conservaron los cuerpos en tales condiciones. Su eficacia está más que demostrada y es posible que se utilizara algún tipo de ungüento diferente a la goma arábiga, que se perdió con los años.

—Aquí hay evidencias de otros materiales, pero no han sido identificados —dijo Nadya—. Las vendas analizadas son de las momias, con lo cual no hay restos de joyas, como presumo que tendrán las de Atlas, pero sí hay diversas plantas y semillas, incluso polen.

—Estoy seguro de que si analizamos ese polen, nos dará claves más que fiables sobre la antigüedad de las momias —dije entusiasmado.

—Ahora la máquina está analizando el carbono-14 de la momia que extrajimos del mausoleo. Probablemente mañana tenga los resultados.

—Es una pena no poder analizar los restos de Atlas.

—No podemos cortar su piel —dijo Eduardo—, ni recoger sus uñas, pero sí podría, con el permiso de Poseidón —dijo mirando al cielo—, cortar una pequeña sección de uno de sus cabellos, aunque sea de la barba o del cuero cabelludo, para poder analizarlo. Estoy seguro de que no le importará a Atlas perder un cabello de tan increíble melena.

—¿Os habéis fijado en la espesura del cabello? —dijo Laura—. No sólo el largo, el color y la textura son envidiables, sino la cantidad tan ingente.

—Con tu permiso, Atlas —dijo Eduardo acercando las tijeras a su cabello—. No te lo tomes como nada personal, es sólo en pos de la ciencia —con sumo cuidado, cogió uno de sus pelos y cortó una sección de unos diez centímetros, colocándolo en un tarro de cristal—. Resulta interesante el hecho de que, incluso este cabello cortado, parece desprender un leve brillo.

Es como si, a pesar de haber sido separado del resto del cuerpo, conservara su esencia divina.

—Espero que la ira de los dioses no caiga sobre nosotros por tal profanación —dije sonriendo.

—Hemos sacado su cuerpo de su última morada —dijo Eduardo—, hemos desprovisto a Atlas de las vendas y las joyas que lo cubrían, hemos recortado una pequeña sección de su venda y de su cabello. Más profanación es casi imposible, a no ser que me atreviera a abrir su cráneo de un martillazo para observar su cerebro. El hecho de tener el cuerpo aquí, en la mesa de operaciones, refuerza el dicho de «jamás debes decir que algo es lo último.» Lo que durante siglos ha sido su última morada, se convirtió en penúltima en el momento en el que extrajimos el sarcófago de la sala.

—Deberíamos pedir una máquina para hacerle un TAC.

—Eso resultaría inútil. Cierto es que este cuerpo parece albergar vida, teniendo en cuenta el brillo y su más que perfecto estado de conservación, pero el examen de su cerebro no arrojará ninguna actividad cerebral. De eso puedo estar seguro. Aunque es probable que otros colegas quieran hacer ese descubrimiento. Además, el resto de las momias contienen este órgano, pero completamente seco e inútil. Traer una máquina tan cara para un solo uso es un derroche que, me aventuro a especular, ni siquiera nuestro mecenas estará dispuesto a hacer.

—Es una pena, pero tienes razón. Ya habrá tiempo más delante de hacerle esas pruebas, cuando sea expuesto en un museo.

Durante el resto del día, estuvimos realizando el análisis de las joyas extraídas, de los amuletos y de los cetros que había en Atlas. No había nada nuevo en sus resultados. Eran de oro, plata, oricalco y bronce. Otros tenían pequeñas incrustaciones de piedras preciosas, diamantes de diversos colores, rubíes, lapislázuli y, lo que me llamó la atención, una prevalencia de amatista. La mayoría de los objetos extraídos, así como la máscara y el sarcófago, tenían muchas incrustaciones de amatista. Algunos objetos eran, incluso por completo, de ese material y recordé que en la cámara del tesoro había muchos objetos así.

—He terminado el análisis de la costilla que se extrajo de la primera momia —dijo Nadya.

—¿Cuál es el resultado? —preguntó Eduardo.

—Pues el que cabía esperar. Esa costilla es hueso. No hay ningún elemento extraño. Sin embargo, su elevado peso puede ser debido a la increíble densidad con la que cuenta.

—Es muy curioso —dijo Eduardo observando el papel con el resultado—. A tenor de lo que aquí se refleja, es probable que ni siquiera un golpe con una maza, de las que se utilizan para derribar muros, hubiera siquiera astillado esta costilla. Estamos ante una civilización en la que la sección de traumatología no se dedicaría precisamente a escayolar extremidades fracturadas. Estos huesos poseen una densidad tremenda, si los comparamos con los huesos humanos.

—Vayamos a cenar —dijo Laura—. Sus huesos no necesitarían calcio, pero los nuestros empiezan a estar faltos de él y ya poco más podemos hacer.

Al día siguiente, Nadya comenzó estudiando los resultados del carbono-14 de los restos de la primera momia.

—Estos resultados sí que tienen que estar equivocados —dijo observando la máquina.

—Teniendo en cuenta los últimos, dudo mucho tal afirmación —dijo Eduardo—. ¿Qué franja de tiempo da?

—Se sale de las gráficas... —dijo confusa—. Estos resultados van más allá de los quince mil años.

—Hace quince mil años, el ser humano, tal y como lo conocemos, apenas se había erguido. Si eso está bien, estamos ante otra especie de ser humano.

—Y ya casi ni me sorprende —dije—. Sólo hay que ver la morfología de Atlas: con polidactilia, con esos cabellos, esos ojos, con la forma del cráneo, que, teniendo en cuenta tus análisis, es así de forma natural... No es descabellado pensar en la tremenda antigüedad de estos restos.

—Estamos ante la debacle de la Antropología Moderna. Todos estos hallazgos dejan pequeña cualquier estimación sobre la antigüedad de las civilizaciones.

—Voy a poner a analizar el cabello de Atlas —dijo Nadya—. Quizá arroje más luz.

La rusa cogió el cabello con extremo cuidado y lo introdujo en la máquina. En el mismo momento en el que pulsó el botón de inicio, ésta comenzó a temblar de forma ostensible y la alarma se encendió. Luego, un negro humo comenzó a brotar de su interior y las llamas aparecieron.

—¡Apágala! —dije alarmado—. ¡Apaga la máquina!

Mientras todos quedaban sorprendidos y petrificados por el contratiempo, tuve la sangre fría de saltar hacia un extintor que tenía cerca y vaciarlo sobre la máquina, que pronto dejó de expulsar llamas y de moverse.

—Parece que los dioses no desean que sea analizado el cuerpo —dijo Eduardo.

—Tendremos que pedir una máquina nueva —dijo Laura.

—Sí, pero no deberíamos volver a probarla con restos de Atlas. Es mejor no tentar a la suerte.

—Esta vez ha sido un aviso y hemos podido apagar el fuego —dije derrumbándome sobre una silla—, pero es posible que, si volvemos a intentarlo, la tienda entera estalle en mil pedazos. Apoyo la sugerencia de Eduardo. Evitemos en el futuro tratar de sacar ninguna muestra directamente del cuerpo de Atlas.

—Espero que podamos pedir otra máquina —dijo Nadya—. Me gustaría analizar el resto de momias.

3.- LA POLIS

A la mañana siguiente, mientras Nadya se encargaba de pedir otra máquina y Eduardo analizaba una nueva momia, Laura y yo nos dedicamos a dar órdenes a los trabajadores para comenzar a excavar en los alrededores. Teníamos la seguridad de que encontraríamos algún emplazamiento cerca, que demostrara la teoría de una ciudad o población.

—Ricardo, ha llegado esto —dijo Laura, mostrándome un sobre—. Ha llegado a tu nombre.

Lo cogí y lo abrí. Era el contrato que estaba esperando para firmar, remitido por nuestro mecenas. Lo acompañaba una carta:

«Estimado Ricardo Caballero,

En primer lugar, quisiera presentarle mis excusas por la tardanza a la hora de enviarle el contrato. Sé que han pasado varias semanas desde que está ahí en Libia. Sin embargo, algunos asuntos personales requerían mi atención y el estado de exaltación por los informes recibidos me ha obligado a realizar otras gestiones de importancia. Espero que no le moleste. El contrato es con carácter retroactivo y se extiende desde el mismo momento en el que llegó a la excavación hasta la finalización de los trabajos en Libia.

He de agradecerle sobremanera su ayuda y esfuerzo en esta tarea. Reconozco que jamás habríamos podido avanzar de una manera tan clara y rápida de no ser por sus amplios conocimientos sobre la Atlántida.

Me he sentido muy preocupado en ocasiones, dados los acontecimientos del secuestro de Laura Maltó y los ataques recibidos por la Hermandad del Círculo Sagrado, pero me siento aliviado de poder ver que han conseguido resolver todas las trabas.

Las palabras que Laura le dedicó, enfatizando su profesionalidad y dedicación, así como su continua defensa por la discreción, me convencieron de inmediato para incluirle de forma oficial en la excavación.

Sin más, y esperando recibir el contrato firmado, le saludo atentamente.»

En la carta no daba ninguna pista sobre su identidad. Sin embargo, mostraba unos modales exquisitos y un alto conocimiento de lo ocurrido durante las últimas semanas. También he de decir que el montante de mi salario superaba mis expectativas y me aliviaba mucho puesto que tanto tiempo fuera de España, sin poder realizar otras actividades, habían mermado mis arcas.

—Mañana mismo saldrá el contrato firmado —dije—. Te agradezco que intercedieras por mí.

—No hay que agradecer nada —dijo Laura—. Vamos a hablar con los trabajadores.

Comenzamos estableciendo algunas zonas de excavación. Sabíamos que, si lo que encontrábamos era la población que acompañaba al templo, tendríamos que pasar varios estratos antes de encontrar nada, al menos hasta llegar al nivel del templo. Los días se fueron sucediendo unos con otros. Nadya continuaba en el laboratorio junto con Eduardo, con el cual habíamos trabado una buena amistad. Los trabajos avanzaban a buen ritmo y las excavaciones habían alcanzado ya varios estratos. Una vez descubierto ya todo el templo, y analizado muchas muestras de tesoros y momias, nuestras principales preocupaciones radicaban en que se mantuviera el secreto y, sobre todo, en que los trabajadores no intentaran escamotear alguna pieza para introducirla en el mercado negro, lo cual hubiera sido desastroso.

Habíamos comprobado, no sin alivio, que la Hermandad no había vuelto a hacer aparición, pero no tanto quizá porque los hubiéramos aplastado, sino porque quizá hubieran preferido mantenerse temporalmente alejados, observándonos. La realidad es que ninguna de las noches que sucedieron a nuestro rescate de Laura volvimos a ver a ningún jinete merodear por la zona. Una de las mañanas, me dirigí al laboratorio, donde ya Eduardo cerraba la última momia que le quedaba por analizar.

—Tengo los resultados de las momias —dijo observando mi entrada.

—¿Qué nos puedes decir sobre ellas? —dijo Laura, quien llegaba detrás de mí junto con Nadya.

—Las veinticinco momias son del mismo tipo. Una altura más o menos parecida, todas momificadas de la misma manera y todas en un estado muy parecido de conservación. Según he ido analizando unas y otras, me he dado cuenta de que, poco a poco, las momias iban presentando un estado mayor de deterioro, lo cual me ha hecho pensar que, casi con toda probabilidad, estamos ante momias que se sucedieron las unas a las otras.

—No murieron al mismo tiempo —dije.

—No, amigo mío, no es un séquito para nuestro Atlas. Es más, no murió ninguna de forma violenta. Hay hombres y mujeres, y todas parecen haber muerto de extrema vejez. Creo que la más antigua fue la encargada de custodiar el templo recién construido.

—Eran sucesores —dijo Laura—. Es un mausoleo de... digamos... abades del templo.

—Exactamente, querida. Cuando el abad más viejo finaba, otro era colocado en su lugar. Se momificaba el anterior y se colocaba en el mausoleo. Las marcas en los huesos me dan qué pensar. Es posible que se colocara al nuevo abad en una edad muy temprana, quizá buscaran a alguien joven, pero maduro de mente para que desempeñara esta tarea durante toda la vida. Si fueran cuerpos actuales, me aventuraría a decir que estos nuevos elegidos no debían superar los quince años a la hora de tomar el puesto, pero como estamos hablando de una cultura de la que no sabemos nada, no puedo decir ninguna edad exacta de comienzo.

—Debía ser un puesto de mucho honor —dijo Nadya.

—Sin lugar a dudas. Es probable que estas personas fueran preparadas desde su nacimiento para desempeñar esta tarea.

—Sin embargo, estamos hablando de veinticinco generaciones —dije —, es decir, ¿de cuánto tiempo podemos hablar? No creo que llegue a los dos mil años. Es poco tiempo para la trayectoria de una civilización así.

–Tienes razón —dijo Eduardo—, pero ese tema sólo los textos nos lo desvelarán. Huelga decir que la disposición de los féretros no dejaba hueco para ninguno más en esa sala y que las más antiguas estaban colocadas cerca de la puerta, mientras que las más recientes estaban en las paredes opuestas.

—Según esos datos, me aventuraría a decir que llegó un momento en el que se llenó la sala y tuvieron que ir despejándola para dar hueco a los últimos abades fallecidos.

—Sí, es una posibilidad. La sala se llenó con los veinticinco primeros abades. El número veintiséis no podría entonces descansar allí, así que sacaban los restos del más antiguo y algo hacían con él para dejar hueco para el nuevo. La sala mantenía un número constante de veinticinco abades y los más antiguos... pues sólo Dios sabe qué harían con ellos. Los problemas de espacio no son exclusividad de nuestra moderna vida.

—Me gustaría entrar en esa sala para examinarla detenidamente. Hay algo que se nos escapa.

Un gran revuelo interrumpió nuestras cavilaciones. Salimos a ver qué pasaba y Laura se acercó a uno de los corrillos. Rápidamente, volvió a nuestra posición.

—Los trabajadores dicen que han dado con piedra labrada en una de las zonas acotadas para la excavación. Han encontrado la polis.

Eduardo se quedó trabajando en la última momia, mientras Laura, Nadya y yo nos acercamos al lugar del hallazgo. Ya varios trabajadores desenterraban el perímetro demostrando que, exactamente, se había descubierto un muro de unos cincuenta centímetros de alto, con su borde superior irregular. Durante un par de días, los trabajos se centraron en la extracción de arena de todo el perímetro del descubrimiento, hasta que la totalidad de la construcción quedó al descubierto.

—¡Sabía que tenía que haber algo! —dijo Laura.

—Sí, es algo parecido a una vivienda. Mira, tiene unos diez metros por diez, cien metros cuadrados, con sus distintas dependencias. Es una casa sin lugar a dudas. Debemos tomar muestras y analizarlas.

La casa tenía una sala nada más entrar por la puerta principal. Parecía ser un patio, dadas las ruinas de columnas que encontramos, que conectaría con el resto de las estancias, seis en total: tres a un lado y tres a otro. También encontramos pequeños restos de madera. Fuera, los muros parecían estar pintados de blanco, pero no sabíamos qué pintura o material se había utilizado. En los suelos se podían hallar distintos estilos, dependiendo de la estancia. Había un pequeño cerco de empedrado alrededor del patio, dejando todo el centro en tierra, quizá para plantar alimentos o para ornamentaciones naturales. Había unas salas con el mismo empedrado, pero también encontramos un suelo de mármol de alta calidad.

Las paredes, por dentro, parecían estar decoradas con ya desgastados frescos. La poca altura de las paredes, derruidas por el tiempo, hacía imposible ver ningún fresco en su totalidad y las escenas representadas eran difíciles de visualizar. Sin embargo, algo llamó mi atención cuando empezamos a recoger los objetos hallados. Se trataba de varios tubos de metal, presumiblemente cobre o plomo, que se encontraban centralizados en una sola habitación. Muy desgastados, doblados, rotos o comidos por el tiempo. A pesar de lo imposible, tenía bastante claro a qué se debían estos tubos.

—Estos tubos son cañerías —dije—. Estoy seguro de que las casas contaban con agua corriente.

—Eso no puede ser —dijo Laura—. ¿Me estás diciendo que tenían agua corriente en las casas? Actualmente para eso hace falta electricidad.

—Sí, lo sé, pero también hacen falta máquinas para elevar los enormes bloques de piedra que componen el templo o para moldear el Poseidón que lo preside y, sin embargo, ahí están.

—Eso se acerca peligrosamente a los pensamientos cartesianos. Vamos, Ricardo, no puedes basar tus investigaciones siempre en lo primero que se te viene a la cabeza, por muy descabellado que sea.

—Bien, pues entonces llévaselos a Nadya y que analice su interior. A ver qué encuentra.

La incredulidad de Laura, a pesar de ser natural en ella en ese tipo de descubrimientos, me sorprendía después de haber encontrado todo lo que habíamos catalogado ya. Me resultaba muy difícil tratar con ella cada vez que descubría algo imposible para su entendimiento. Una de las salas tenía un gran número de vasijas rotas o vacías, platos, algún tipo de vaso de barro, estanterías ya destruidas y restos de telas que, presumiblemente, habían sido utilizadas como sacos. Tenía la seguridad de que me encontraba en el almacén de la casa, la despensa o algo así. Habíamos encontrado también algunos tablones casi intactos. Me daba la impresión de que eran parte del suelo del piso de arriba, como si los dormitorios hubieran estado situados en una segunda altura. Asimismo, unas pequeñas piezas de unos veinte por veinte centímetros, de azulejo o similar, parecían haber sido las tejas originales de la casa. No eran blancas, ni rojas, eran de un amarillo muy pálido, de color mate.

No había restos de puertas ni de ventanas, que debían estar situadas algo más arriba de los cincuenta centímetros. Teniendo en cuenta la altura media de los abades encontrados en el templo, pensé que los pisos tendrían algo más de los típicos tres metros de las construcciones actuales. Tras andar rebuscando en una de las salas más alejadas de la puerta, aparté unos tablones y algunos adoquines y un pequeño brillo llamó mi atención. De debajo de los escombros y la arena que quedaban, cogí algo parecido a un mango y lo levanté. La arena caía por sus extremos como una pala. Lo volqué un poco y descubrí que era un espejo de mano, muy trabajado en su metal exterior. Todavía reflejaba con cierta nitidez. El paso del tiempo y las inclemencias meteorológicas que había tenido que sufrir durante miles de años habían plagado la superficie reflectante de manchas y pequeñas grietas, pero, en general, se encontraba en un estado más que aceptable.

—Mira —le dije a Laura enseñándoselo—, es precioso.

4.- LA SALA OCULTA

—Parece que en esta casa vivía gente de dinero. Es un espejo muy bonito y bien trabajado —dijo Laura.

Pasamos gran parte del día recogiendo muestras y haciendo planos de la casa. Por doquier comenzaban a salir nuevos muros de diferentes viviendas. Estaba claro que se trataba de una ciudad bastante grande. A pesar de que había muy pocas casas iguales, las plantas parecían atender a una forma de ordenación similar a la de los barrios. Había zonas de casas que tenían más habitaciones y otras con menos. En algunas, se observaban restos de dos pisos, en otras no, y en otras se podía pensar que había hasta tres. En ocasiones, nos encontrábamos con sótanos o con alguna habitación adicional añadida por los propietarios.

La ciudad en sí sería más o menos del tamaño de una ciudad pequeña actual. Debía tener una población de unos cien mil habitantes, a juzgar por las casas encontradas, y la ordenación de las calles atendía a un plano completamente tangente. Eran muy contadas las zonas en las que encontrábamos calles estrechas o sin salida. La mayoría giraban en ángulo recto, haciendo de los barrios perfectas cuadrículas. En el centro de la urbe había una gran plaza circular, con algunas dependencias que ignorábamos para qué servían.

Había edificios cercanos construidos de forma diferente, con otros materiales o muros más gruesos. Era más que probable que se tratara de edificios oficiales. Desde uno de esos edificios, situado en la plaza, en el extremo norte exactamente, partía una calle bastante más ancha que el resto, como una avenida, cuyo trazado salía de la ciudad por el sur y giraba lentamente hacia el este. El camino se había destruido y perdido años atrás, pero teníamos la seguridad de que esa calle se dirigía directamente a la entrada del templo y era usada sobre todo para las ceremonias y procesiones que se celebraran en épocas de esplendor de la ciudad.

Habían pasado varias semanas desde que encontramos el primer muro de aquella ciudad y nos llamaba la atención el hecho de que no hubiéramos encontrado aún una muralla exterior. Parecía que la ciudad no había estado protegida militarmente de aquella manera. Ahora ya casi podíamos pasear tranquilamente por sus calles y Laura y yo nos encontrábamos más de una vez en alguna esquina. Nos pasábamos días enteros recorriendo la urbe, imaginando las casas reconstruidas, pensando en la gente que pisaba la misma arena que nosotros, llevando objetos, portando presentes para Poseidón.

En infinidad de ocasiones me senté en la escalinata que llegaba a la plaza central, imaginando a Atlas paseando por aquella ciudad, saludando a los lugareños, abrazando niños, entregando monedas a quien las necesitara, departiendo con los parroquianos de algún corrillo eventual... me lo imaginaba como un rey benévolo y taimado. Luego, me venían a la cabeza imágenes de esa misma ciudad siendo pasto de las llamas, los gritos de la gente ante el desastre natural que provocó la destrucción de la Atlántida, y el templo aguantando estoicamente los envites de los terremotos. Intentaba no pensar en ello y recrearme más en la maravilla de su esplendor.

Cuando ya casi todo el trabajo estuvo liquidado, Laura apenas necesitaba ya de mi ayuda, con lo cual me centré en la tarea que, semanas antes, me había propuesto: observar más de cerca el mausoleo para intentar adivinar si habían habido más cuerpos y dónde podían estar. Aquella mañana bajé al templo, me metí en sus pasillos y llegué al mausoleo, ahora lleno de ataúdes vacíos, y me senté tranquilamente sobre uno de ellos. Utilizar la pipa de nuevo para encontrar la rendija de una puerta me parecía tentar demasiado la suerte, sin embargo, sí me encendí una para poder relajarme y pensar con un poco de claridad. Laura se enfadaba si encendía mi pipa dentro del templo, y con razón, no obstante, era cierto que las teas, que no se habían apagado desde la primera vez que se encendieron, daban un olor un poco peor que el de mi pipa. La sala permanecía en un sepulcral silencio, tan sólo roto por mis bocanadas de humo o por el mechero encendiendo el tabaco. Observaba de lejos las paredes, las antorchas, los sarcófagos, las esquinas... Lo observaba todo, pero nada se me ocurría.

—Hay una manera —dijo Laura, quien me sorprendió en la puerta de la sala.

—¿Cuál?

—Podríamos traer un sonar. Nos indicará si hay otras salas cerca.

—Ese aparato es demasiado caro. Prefiero buscar la sala con mis propios medios y ya más tarde, si no encontramos nada, traer esa máquina.

—La voy a traer de todas maneras. Quiero barrer la ciudad para que no se nos escape nada. Estoy segura de que debe haber algún pasadizo, de un punto de la ciudad hasta el templo, para posibles huídas.

—De acuerdo, pero mientras llega y no, seguiré buscando de forma antigua, con los ojos y las manos.

—No podrás buscar con las manos si las tienes ocupadas con esa dichosa pipa.

—Tranquila, me ayuda a pensar. Sé que no te gusta que la encienda aquí dentro, pero creo que me he ganado el derecho a usarla.

—Sólo procura que no huela a tu tabaco el día que abramos el templo para las visitas turísticas.

—Ese día preferiría no estar presente. Van a convertir este lugar en un circo.

—Sabes que es inevitable.

Laura se marchó y yo me quedé en la sala fumando. Sabía que el uso de esa máquina supondría encontrar cualquier hueco que se escondiera de nuestra vista, pero, en cierto modo, prefería seguir usando el método antiguo. Me incorporé y comencé a pasar la mano por las paredes. Suaves y bien terminadas. No había hueco en las juntas para nada. Ni siquiera notaba la posible pintura de los escritos sumerios que decoraban las paredes. Habíamos medido los ángulos de las paredes, las distancias de unas a otras, y la precisión era milimétrica. También todas las salas del tempo con un metro real, ligeramente más corto que el metro ordinario que todos tenemos en casa, y las medidas no daban lugar a dudas. Todas estaban basadas en el número Phi, el número áureo, tan mágico y tan útil que se usó en la construcción del Partenón de Grecia y, sin embargo, también se apreciaban las mismas proporciones en mi tarjeta de crédito y en este templo. Miles y miles de años de ser humano y desde siempre se había conocido la armonía de las proporciones de un número tan mágico. El número de oro, llave de la arquitectura.

De pronto, caí en la cuenta de algo que se nos había pasado por alto todos esos meses. Había una anilla de metal a los pies de cada sarcófago y otra a la cabecera, probablemente, para moverlos, pero uno de ellos no las tenía, ni tampoco signos de haberlas tenido. Observé en su interior y allí estaban, ancladas al suelo, pero por dentro. Era el único sarcófago que nos habíamos encontrado vacío desde el principio. Rápidamente, llamé a unos trabajadores para que me ayudaran. Sujetamos con cuerdas y poleas las anillas y comenzamos a tirar. Tenía la corazonada de que algo iba a suceder.

Y sucedió. La tapa del suelo se levantó en el aire, asida por las cuerdas de las anillas, y bajo ella apareció una escalinata hacia una sala que no estaba iluminada. Impresionado por el hallazgo, cogí una linterna y me adentré poco a poco en la sala, que debía estar unos tres metros por debajo de la anterior. Eso me situaba a unos seis metros por debajo del templo.

La sala era bastante amplia, pero en las paredes pude ver antorchas como las anteriores, las cuales me apresuré a encender. Según iba encendiendo una tras otra, vi cómo esa nueva estancia estaba completamente flanqueada por estanterías de piedra, muy bien colocadas y repletas de vasijas tapadas. Podía haber unas cien o doscientas, todas perfectamente colocadas, ligeramente opacas por el polvo. Todas del mismo tamaño, pero de diferentes formas. Eran de varios colores y repujadas con distintos motivos, pero todas tenían a sus pies una placa de bronce con dos líneas de signos sumerios. Habíamos encontrado, sin duda, una sala muy importante para los atlantes, pero no por su belleza, sino por su contenido, y por eso permanecía oculta a los ojos de la mayoría. ¿Qué contendrían esas vasijas? Casi ni me atrevía a tocarlas mientras hacía una foto tras otra. Cuando toda la sala estuvo iluminada y las fotos realizadas, mandé llamar tanto a Laura como a Nadya y Eduardo para que me acompañaran antes de continuar la investigación. Primero llegaron las dos mujeres. Eduardo se nos unió minutos después.

—Parece que has encontrado la sala que buscabas —dijo Eduardo, bajando las escaleras.

—No lo sé. Buscaba una sala con otros cuerpos, o algo parecido.

—Está claro que este templo no va a dejar de sorprendernos nunca —dijo Laura.

—La sala que buscabas no tenía por qué tener precisamente cadáveres amontonados –dijo Eduardo. Se acercó a una de las vasijas y la abrió con cuidado—. Lo que me temía.

—¿Qué hay dentro? —dijo Laura.

—Cenizas. Estas vasijas son urnas funerarias de personas incineradas. Me atrevo a decir que son los restos de los antiguos abades del templo, que fueron desplazados de la sala superior cuando ésta se quedó sin espacio.

—Entonces las inscripciones que hay debajo de cada una... —dije señalándolas.

—Pues es muy probable que atiendan al nombre y fecha de regencia de estos "amigos".

—O quizá sólo la fecha de nacimiento y muerte —dijo Nadya—, o algo por el estilo.

—Hasta que no las analicemos, no lo sabremos, querida.

—¿Os dais cuenta de la cantidad de urnas que hay en esta sala? —dije—. Puede haber doscientas.

—Eso significa multiplicar casi por diez los cálculos preliminares —dijo Laura—. Estamos hablando de veinte mil años de antigüedad, o más.

—Parece imposible —dijo Nadya—. En esa época el hombre...

—Vamos, Nadya —dije interrumpiéndola—. Con todo lo que has visto, ¿todavía dudas?

—No es que dude yo —dijo ofuscada—. Es que dudará toda la humanidad. La comunidad científica se echará a reír cuando demos estos resultados.

—No con las pruebas que tenemos, querida —dijo Eduardo—. Habrá quien nos acuse de manipular los resultados, las momias o los objetos, pero tengo la certeza de que la gran mayoría de la comunidad científica nos apoyará, puesto que las pruebas son irrefutables.

—¿Cómo pueden conservarse en tan buen estado? -dijo Laura—. Con esta antigüedad, deberían haber sido destruidas. Hay que tener en cuenta que, en todo este tiempo, han habido mil excusas para que todo esto desapareciera, como terremotos u otros tipos de desastres naturales.

—Como el que destruyó la Atlántida —dije.

—Exacto. Deberíamos haber encontrado todas estas urnas rotas y esparcidas por el suelo.

—No te olvides de las proporciones maravillosas que tiene el templo. Todo el número áureo. Es muy probable que esas medidas no sólo atiendan a proporciones hermosas para la vista, sino armónicas con la Tierra, para minimizar esos efectos.

5.- DÍAS DE ASUETO

Apenas había pasado una semana desde que habíamos encontrado esa sala, cuando nos llegó el sonar que habíamos pedido. Sin embargo, éramos conscientes de que llevábamos ya varios meses trabajando sin descanso en la obra y necesitábamos relajarnos y desconectar un poco antes de poder continuar nuestro periplo. Decidimos entonces tomarnos dos días libres y dárselos también a los trabajadores. Dejaríamos un poco de seguridad en la excavación y el resto nos marchamos cada uno donde quisimos. Nosotros cuatro decidimos pasar esos dos días en Jalu.

Partimos por la mañana temprano. Los todoterrenos nos recogieron en la excavación cuando apenas se levantaba aún el sol por el horizonte y nos dirigimos hacia la población. La idea de pasar dos días sin hacer absolutamente nada relacionado con la excavación había sido todo un acierto. Todos teníamos aspecto de estar muy cansados. Incluso Nadya reflejaba cierto oscurecimiento bajo sus ojos, signo inequívoco de que dormía menos de lo que debía.

—Supongo que estaréis deseando terminar la excavación para volver a casa —dije mirando a Laura. Tenía su cabeza apoyada en el hombro de su esposa.

—La verdad es que me apetece mucho llegar a casa —dijo Laura sonriendo—. Hace mucho que no duermo en mi propia cama. Algunas veces pienso en el dinero que nos cuesta esa casa, para luego pisarla muy pocos días al año.

—Algún día nos retiraremos y no nos moveremos ya más de esa casa —dijo Nadya, acariciando la cabeza de Laura.

—Querida —dijo Eduardo—, si concluís con éxito la búsqueda de la Atlántida, me temo que tendréis reconocimiento, fama y dinero suficiente para retiraros muy jóvenes. Aunque os he observado. He visto cómo sois los tres y auguro que trabajaréis hasta que vuestros huesos caigan de agotamiento directamente en la tumba. No sois personas de estar metidos en casa y, si lo estáis, estoy seguro de que os dedicaréis a hacer excavaciones en vuestro salón. Sois animales de excavación. La gente como vosotros no se retira, evoluciona. Probablemente, dejaréis la Arqueología al uso para dedicaros a dar clase, ponencias o algo por el estilo, pero no caeréis en la inactividad.

—Tienes razón —dije—. Nosotros no podemos estarnos quietos en casa. Estoy seguro de que, después de la Atlántida, otras incógnitas nos surgirán en la cabeza y partiremos de nuevo en busca de aventuras.

—¿Como Lemuria? —dijo Nadya.

—¿Y por qué no? Hace unos meses tenías la misma idea de la Atlántida que tienes ahora sobre Lemuria. Y mírate.

Nadya no respondió. Sé que en el fondo de su corazón me daba la razón, pero su rol de mujer impasible le impedía reconocerlo. Llegamos por fin a Jalu. Al salir del vehículo, me desperecé con ganas. Eduardo le tendió la mano a Laura para que bajara mientras Nadya se encendía un cigarro.

—Voy a reservar un par de habitaciones —dijo Laura—. Espero que no os importe compartir una —dijo mirándonos a Eduardo y a mí.

—No es ningún problema por mi parte, querida —dijo Eduardo—. Ricardo resulta ser un compañero de tabaco e inteligencia más que inestimable.

—De acuerdo. ¿Por qué no pedís algo en el bar de ahí enfrente mientras yo hago las reservas?

—¿Y quién llevará las maletas, querida? ¿Qué tipo de caballeros seríamos si no las portáramos nosotros?

—La mía la llevo yo —dijo Nadya, echándose el fardo a la espalda.

Entre Eduardo y yo cogimos nuestras maletas y la de Laura, y las subimos a las habitaciones. Una vez instalados, bajamos de nuevo a refrescarnos en el bar que habíamos visto antes. Decidimos pedir un sabroso té que nos sirvieron casi al instante y cuyo precio estaba muy por debajo de lo esperado, aunque tras una corta discusión, accedimos, no sin reparos, a que Eduardo cargara con el gasto de esa primera ronda, haciéndole prometer antes que nosotros pagaríamos las demás. Ambos encendimos nuestras pipas casi al mismo tiempo que Nadya prendía otro cigarro. La temperatura era más que agradable y nos sentíamos en paz, disfrutando de esos dos días de vacaciones que tanto nos merecíamos. Sin embargo, sabía que ninguno podía dejar de pensar en el templo y en la ciudad que habíamos encontrado.

—Me parece mentira estar disfrutando de una mañana así —dijo Eduardo mientras prensaba un poco el tabaco de su pipa, negra, recta y de tamaño medio—. Pido disculpas por lo poco apropiado de esta pipa, ya que es de interior, pero las de exterior me las he dejado en mi tienda.

—No te preocupes, Eduardo —dije mostrándole la mía, curva y de cazo más bien grande—. Esta es de exterior y la uso en todas partes, porque no me he traído otra.

Quedé en silencio durante unos segundos, pues creía que me había confundido, pero mis ojos no me habían engañado: conocía a la persona que paseaba por las calles de aquella ciudad.

—¡Rafīq! —dije levantando las manos para llamar la atención.

Nuestro amigo se giró, me vio y una gran sonrisa se dibujó en su cara. Se acercó y nos saludó efusivamente. Era evidente que se alegraba de vernos.

—¿Qué hacen ustedes aquí en Jalu? —dijo sonriendo.

—Nos hemos tomado un par de días de vacaciones antes de continuar con la excavación. Te presento a Eduardo. Es nuestro forense.

—Es un placer conocerle, Rafīq —dijo Eduardo, levantándose y estrechando su mano.

Laura se apresuró a conseguir otra silla e invitó a Rafīq a que se uniera a nosotros.

—¿Qué haces tú tan lejos de Awbārī?

—Tengo unos conocidos cerca y también quería hacerles una visita. Ha sido una casualidad que nos encontráramos. Esta misma tarde parto de nuevo hacia mi casa.

—¿Cómo están las cosas por allí? —no había nombrado a la Hermandad, pero los cinco sabíamos perfectamente a qué me refería.

—Al poco de marcharos, hicieron una hoguera en el centro de sus tierras. Nadie se atrevió a preguntarles, aunque yo sé perfectamente que se trataba de los dos cuerpos que ejecutasteis. Estuvieron bastante nerviosos durante unos días, sin embargo, una semana después de vuestra visita, abandonaron el lugar, tan silenciosos como habían llegado y estado.

—Parece que les asustamos —dije.

—A esas personas no se les asusta —dijo Nadya—. Han cambiado de escondite, ya que ese lo conocemos. Han abandonado ese lugar y se han escondido en cualquier sitio a lamerse las heridas del fracaso, pero ahora estoy segura de que son más peligrosos. No van a abandonar así como así. Nos han dejado tranquilos un tiempo, pero pronto volverán a atacar y esta vez no se conformarán con secuestrar o infiltrarse. Irán directamente a matar.

—Esperemos que eso no ocurra, querida —dijo Eduardo apurando su té.

—Lo cierto es que vuestra aparición nos libró de ellos en Awbärï —dijo Rafîq—. Y os estaremos agradecidos durante mucho tiempo. Nos tenían siempre en vilo.

—¿Qué tal si te quedas a comer con nosotros? —dijo Laura—. Dentro de una hora vamos a acercarnos a algún restaurante.

—Os lo agradezco de corazón —dijo levantándose—, pero he de marcharme ya. Mis amigos me esperan para comer y quiero volver pronto a mi casa. Aunque se hayan marchado, no estoy tranquilo.

—Lo entendemos —dije—. Dale recuerdos a tu esposa de nuestra parte.

—La paz sea contigo.

—Igualmente, Rafîq. Ojalá volvamos a encontrarnos pronto.

—Mi casa es vuestra casa —dijo Rafîq despidiéndose de nosotros y perdiéndose entre las calles.

Después de comer, nos retiramos a nuestras habitaciones para descansar. Como es lógico, Eduardo y yo nos sentamos en la terraza de nuestra habitación y sacó una botella de bourbon de su maleta, además de un par de vasos que había traído de su tienda. Sonreí ampliamente y nos dedicamos a charlar mientras nos dejábamos envolver por el humo de nuestras pipas y nuestras gargantas recibían con gusto aquel bourbon.

Las chicas nos avisaron de que saldrían a hacer algunas compras, aunque nosotros preferimos quedarnos charlando. La botella bajaba poco a poco mientras que nuestra sobriedad nos iba abandonando, hasta que decidimos que habíamos bebido suficiente. No estábamos borrachos, pero tampoco queríamos estarlo, puesto que no era educado ni decoroso presentarse a cenar en ese estado. Nos despejamos dando un corto paseo por las calles, hasta que a la vuelta nos encontramos a nuestras compañeras portando unas bolsas llenas de objetos, que nos ofrecimos a subir a su habitación.

—Pronto será la hora de cenar —dijo Eduardo—. Sugiero que nos arreglemos para buscar algún restaurante.

—Yo os propongo otra cosa —dije—. ¿Qué tal si voy a buscar algo de comida y cenamos en nuestra habitación? Nos podemos arreglar, por supuesto, pero creo que nos sentiremos más cómodos si no vamos a algún lugar donde puedan reprendernos por nuestros atuendos.

—Tienes razón —dijo Laura—. A mí me gustaría vestirme elegante y los vestidos que hemos comprado puede que no sean del agrado de la cultura libia.

Decidido entonces, salí del hotel y busqué algún negocio que me proporcionara comida preparada para llevarme al hotel, mientras Eduardo preparaba una mesa para cuatro comensales y las mujeres se acicalaban. Cuando volví, ya mi compañero vestía un elegante esmoquin con pajarita negra y esperaba pacientemente sentado en el escritorio.

—¿De dónde has sacado ese esmoquin? —pregunté mientras repartía la comida en la mesa.

—De mi maleta, amigo mío. Nunca viajo sin él. Nunca se sabe cuándo pude hacer falta.

Tras preparar la comida en la mesa, me di una ducha y me vestí con lo más elegante que tenía en ese momento: unos vaqueros, una americana negra y una camisa blanca. Me lamenté de no ser tan previsor como Eduardo, pero no sabía que iba a asistir a una cena de gala. Nos sentamos a esperar a las mujeres. Afortunadamente, no importaba que la comida se enfriara un poco.

Cuando llegaron, vestían ambas igual: un largo vestido de raso que sólo tapaba un hombro. Azul el de Nadya y negro el de Laura. Realzaba mucho la figura de ambas y se notaba que los estaban estrenando. No me esperaba ver a Nadya con esa ropa, tan acostumbrado que estaba a verla siempre con ropa cómoda y de trabajo, sin embargo, estaba sublime con aquel vestido y con las joyas que ambas lucían. Tras elogiar el aspecto de nuestras amigas, nos sentamos a cenar tranquilamente, hablando sobre mil anécdotas, tratando de evitar continuamente hablar sobre la excavación. Estábamos de vacaciones y debíamos disfrutar.

6.- EL SONAR

Al día siguiente, aprovechamos casi hasta el último minuto antes de volver a tomar los vehículos de vuelta a la excavación. Habíamos pasado dos días realmente tranquilos. No teníamos cargas mentales, nuestros espíritus se habían calmado y estaba seguro de que casi cualquier nuevo hallazgo, lo resolveríamos tan rápido como antes. El viaje de vuelta transcurrió casi en silencio. Eduardo dormitaba a mi lado mientras Nadya miraba por la ventana y Laura jugueteaba con una punta de flecha que tenía atada al cuello.

—Veo que aún la conservas —dije mirando el colgante.

—Y siempre la conservaré —dijo Laura sonriendo—. Me la regaló tu padre meses antes de nuestra "no-boda", tras una de las últimas expediciones a las que fue.

—Creo que casi es el último regalo que hizo. Después del día de la boda, se volvió serio y taciturno. Te quería más que a una hija y jamás comprendió tu actitud.

—Ricardo...

—No voy a preguntarte, ni voy a decirte nada más sobre el tema. Tus razones tuviste y creo que es tarde ya para las explicaciones. Mi padre te regaló aquella punta de flecha y, si no me engaña la memoria, fue lo último. Jamás se arrepintió de haberte dado aquel recuerdo y nunca le oí decir absolutamente nada en tu contra. Sólo guardó silencio. Un eterno silencio. Casi llegó a retirarme la palabra porque, en el fondo de su corazón, me echaba más culpa a mí que a ti.

—Llevé este colgante durante algunos años. Cuando me casé con Nadya lo guardé, pero jamás lo olvidé. Sin embargo, el día que me enteré de la muerte de tu padre, lo recuperé y me lo puse de nuevo. No he vuelto a quitármelo jamás.

—Aquel día se hundió —dijo Nadya rompiendo su silencio—. Fue a través de una llamada de teléfono. Cayó a plomo en el sofá y se pasó toda la mañana llorando. Apenas comió durante toda una semana. Tú no te diste cuenta, pero yo sabía perfectamente que cuando salías al jardín a pasear era para llorar y para "charlar" de forma espiritual con aquel hombre.

—Sí, me di cuenta, pero ninguna de las dos decía nada y creo que resultaba más cómodo así. Reconozco que lo pasé muy mal. Pensaba que había sido por el tabaco y lo seguí creyendo hasta que tú me dijiste cómo había sido en realidad.

—No sabía que lo habías pasado tan mal —dije sorprendido.

—Quería muchísimo a tu padre. Me había enseñado tantas cosas que lo veía como a ese tipo de héroes que todos tenemos y que pensamos que jamás van a morir, que están por encima del tiempo y de la naturaleza. Como si hubieran estado ahí desde siempre y hasta siempre.

—Mi padre te adoraba. Sabes que casi te quería más a ti, como ya te he dicho. Todas las cosas que hacía las hacía pensando en ti. He de reconocer que en alguna ocasión tuve algo de celos.

—Completamente infundados —dijo Laura, después de una sincera risa—. Me quería como un padre quiere a su amada hija. Sabes que querían haber tenido una hermana para ti y yo fui esa hermana. Si me metí a arqueóloga, era porque había seguido los trabajos incansables de tu padre y quería seguir sus pasos.

—¿No saldrías con Ricardo después de enterarte de quién era su padre? —dijo Nadya.

—Ricardo no me reveló quién era su padre hasta un año después de estar juntos.

—Te aguantas –le dije a Nadya sacándole la lengua en socarrona burla, a lo que respondió con una tímida sonrisa.

—Es más —continuó—, yo lo descubrí. Nunca llegaste a decirme que era tu padre.

—Lo sé. Te enfadaste porque lo viste en unos expedientes de secretaría en la universidad y Doña Dolores, que era la que se encargaba de esos papeles, te lo confirmó. La pobre era ya mayor y no sabía que tú y yo éramos novios.

—Me pasé casi una semana sin hablarle, pero luego me di cuenta de que pesaba más lo que sentía por él que las ganas de conocer a su padre de forma más impersonal, no como profesor de universidad, sino como amigo.

Cuando llegamos por fin a la excavación, nos encontramos con la agradable sorpresa de una gran caja que contenía el sonar que habíamos pedido. Nadya parecía exultante, le encantaban todos esos cachivaches. Rápidamente, abrió la caja y sacó las piezas de la máquina. Requerían un montaje bastante básico, pero se esmeró en colocar cada pieza con sumo cuidado, limpiando repetidas veces cada una.

—Parece que disfruta con estas máquinas —le dije a Laura mientras ambos observábamos a Nadya.

—Siempre ha adorado la tecnología. Le gusta utilizarla siempre que tiene ocasión. Además, jamás encontrarás a nadie con tanto esmero para su montaje y desmontaje. Limpia todas las piezas una y otra vez, hace pruebas, vuelve a limpiar la máquina tras la prueba... No para.

—Estas máquinas son precisión pura —dijo Nadya, mientras seguía pasando el trapo por el sonar—. El más mínimo error o impureza puede ser la diferencia entre un éxito o un fracaso.

—No lo dudo, querida —dijo Eduardo, quien acababa de entrar en la tienda—, pero la máquina está ya lo suficientemente limpia. Recuerda que estamos en medio de un desierto y mantener este armatoste limpio puede resultar una tarea más titánica de lo que crees.

—Eduardo tiene razón —dijo Laura—. Déjalo ya. Mañana la probaremos.

—Cómete toda la cena y mañana te dejaré jugar con el sonar —la mirada inquisitiva que me lanzó Nadya me hizo comprender que no le había hecho ninguna gracia mi broma, aunque Eduardo y Laura esbozaron una amplia sonrisa.

A la mañana siguiente, cuando me levanté, Nadya ya llevaba bastante tiempo trabajando en el sonar para hacer que funcionara pronto. Cuando por fin estuvo preparado para hacer las pruebas necesarias, nos acercamos a las ruinas de la ciudad. Comenzamos por hacer las indagaciones de forma meticulosa, comenzando por una esquina de la urbe. Afortunadamente, la planta de la polis era bastante ordenada y nunca había extraños giros, sino calles rectas y paralelas cruzadas en noventa grados con otras calles igualmente rectas y paralelas, hasta llegar al centro, con la gran plaza y los edificios más grandes.

Al principio, nuestros intentos de encontrar algo en el subsuelo fueron prácticamente infructuosos. Apenas encontramos algunas entradas a sótanos, pero en muy pocas casas. El día avanzaba y comenzamos a pensar que traer un sonar para esto había sido un derroche. Sin embargo, poco después de comer, encontramos una sección de lo que podría ser un pasillo.

—Mirad esto —dijo Nadya—. Parece un pasillo.

—Pero no está completo —dije—. El sonar está encontrando algo, pero debemos seguir moviéndonos en un sentido o en otro.

—Lo más acertado es que comencemos moviéndonos hacia el centro de la ciudad —dijo Laura—. Quizá la entrada esté en alguno de esos edificios.

—Eso ayudaría a confirmar que esas construcciones pueden atender a ayuntamientos y otros edificios de importancia.

Pudimos seguir el pasadizo que encontramos con cierta facilidad. Según las estimaciones que Laura iba haciendo mientras avanzábamos, estábamos ante un corredor de unos tres metros de ancho por otros tres de alto, aunque la anchura variaba levemente en algunas secciones. A pesar de ser serpenteante, no encontramos recodos ni esquinas muy pronunciadas. Parecía que se había ideado para llegar de la forma más recta posible de un punto a otro, pero salvando ciertos escollos geológicos. La roca podía ser más dura o inestable en algunos puntos y habían descrito cierta curva de manera irregular. Cuando por fin llegamos al centro de la ciudad, el final se vislumbró en el interior de uno de esos grandes edificios, deteniendo ahí las pesquisas por ese día. Mientras cenábamos, comentábamos nuestros descubrimientos.

—Parece que es algún tipo de pasadizo secreto para poder huir del templo a la ciudad y viceversa —dijo Eduardo.

—Si era una civilización tan pacífica como Ricardo cree, ¿por qué un pasadizo de huída? —dijo Laura.

—No podemos confundir el pacifismo con la idea de seguridad —dije —. Era, sin duda, una nación muy poderosa, no sólo por sus conocimientos, su cultura o su economía, sino también por su famosa flota. Su fuerza marítima habría dejado a la Armada Invencible de España en un simple pelotón de barquitos de papel. Ese poder militar, probablemente apoyado por un ejército de tierra, generaría inseguridades en otros imperios más pequeños o débiles. Creerían que un ataque era posible y se cubrían las espaldas.

—Entonces no eran tan pacíficos como dices —dijo Nadya.

—Podían serlo perfectamente. Quizá conquistaban otros reinos de forma pacífica, absorbiéndolos más que conquistándolos por la fuerza. El poder cultural y económico puede ser motivo suficiente para que un imperio compre otro sin derramamiento de sangre.

—Y entonces, ¿por qué aquella flota?

—Por seguridad. Uno de los miedos que todo ser humano tiene es la preocupación por la seguridad. Mejor dicho, la necesidad de seguridad. Necesitaban sentirse a salvo. Protegerse de las tormentas con casas, de los animales salvajes con cierto tipo de armamento defensivo, y de otros imperios con flotas. Aun pensando que los atlantes no fueran humanos, pues lo que hemos encontrado en las momias dista mucho de un ser humano de hoy día, aunque fueran... no sé... vamos a decir "protohumanos", estoy seguro de que, como seres vivos que evolucionaron de una forma parecida a la nuestra, tenían esa necesidad de seguridad, al igual que de alimento u otros.

—Sigue sin convencerme.

—A ti nunca te convence nada.

—Ricardo —dijo Laura—, es que hay que reconocer que es muy complicado pensar que un imperio tenga una fuerza militar inigualable y no la use para la conquista por la fuerza.

—Nosotros, los seres humanos del siglo XXI, no lo concebimos, pero quizá ellos sí. Una conquista por la fuerza sólo genera tristeza y pesar. Sin embargo, una conquista ideológica, económica o social no genera esos estados. Tardan más, pero es pacífica. No hay rencores, no hay venganzas, no hay sangre.

—Son todas teorías muy válidas —dijo Eduardo—. No obstante, mientras no tengamos más datos, debemos ceñirnos a lo que tenemos y lo que tenemos es una ciudad preciosa, con un templo increíble que, incomprensiblemente, sigue en pie y un pasadizo secreto para ir de un punto a otro. Ni siquiera sabemos si ese pasillo conduce hacia donde nosotros creemos.

—¿Crees que puede ir a otro sitio?

—¿Y por qué no? Hemos dado por hecho que nos llevará a algún punto del templo, pero habéis escrutado ese lugar casi centímetro a centímetro y poco más habéis descubierto. Tengo la sensación de que ese pasillo lleva a algún punto diferente, aunque su dirección apunte lo contrario.

—Nada podemos descubrir sólo especulando en esta mesa —dijo Laura—. Lo mejor que podemos hacer es acostarnos y tratar de descubrirlo mañana.

—Sintiéndolo mucho —dijo Eduardo—, mañana yo me quedaré arriba. Me gustaría comenzar a analizar un poco los pergaminos, con el permiso de Nadya, si no te importa, querida.

—No me importa —dijo—. Mejor cuatro ojos que dos. Mañana nosotros tres nos meteremos en el pasadizo y veremos qué podemos encontrar, y hacia dónde lleva.

7.- EL PASADIZO

Nos levantamos temprano, deseosos de bajar a ese nuevo pasadizo para investigarlo. Yo, particularmente, estaba deseando entrar. Teniendo en cuenta que habíamos encontrado cosas increíbles en los pasillos del templo, no podíamos descartar que hubiera nuevos descubrimientos ahí abajo. Cuando llegué al edificio donde habíamos situado la entrada, ya Laura y Nadya estaban limpiando la zona de la trampilla, junto con unos cuantos trabajadores. Habían encontrado una losa de roca con aspecto de ser bastante pesada. Sabíamos que ahí estaba la entrada, pero no encontrábamos ninguna forma de abrirla. No había anillas, ni tiradores, ni resortes de ningún tipo. Entonces Nadya sacó un aparato de su mochila.

—¿Qué es eso? —pregunté.

—Un escáner de mano. Es un objeto aún sin comercializar, pero me dará imágenes de las paredes que tenemos por aquí y de las zonas. Si hay algo extraño, lo descubriré. Quizá haya un mecanismo parecido al que encontraste para alimentar las antorchas.

—Ahora que hablas de antorchas, ¿habéis traído linternas para bajar?

—Por supuesto —dijo Laura sacando tres linternas de su mochila.

—Estupendo. Ahora veamos si ese cachivache de Nadya da resultado.

La joven encendió el artilugio y comenzó a barrer la zona. Muy despacio, sin prisas. El escáner lanzaba un pitido de forma rítmica, indicando que se encontraba activo. Tras varios minutos, Nadya comenzó a acercarse a una pared.

—Aquí hay una especie de mecanismo y está conectado a la trampilla, pero por lo que veo, está inservible. Vamos a tener que abrir la puerta de otra manera.

—Es una pena —dije—. Me hubiera gustado comprobar cómo lo hacían.

—De momento podríamos probar con palancas —dijo Laura—. Que varios trabajadores se coloquen alrededor con ellas y traten de abrirla.

En menos de diez minutos, teníamos ya a diez excavadores alrededor de la trampilla, con sus piezas metálicas apoyadas en ella. A la orden de Nadya, quien también se colocó con una palanca, comenzaron a hacer grandes esfuerzos. Dieron varios tirones, pero la trampilla no llegó a moverse un ápice. Continuaron haciendo fuerza hasta que, por fin, la gran losa comenzó a moverse.

Cuando se hubo levantado lo suficiente, y tras unos crujidos, el vapor del aire viciado durante milenios escapó por entre sus rendijas. La losa se terminó de levantar y se colocó pesadamente en uno de los lados. Todos los trabajadores cayeron al suelo agotados. En uno de los laterales de la gran piedra, pudimos ver fragmentos de goznes o bisagras. Lo más probable es que las hubiéramos arrancado de cuajo con el esfuerzo de abrir la trampilla.

—Qué desastre —dije—. Hemos arruinado uno de los mecanismos más antiguos de la humanidad.

—Sin romperlo jamás hubiéramos entrado en ese pasadizo —dijo Nadya soltando la palanca.

—Me temo que Nadya tiene parte de razón —dijo Eduardo, quien había presenciado la apertura—. Es una lástima haber roto de esa manera unas piezas tan misteriosas como antiguas, pero también es cierto que, a veces, es la única manera de poder continuar. Sois arqueólogos experimentados y estoy seguro de que, con paciencia, podréis reconstruir las piezas. De momento, debéis entrar ahí e investigar cuanto sea menester.

—Bien —dije colocándome la mochila sobre mis hombros y apagando la pipa—. Entremos pues.

—Espera un momento —dijo Nadya, que sacó un aparatito de su mochila y lo introdujo levemente por el hueco.

—¿Qué es eso?

—Es un medidor de atmósfera. Para que entiendas qué es: mide el aire y lo analiza de forma casi instantánea para saber si el interior está demasiado viciado o tiene algún elemento nocivo en el aire.

—Ya, como el de los trajes anti-radiación.

—Algo así.

Después de unos segundos, tras los que Nadya determinó que podríamos respirar tranquilamente allí, me senté en una de las orillas del hueco y me dejé caer con cuidado al suelo. Efectivamente, estaba a tres metros por debajo del suelo que pisábamos arriba y, tras encender la linterna, pude ver que las paredes se encontraban a la distancia estimada. Ayudé a Laura a que bajara, asiéndola por la cintura al caer al suelo, pero al extender mis brazos para ayudar a Nadya, ésta hizo caso omiso y se dejó caer sin ayuda de ningún tipo. A estas alturas, no debía sorprenderme.

—¡Espero que tengáis una exploración tranquila! —dijo Eduardo, asomándo la cabeza por el hueco.

—¡Te hemos dejado un *walkie-talkie* en la tienda, junto a los pergaminos! —dijo Laura—. ¡Mantenlo encendido por si necesitamos ayuda!

—¡Espero que no tengamos que usarlo!

La cabeza de nuestro compañero desapareció, al tiempo que nosotros nos encontrábamos de nuevo en la más absoluta soledad, bajo un corredor inexplorado. A primera vista, no parecía ser un pasillo tan trabajado como los que había bajo el templo. Las paredes estaban en roca viva y no tenían ninguna inscripción que se pudiera utilizar como guía. Tenía más pinta de ser una entrada a una red de cuevas que una excavación hecha por el hombre, aunque sí se podían observar varias vasijas o cuencos, esparcidos aquí y allá, como si se hubieran usado de forma periódica en los tiempos de gloria de aquella ciudad. Sí nos resultó ampliamente curioso el hecho de que las paredes presentaran cierta humedad, lo cual parecía imposible en el desierto.

—Hay muchas cosas aquí que no son normales —dijo Nadya—. Esta roca a esta profundidad... o la humedad que hay en las paredes. No es lógico.

—Muy pocas cosas de las que hemos encontrado aquí son lógicas —dije—. Eso nos ha obligado a replantearnos muchas teorías que se daban por ciertas y ahora todo lo que podemos hacer es continuar y no cuestionar lo que vemos. ¿Qué dice la brújula?

—Que nos dirigimos al oeste —dijo Laura, mirando incrédula.

—Es imposible —dijo Nadya—. Según el mapa que trazamos por sonar, nos dirigimos al templo, al este. Esa brújula tiene que estar estropeada.

—Señalaba perfectamente al este antes de entrar en el pasadizo, pero justo en el momento en el que pisé el subsuelo, comenzó a volverse loca hasta que se paró en el oeste.

—Puede que haya una explicación —dije pensativo.

—Ya estamos con las fantasías... —dijo Nadya.

—No son fantasías. Uno de los motivos de la destrucción de la Atlántida fue un cambio brusco de la polaridad en la Tierra. Lo que antes era el Polo Sur, ahora es el Norte. Es más, se comentaba que en tiempos de la Atlántida, el Sol salía por el oeste y se ponía por el este.

—Y las hamburguesas se comían a las personas —dijo Nadya.

—¿Tienes tú una teoría que lo explique mejor?

—La navaja de Ockham. Seguro que la brújula se ha estropeado o aquí hay algún problema porque haya hierro de forma natural. No lo sé, pero estás insinuando que la Tierra está dada la vuelta aquí.

—La Tierra no, sólo la polaridad.

—Dejad de discutir ya —dijo Laura—. Si no dejáis las peleas, no conseguiremos salir de aquí nunca.

Continuamos nuestro camino con paso lento. Las linternas apenas alumbraban a uno o dos metros de distancia y no nos dimos cuenta de que había una bifurcación hasta que no nos topamos con ella de frente. Uno de los pasadizos parecía continuar al este, si seguíamos los mapas del sonar, es decir, uno se dirigía al templo, pero el otro parecía moverse hacia el norte. Aunque según la brújula, marcara el sur.

—Bien —dije—, ¿cuál seguimos?

—De momento, dirijámonos al este —dijo Laura—. Ya a la vuelta miraremos hacia dónde lleva el del norte.

Continuamos, dejando atrás esa primera bifurcación. Caminábamos en línea recta, a pesar de las pequeñas curvas que describía el terreno, y que ya habíamos apreciado arriba. La humedad no cesaba y los objetos rotos continuaban presentándose a un lado y a otro. Tras un rato, comenzamos a bajar por una leve rampa. Calculamos que habíamos descendido otros tres o cuatro metros, profundidad en la que nos mantuvimos durante unos veinte metros, hasta que volvimos a ascender poco a poco hasta retomar la profundidad original de tres metros.

Pocos después, llegamos al final del corredor, que tenía una pequeña escalinata y una trampilla en su parte superior. Pasamos varios minutos escrutando la zona hasta que por fin dimos con una pequeña roca que, hundiéndola en la pared, comenzó a mover toda suerte de resortes, abriéndose lentamente la trampilla que teníamos encima.

—Aquí tienes tu mecanismo —dijo Nadya.

Tras ascender, comprobé que esta trampilla, invisible para nosotros antes, daba justo a la parte trasera del trono de Poseidón, dentro del templo.

—Efectivamente, nos ha llevado hacia el este —dije—. Es un pasadizo de huída, probablemente.

Bajamos de nuevo, con el propósito de observar la otra bifurcación que habíamos encontrado. Volvimos sobre nuestros pasos y llegamos a ese desvío. Tras tomarlo, estuvimos caminando durante muchos minutos. Miré el reloj para orientarme en el tiempo, pero no funcionaba. Tras preguntar la hora a Nadya y a Laura, ambas observaron que sus relojes se habían parado igualmente. De pronto, nos encontramos con un obstáculo. No era el final del túnel, sino que se había derrumbado en ese punto.

—Genial —dije—. Algún terremoto lo ha tenido que derrumbar. Es una lástima, porque estoy seguro de que nos llevaría a algún lugar muy interesante.

—Deberíamos volver a la superficie y analizar con el sonar esta zona —dijo Nadya.

—Tienes razón. Volvamos ahora al comienzo.

Sin embargo, nuestra sorpresa fue grande al comprobar que la trampilla que habíamos abierto con las palancas se encontraba cerrada.

8.- EL ARCHIVO POLÍGLOTA

—¿Quién habrá sido el gracioso? —dijo Nadya golpeando la trampilla.

—Es inútil que golpees una y otra vez esa puerta. De nada servirá. Voy a llamar a Eduardo, a ver si puede ayudarnos.

Saqué el comunicador de la mochila y lo encendí.

—Eduardo —dije—. Eduardo, aquí Ricardo. ¿Estás por ahí?

—Dime Ricardo, ¿algún problema? —la voz distorsionada de Eduardo era un soplo de aire fresco.

—Sí, algún idiota ha cerrado la trampilla. ¿Podrías mandar unos cuantos hombres para que la abran de nuevo?

—Por supuesto. Enseguida estaré ahí.

—¿Quién habrá cerrado la trampilla? —dijo Laura—. ¿Y por qué?

—Sólo se me ocurre una respuesta —dije guardando el comunicador.

—Pero hacía semanas que no aparecían, ¿por qué ahora los del Círculo Sagrado habrán querido encerrarnos aquí? Si conocen el templo, sabrán que hay otra salida y que Eduardo está fuera para ayudarnos.

—Quizá no pretendían matarnos o encerrarnos. Quizá ha sido sólo un aviso. Un «¡eh! Estamos aquí y hemos vuelto para tocaros las narices.»

—Tan sólo un aviso... —dijo Nadya—. ¡Pues estoy preparada para que vengan! ¡Voy a meterles la estatua de Poseidón por...!

—¡Ricardo! ¡Laura! ¡Nadya! ¿Estáis ahí? —la voz de Eduardo cortó a la joven de decir alguna grosería.

—¡Sí! —dijo Laura.

—¡Abre de una vez! —dijo Nadya furiosa.

—Me temo que necesito de mis acompañantes, querida. Esto no es como abrir la bohardilla de una casa.

Tuvimos que aguantar aún varios minutos del mal humor de Nadya hasta que por fin se abrió la trampilla, dejando pasar la luz del sol que ya se escondía poco a poco tras las dunas. La cabeza de nuestro amigo forense se asomó, tendiendo una mano a Nadya, que se apresuró a salir de aquel corredor. Luego fue Laura la que puso tierra de por medio y yo, como siempre, salí el último.

—Te agradezco que nos hayas ayudado —dije, quitándome el polvo y la arena de la ropa.

—Ha sido una suerte que me encontrara aquí. Si no habríais perecido ahí abajo.

—No estés tan seguro. Había otra puerta en el otro extremo, justo detrás de la estatua de Poseidón, con el mecanismo de apertura intacto, pero habríamos tardado demasiado tiempo en volver ahí.

—¿Quién ha podido cerrar la puerta?

—No lo sabemos, amigo. Nos lo imaginamos, pero no podemos asegurarlo. Lo cierto es que no contaban con nuestra muerte, pues estoy seguro de que sabían que había otra salida.

—¿Qué habéis encontrado dentro?

—Poca cosa. Hay una bifurcación que se dirige al norte, pero está derruida, quizá por algún terremoto o algo parecido. No sabemos dónde estará el final.

—Es posible que se trate de una huída al mar.

—El Mediterráneo está a más de mil kilómetros al norte —dijo Laura —. Sería casi imposible llegar. Sería un viaje largo y pesado. Debe conducir a otra ruta de escape. Un lugar alejado del templo, pero no tanto.

—Quizá el mar no estaba tan lejos en aquel tiempo —dije—. Debes tener en cuenta que la Tierra ha cambiado mucho en más de diez mil años.

—El pasaje no iba al mar —dijo Nadya—. Debía conducir a un lugar mucho más profundo. El terreno bajaba ligeramente desde la bifurcación.

—¿Crees que sería a un lago con barcos para ir al mar?

—O el centro de la Tierra para convivir con *Morlocks* —dijo Nadya en tono sarcástico.

—El caso es que habéis descubierto una ruta de huída –dijo Eduardo —. Lo cual me lleva a pensar que, en aquella época, sí tenían cargas militares.

—Mirad —dijo Laura, señalando al suelo.

—Huellas de botas de montar —dije—. No hay duda. Ha sido la Hermandad del Círculo Sagrado. Nos han avisado.

—Esto se va poniendo peligroso por momentos —dijo Eduardo.

—No creas —dijo Nadya—. Ya nos las hemos visto con ellos y no tienen ni media bofetada.

—¿Tengo que recordarte que fui yo el que mató al último? —dije.

—¿Tengo que recordarte quién necesita pantalones limpios cada vez que le miro mal? —dijo Nadya alzando el puño.

—¡Está bien! —dijo Laura—. No hace falta que nos recordemos nada. Lo mejor que podemos hacer ahora es cenar, terminar los mapas del corredor y descansar hasta mañana. Me gustaría echarle un vistazo por fin a los documentos que encontramos.

—Son muy interesantes —dijo Eduardo—. Apenas he podido empezar a mirarlos, pero estoy seguro de que vamos a aprender muchísimo de ellos.

—Ojalá sea cierto.

A pesar de que intentamos continuar con la rutina, apenas pudimos dormir aquella noche. Me la pasé casi entera sentado en la puerta de la tienda, vigilando una y otra vez en vistas de una posible llegada de los miembros del Círculo. Nadya no quiso reconocerlo, pero ella también permaneció vigilante, aunque lo hiciera desde su cama, abrazada a Laura, que dormía segura en los brazos de su esposa.

Cuando por fin el sol despuntó, los primeros trabajadores comenzaron a salir de las tiendas con sus herramientas preparadas para continuar con la laboriosa excavación. Cada vez quedaba menos por descubrir y quizá lo más interesante se encontrara ya en los documentos extraídos de los archivos del templo. Sin embargo, era imperativo continuar con las pesquisas en los alrededores de la ciudad.

Era evidente que habíamos descubierto una polis bastante amplia, casi imposible para tratarse de unas construcciones con más de diez mil años de antigüedad, pero me asaltaba una duda: ¿dónde estaban los cadáveres? Aquella maravillosa ciudad debía haber albergado unas cien o doscientas mil almas, sin embargo, no había un solo rastro de tumbas, a excepción de las encontradas en el templo, ni tampoco había esqueletos en las calles o en las casas que dieran pistas sobre una posible batalla sangrienta en ellas. Era sumamente extraño.

—¿No has dormido? —dijo Laura, saliendo de la tienda.

—No. Es complicado dormir sabiendo que el enemigo está merodeando.

—De nada servirá que te quedes vigilando. Debes descansar.

—No confío en los trabajadores. El Círculo Sagrado está demasiado enraizado en muchas capas de la sociedad. Cualquiera de los que tenemos aquí puede ser un espía.

—¿Los vas a descubrir con sólo observarlos? Recuerda que ‘Alîm nos engañó completamente y sólo pudimos descubrirle cuando os apuntó con el revólver.

—Lo sé, pero aún así no puedo dormir tranquilo.

—Como quieras. Eduardo ya debe estar en el comedor sirviéndose su desayuno. Deberíamos acompañarle.

—¿Y Nadya?

—Se está cambiando. Enseguida saldrá.

Cuando llegamos al comedor, estaba ya Eduardo sentado en una mesa, pero no había tocado nada de su plato. Su exquisita educación le impedía comenzar a desayunar sin que antes nos hubiésemos servido los demás. Permanecía ensimismado en la lectura de un extraño libro sobre Antropología.

—Ah —dijo levantándose cuando nos vio—. Buenos días, queridos amigos. Me alegra ver que habéis pasado la noche sin sobresaltos.

—Buenos días Eduardo —dijo Laura—. Probablemente se te habrá quedado el té frío.

—No te preocupes, querida. Yo lo tomo así.

Mientras nos servíamos, llegó Nadya, ataviada con su ropa de costumbre. Apagó el cigarro antes de entrar en la tienda y nos acompañó durante el desayuno. Ya con la tripa bien aprovisionada para gran parte del día, nos dirigimos al laboratorio, el cual, para nuestra tranquilidad, no había sufrido, en apariencia, ningún asalto durante la noche.

—Ayer, mientras vosotros correteabais por aquellos pasadizos, me dediqué a revisar estos documentos. Como ya os dije, he encontrado muestras de muchos tipos de escritura y de idiomas. Es muy probable que, gracias a estos textos, consigamos descifrar varias de las lenguas muertas que aún suponen un misterio para la humanidad.

—El único misterio que ahora mismo me interesa es la Atlántida —dije ojeando algunos de los papeles—. ¿Se sabe cuál es la composición del papel?

—Nada destacable, amigo mío. Hay papiros, hay celulosa y otros tipos de materiales flexibles, muy útiles todos para la escritura.

—La celulosa no se utilizó para eso hasta mucho tiempo después —dijo Nadya.

—Cierto, querida, pero, sin embargo, está presente en muchos de los documentos. Hay también cuero, piel de distintos animales utilizados para ese fin e, incluso, tablas de piedra.

—¿Cómo las de Los Diez Mandamientos? —dijo Laura.

—El uso de la piedra para tallar palabras es mucho más antiguo de lo que creemos. Las primeras impresiones físicas de fonemas o ideas se dieron en piedra, que era lo más sólido y duradero para poder plasmar lo que merecía escribirse.

—Este documento no me suena —dijo Nadya observando uno de los papiros—. Sus caracteres me son desconocidos.

Me acerqué a observarlo y no pude evitar arrancárselo de las manos a mi compañera, aún a riesgo de recibir algún golpe por su parte, pero sin duda lo merecía.

—¡Eduardo! —dije exaltado—. Estoy seguro de que tú los reconocerás.

El forense se acercó y observó detenidamente el manuscrito, sonriendo levemente al comprender.

—Por supuesto —dijo al fin—, pero este es un idioma completamente desconocido.

—¿A qué os referís? —dijo Laura—. Aquí muchos de los idiomas que vemos son desconocidos.

—Pero este lo es más, querida. Sus caracteres son exactamente iguales a los del Manuscrito Voynich.

9.- LA CLAVE TARTÉSSICA

—¿Qué es el Manuscrito Voynich? —preguntó Nadya.

—Hace unos cuantos años, a principios del siglo XX —comenzó Eduardo—, un coleccionista de libros viajó a Italia, a un colegio franciscano de la región, buscando nuevos tomos para su colección. Le dejaron mirar en los arcones viejos, donde varios volúmenes se amontonaban. Entre ellos, encontró un libro escrito con unos extraños caracteres que, en principio, no pudo determinar. Por las ilustraciones que mostraba, parecía ser un amplio catálogo de plantas extrañas, desconocidas o extintas en su mayoría. Lo interesante de este manuscrito no era en sí su contenido, sino su idioma. Según los estudios realizados, corresponde a un idioma, pues las palabras atienden a la norma de su longitud, proporcional a su uso cotidiano. Es un idioma que, a día de hoy, no se ha podido descifrar, no se conoce ni su origen ni su uso, y es uno de los misterios más intrigantes de la humanidad. Se piensa que es un libro de alquimia, teniendo en cuenta el amplio herbolario que presenta y sus ilustraciones, más de cuatrocientas, de mujeres y estrellas. Sin embargo, aún se desconoce si se trata de un documento real o de un fraude.

—Eso es—dije—. Este documento presenta los mismos caracteres y es muy posible que podamos descifrar el contenido de ese código si lo comparamos con lo que hemos encontrado. Estamos cerca de resolver dos grandes misterios: el Manuscrito Voynich y la Atlántida.

—Genial —dijo Nadya—. Más historias raras en las que meternos.

—No te preocupes, querida —dijo Eduardo—. Nos dedicaremos a una por vez. De momento vamos a preocuparnos por descifrar los documentos cuyo idioma conocemos y ya nos meteremos más en materia cuando agotemos los primeros.

—Va a ser un trabajo arduo —dijo Laura.

—Y, sin embargo, ya he allanado un poco el camino —dijo Eduardo —. Ayer me dediqué, no sólo a echarles un primer vistazo, sino que también los clasifiqué en idiomas conocidos y desconocidos, en caracteres descifrables e indescifrables. En fin, que ese montón de ahí los podremos traducir sin demasiada complicación, pero los otros, me temo que será más complicado.

—Deberíamos contratarte como archivador. Eres un encanto.

—Sólo me limito a ayudar en todo cuanto puedo, querida. Como nuestro mecenas nos indicó.

—De acuerdo —dije—. Nadya, ocúpate tú de los indescifrables.

—Lo siento, no he venido aquí para ocuparme de arqueólogos solteros cuarentones con fantasías en la cabeza.

—*Touché.*

—Parecéis dos críos —dijo Laura—. Nadya y yo nos ocuparemos del montón de los complicados. Los intentaremos clasificar por grafología. Eduardo y tú os dedicaréis a traducir lo que podáis de los documentos que hay en el otro montón.

La tarea comenzó con el reparto de documentos. Cuatro mesas para cuatro investigadores. Por raro que parezca, Laura nos permitió fumar durante el trabajo, a condición de que mantuviéramos pipas y cigarros lejos de los documentos. Fue algo que Nadya y yo agradecimos sobremanera, pues era difícil mantener la atención en esos complicados textos sin tener las manos ocupadas y una pequeña neblina de tabaco sobre nuestras cabezas.

—Parece increíble —dijo Eduardo—. Hay caracteres de todo tipo. Tengo un gran porcentaje de textos sumerios, hay también alfabeto cirílico, árabe, runas, egipcio, griego e, incluso, latín, o algo que se le parece mucho. También he encontrado unos textos que parecen indicar una raíz común entre el chino, el japonés, el vietnamita, el coreano y otros tipos de letras o ideogramas similares.

—Actualmente hay casi siete mil idiomas distintos –dijo Laura—. No podemos pensar que estos textos aglutinan una base común para todos ellos, pues, durante los miles de años de la historia del hombre, han desaparecido y aparecido diferentes tipos, bien por la segregación de un único pueblo en varios o por la mezcla de dos o más de ellos.

—Dudo mucho que esto se trate de un completo muestrario de todos los idiomas, pero sí es cierto que lo que nos estamos encontrando es muy interesante. Si tan sólo pensamos en la cantidad de dialectos o lenguas que aquí nos podemos encontrar, estaríamos ante un hallazgo más valioso que el de la Biblioteca de Alejandría, pero es muy probable que la mayoría de estos textos contengan la misma información con caracteres distintos. Como un libro traducido a varios idiomas.

—Entonces estaríamos haciendo varias veces el mismo trabajo —dijo Nadya.

—No necesariamente. Esto nos ayudará a descifrar idiomas desconocidos y también a comprender mejor los orígenes de los conocidos.

La tarea se prolongó hasta bien entrado el mediodía, momento en el que casi nos vimos obligados a parar para almorzar, ya que el estudio de esos textos nos resultaba tan fascinante que apenas podíamos apartar la vista de ellos. Tras el almuerzo, nos tomamos una necesaria hora de descanso mientras dábamos algunas indicaciones a los trabajadores y volvimos enseguida al laboratorio, donde Nadya comenzó a hacer pruebas químicas sobre algunos papiros, mientras los demás continuábamos con la ardua tarea. Ya entrada la tarde, decidimos tomar media hora de descanso.

—He encontrado un texto interesante —dije—. Fijaos en lo que pone: «Hemos terminado por fin el templo de Poseidón. En él se ha colocado una estatua a nuestro dios. Su elaboración [de la estatua, se entiende] ha sido laboriosa y costosa, pues está completamente realizada en oricalco, nuestro más preciado metal, pero encontrarnos frente a ella, brillante y refulgente, nos hace ver lo insignificantes que podemos llegar a ser comparados con los dioses. Este templo servirá de tumba para cuando nuestro rey, Atlas, fallezca en una fecha que esperamos que sea tardía. Él se ha visto complacido por los acabados del templo y ha dictado las órdenes para que se realicen los corredores interiores según su disposición. Ha dejado escrito en otro documento cuáles serán los tesoros que le acompañarán en su descanso y cuáles permanecerán en otra sala. Se me ha encomendado la tarea de ser el primer abad del templo y mía será la tarea de mantener este sagrado lugar en condiciones óptimas para los festejos y los ritos, y la elaboración de unos patrones a seguir el día de mi muerte y de la muerte de nuestro rey. Yo mismo seré embalsamado por los ritos dictados por Atlas y colocado en uno de los féretros de la sala destinada a tal efecto. Años más tarde, cuando mi cuerpo estorbe para la colocación del cadáver de un nuevo abad, seré incinerado y colocado en mi urna bajo la sala del mausoleo, donde encontraré por fin el descanso eterno junto a mis dioses. También Atlas ha dictaminado que se realice en secreto un pasadizo que irá desde la parte trasera de la estatua de su padre, Poseidón, hasta la casa que él habita, en el centro de la ciudad. Asimismo, también habrá una bifurcación en el mismo que conducirá hacia el mar. No comprendo bien el fin de este pasadizo, ni su secretismo, y en mis largas conversaciones con nuestro amado rey nunca ha evitado mis preguntas, pero tampoco ha podido satisfacerme completamente con sus respuestas, limitándose a un "mi padre y Zeus saben por qué lo hago y vosotros hallaréis la respuesta en un día que espero que no llegue nunca". Es inquietante oírle decir esas palabras y notar en su mirada cierto nivel de tristeza. Sin embargo, mi misión es mantener en secreto estas obras y así será.»

—Son las palabras directas del primer abad del templo —dijo Eduardo— y parece que, por aquel entonces, Atlas no sólo estaba con vida, sino que hacía vida normal junto con el resto de los ciudadanos.

—Me ha costado bastante traducirlo, pero es increíble que podamos tener en nuestras manos este manuscrito. También he encontrado esto: «Hoy ha fallecido Atlas y parece que nuestro mundo es menos mundo, que nuestro imperio es más inestable y, sin embargo, es tan fuerte como el primer día. Su primogénito cumplirá a la perfección con las labores de reinado de esta zona del imperio y ya se ha notificado su muerte a los hermanos que quedan vivos. Su cuerpo será colocado en la cripta que él, siglos atrás, dictaminó y será cerrada para no poder volver a abrirse nunca más. Los ciudadanos están apenados y hemos decretado varias semanas de luto. Dicen algunos que el mismo Poseidón tomará un cuerpo mortal temporalmente para asistir al entierro, pero es algo que pocos podemos afirmar y yo, como abad de este templo, tampoco me atrevo a rubricar. Varios son ya los abades incinerados y colocados bajo nuestro mausoleo, el cual temo que no tardaré en visitar, dada mi avanzada edad. Unas lluvias torrenciales han comenzado desde el mismo momento en el que el alma de nuestro amado rey, quien por tantos siglos nos ha acompañado, ha abandonado su cuerpo, que permanece majestuoso en su domicilio, mientras se ultiman los detalles de su sepultura. Parece como si los mismos dioses lloraran la muerte de Atlas, igual que aconteció con sus tres hermanos ya fallecidos.»

—La muerte de Atlas debió suponer un duro golpe para los ciudadanos y para quienes le adoraban desde los reinos de sus hermanos —dijo Laura.

—Yo, por mi parte, he encontrado esto —dijo Eduardo—, parece ser de otro abad: «He recibido los documentos del primer abad que dirigió el templo. Desgraciadamente, pudo disfrutar de él por tan sólo doce años, pues falleció la semana pasada. Lo que más me inquieta es el pasadizo oculto que parece huir de la ciudad. He visitado esos túneles en secreto y sólo he encontrado una red de galerías que afloran en la bifurcación que va hacia el sur. De momento no me atrevo a preguntarle a Atlas sobre su utilidad, pues llevo poco tiempo en esta honrosa tarea y no quiero parecer demasiado curioso sobre los asuntos de los dioses. Sólo espero no tener que hacer uso de él durante mi turno.»

—Debía ser el segundo abad —dije—. Es maravilloso encontrarnos con estos documentos y poder analizarlos.

—En ningún momento se nombra la Atlántida —dijo Nadya.

—No, pero, teniendo en cuenta lo que dice, pocas cosas podrían sacarme de la idea de que estamos ante los primeros documentos que hacen referencia en tiempo real al mítico imperio. Además, hasta ahora hemos acertado en todas nuestras teorías sobre lo que hemos encontrado.

—Observa este documento: «Nuestros hermanos del sureste, justo lindando con el gran océano, adoran a Eumelo, uno de los gemelos del segundo par, quien ha venido a visitar el templo de su hermano mayor, Atlas. Su reino, inmerso en las cavernas, ha terminado hace poco también un fastuoso mausoleo en honor a su rey. Poseidón preside también esa construcción, cavada en la gruta, y dicen que su belleza hermana perfectamente con la de nuestro templo. Estamos orgullosos de contar con un reino vecino tan maravilloso y dadivoso como ellos, y nos sentimos profundamente honrados con la presencia de Eumelo en nuestra ciudad. Se han determinado unos días de fiesta como celebración por la visita de Eumelo y pronto nuestro rey visitará su reino para llevar ofrendas a su nuevo templo.»

—Me parece más que claro dónde tendríamos que dirigir nuestra próxima expedición —dije resuelto.

—¿Hacia Sudáfrica? —dijo Nadya.

—No, para nada. Fíjate en los textos. Decían que habían hecho un pasadizo con una bifurcación hacia el sur, mientras que nosotros la hemos encontrado hacia el norte. Eso quiere decir que lo que antes era el sur, ahora es el norte. Por las indicaciones que da, me atrevería a decir que tendríamos que dirigirnos hacia España.

—Estás completamente loco.

—No, es todo muy lógico.

—¿Pretendes que comencemos unas excavaciones en España amparado tan sólo por la suposición de que la Tierra estaba del revés antes?

–¡Por supuesto!

—Nadya —dijo Laura—, hasta ahora Ricardo ha acertado en todo lo que ha teorizado. No sé por qué, pero creo que tiene razón.

—Lo que yo diga... la locura se contagia.

—Amigos míos —dije golpeando mis palmas—, es hora de visitar el maravilloso y misterioso imperio de Tartessos.

10.- HACIA UN NUEVO VIAJE

—Antes de que te pongas a hacer las maletas, debería avisar a nuestro mecenas para que nos sufrague los gastos y apruebe el viaje —dijo Laura.

—Tienes razón —dije—. Mañana mismo enviaré una carta comentándole nuestros hallazgos y mi teoría. Espero que nos dé libertad para viajar a España.

—También deberá mandar un sustituto —dijo Nadya—. Aún queda trabajo por hacer en la excavación y no podemos dejarla sin vigilancia.

—Me preocupa que la excavación se haga pública. Podría darse un aluvión de curiosos y aparecer un gran número de arqueólogos aficionados que vinieran a arruinar todo nuestro trabajo.

—No te preocupes —dijo Laura—. Ya teníamos previsto eso. Como ya te dije, no se hará público este hallazgo hasta que no terminemos por completo nuestras investigaciones.

—Si eso es cierto, pasarán muchos años hasta que hagamos público lo que aquí se cuece.

—Amigos míos —dijo Eduardo—, en vista del éxito obtenido, sugiero que paralicemos momentáneamente nuestros trabajos y nos tomemos estos días de descanso. Supongo que aún tardaremos una semana en recibir una respuesta de nuestro mecenas y es seguro que poco podremos descubrir ya. De momento, propongo que nos acerquemos a mi tienda, donde tengo un brebaje que nos ayudará a celebrar el final de nuestra pequeña aventura y el comienzo de la nueva.

—¡Apoyo la moción! —dije exultante.

Nos dirigimos los cuatro a la tienda de Eduardo, donde sacó una botella de bourbon y cuatro vasos. Tras servirnos, levantó su vaso y me miró, esperando que yo pronunciara alguna palabra.

—Por la Atlántida —dije.

—Por nosotros —dijo Laura.

—Por la Arqueología —dijo Nadya.

—Por la Historia —dijo Eduardo.

—Aún no me creo que vayamos a finalizar esta etapa en Libia —dije tras darle el primer trago.

—Para mí resulta el final momentáneo de la aventura —dijo Eduardo—. Mi contrato se extendía hasta la finalización de las excavaciones en Libia y poca ayuda podría daros en España, pero tened por seguro que si encontráis cuerpos, yo estaré ahí para analizarlos.

—Mi objetivo es encontrar a Eumelo —dije—. Así que esperaré impaciente volver a verte entre nosotros.

—Me da lástima perderte durante un tiempo —dijo Laura, cogiendo a Eduardo de una mano—. Eres la mejor compañía que tres arqueólogos locos puedan tener.

—Por lo de locos me atribuyo todo el mérito —dije levantando una mano—, aunque Nadya también empieza a estar un poco desequilibrada.

—Sólo por tener que soportarte a ti —dijo la rusa—. ¿No podrías irte tú y que se quedara Eduardo?

—Me temo, querida, que su presencia es más útil que la mía. Además, otros asuntos me requieren en España.

—¿Por dónde empezaremos? —dijo Laura.

—En principio, creo que nos iremos a Madrid —dije—. Pasaremos unos días en mi casa, mientras Nadya arregla su visado y nosotros preparamos los permisos. Luego, creo que lo más acertado sería dirigirse a Huelva.

—¿A Huelva?

—Sí. Está al noroeste de nuestra posición, lo que sería el sureste en tiempos de Atlas —dije mirando a Nadya, la cual chasqueó la lengua—. ¿Recuerdas la Gruta de las Maravillas en Aracena?

—Claro, tu padre me llevó cuando visitamos la Sierra de Huelva. Es un lugar precioso.

—Tengo la sensación de que ese reino excavado en las cavernas puede estar situado en aquella zona. La entrada a la Gruta de las Maravillas no es la única para acceder a la red de túneles que socaba la provincia onubense. Estoy seguro de que en alguna de esas grutas tiene que estar el reino de Eumelo.

—¿La Atlántida? —dijo Nadya.

—Lo dudo. Quizá sea como aquí, una parte más del imperio, pero es la única pista fiable que tenemos ahora.

—Y ni siquiera es fiable.

—Nadya, cariño —dijo Laura—, ¿no puedes dejar de discutir con Ricardo aunque sólo sea por esta noche? Quiero disfrutar del éxito de nuestro trabajo.

—Como quieras, pero mañana habrá terminado la tregua.

Cuando por fin nos acostamos, tuve la sensación de que ninguno de nosotros llegó a dormir aquella noche. Amábamos y odiábamos el desierto de Libia a partes iguales. Estábamos deseando salir de allí y, sin embargo, le teníamos tanto que agradecer...

Al día siguiente, yo ya me encontraba frente al camino por el que venían los todoterrenos, antes incluso de que llegaran. En mis manos, una de las cartas que más me había satisfecho redactar. Eran varios folios exponiendo nuestros hallazgos y las teorías finales de todo el estudio, tratando de explicar con pelos y señales el por qué de nuestro repentino interés por la Sierra de Huelva. Eduardo, siempre puntual, se unió a la espera. Tan sólo se colocó a mi lado, sin decir una palabra. Sabía perfectamente que decir algo en aquel momento no serviría de nada.

Por fin, tras unos minutos, que me parecieron eternos, vi a lo lejos cómo se acercaban los vehículos cargados de provisiones. Cuando uno de los conductores se bajó, le mostré la carta, no sin antes indicarle que era imperativo que llegara a su destino cuanto antes. El conductor me miró un poco extrañado por mi insistencia y yo me sentí algo ridículo cuando recordaba la escena, minutos después, pero era tan importante que llegara esa carta a tiempo que no me hubiera importado coger yo mismo el *jeep* para entregarla en mano.

Las mujeres tardaron un poco más en levantarse. Se lo tenían merecido después de todo lo que habían pasado en estos meses de duro trabajo. Vinieron para descubrir una iglesia y lo que encontraron superó con mucho las expectativas de cualquier arqueólogo. El desayuno transcurrió entre intentos de Laura por poner en evidencia a su mujer o a mí, y anécdotas, a cada cual más interesante, de Eduardo, quien comentaba con toda naturalidad extrañas autopsias realizadas en los lugares más insospechados o vivencias gastronómicas de sus múltiples viajes. Parecía tener más kilómetros en sus botas que Nadya, Laura y yo juntos.

Cada uno se dedicó a lo que le apeteció durante toda la mañana. Yo cogí una silla plegable, me acerqué al templo y me senté justo delante del Poseidón de oricalco, pipa en mano, con una leve sonrisa en mi cara y sintiéndome algo más que un dios en aquel momento. Aunque también intentaba comprender las palabras del primer abad, quien resaltaba lo ínfimo que podía sentirse un ser humano ante la presencia de su dios, sobre todo si se trataba de una estatua de veinte metros.

Eduardo también estuvo en el templo, pero más bien observando detenidamente su estructura, intercambiando impresiones conmigo respecto de la estatua, observando la puerta que conducía a los pasadizos del mausoleo y el tesoro, que permanecía abierta, o elogiando la arquitectura del lugar, no sin salpicar su soliloquio de nuevas anécdotas. Finalmente, me ofrecí a acompañarle por los pasillos que se desparramaban por debajo del templo. Me confesó no haber entrado en todas las salas y estuvimos visitando sobre todo la del tesoro, que aún tenía muchas piezas en su interior, y la de los archivos, donde tanta sabiduría se había acumulado. Mientras tanto, Nadya se dedicaba a ultimar con los trabajadores las órdenes que debían seguir a la llegada del nuevo arqueólogo, mientras Laura redactaba unas directrices para el mismo.

La comida y la cena volvieron a ser unos momentos muy animados, gracias a la retahíla de historias que los cuatro podíamos contar: excavaciones fallidas, problemas gubernamentales con los permisos, caídas, tropezones, hallazgos raros e, incluso, alguna que otra situación inexplicable en la cual descubrimos algo que nos había salvado varios meses de alquiler y viajes.

He de reconocer que a partir de ahí, los días se me nublan un poco en la memoria. Bien es cierto que apenas olvidamos los días en los que estamos trabajando, pero es fácil desechar algunos días ociosos, sobre todo cuando preceden a unos meses de intenso trabajo de nuestra materia gris. Tan sólo puedo recordar que los días se hicieron largos esperando aquella carta que, día tras día, no llegaba y que muchas de las jornadas me las pasé tumbado en mi camastro o jugando con Eduardo a un improvisado minigolf, releyendo algunos de los manuscritos, o ayudando en el desmantelamiento de todos los aparatos del laboratorio, aunque también es cierto que Nadya apenas me dejó tocar nada, incluso los embalajes los tenía que realizar ella de nuevo, pues ni en eso confiaba en mí.

Nos preocupamos bastante en dejar sólo un puñado de fotos en la excavación. Las más importantes las reunimos en todas las tarjetas de memoria que pudimos y las guardamos en una pequeña caja fuerte junto con documentos, dibujos, vídeos y planos de los lugares hallados durante nuestras pesquisas. No es que no confiáramos en el nuevo encargado de la excavación, al contrario, si nuestro mecenas lo elegía, estaba seguro de que sería de confianza. Lo que más me preocupaba era la Hermandad del Círculo Sagrado, que seguía merodeando. No los veíamos, pero lo sabíamos.

Poco más de una semana después de haber mandado la carta, recibimos con gusto la respuesta:

«Queridos amigos:

Me alegra profundamente saber que se encuentran todos bien, que han sabido trabajar juntos en armonía y paz, y que han formado un equipo formidable.

Necesito de los servicios de Eduardo en otros lugares, por lo que su viaje de momento termina aquí, aunque estaré encantado de enviarle de nuevo con ustedes en cuanto haga falta, pues sé que han forjado unos buenos lazos de amistad.

En relación a los descubrimientos que habéis realizado, he de decir que los cuatro han superado con creces las expectativas y que se han hecho merecedores de tres pasajes hacia Huelva para continuar con las investigaciones.

Estoy seguro de que van por el buen camino y que pronto daremos con la solución de estos enigmas.

Desgraciadamente, aún tendrán que esperar unos días para salir de Libia y dirigirse a Madrid, pues me ha costado bastante trabajo encontrar a alguien de suma confianza para que os sustituya. No obstante, estoy en pleno derecho de deciros que en pocos días podréis estar de nuevo en suelo español.

Un saludo afectuoso.»

—Vaya —dije—, aún tendremos que esperar unos días. ¡Qué lata!

—Venga, Ricardo —dijo Laura—, no refunfuñes. Son sólo unos días.

—Pasará tiempo hasta que me pueda librar de ti —dijo Nadya.

—Al menos podremos disfrutar de nuestra mutua compañía un tiempo más —dijo Eduardo.

¿Nos merecíamos realmente estar tan ociosos cuando había tanto por descubrir en Huelva? Sin duda no, pero la burocracia lleva su tiempo y no podíamos hacer que el reloj corriera más rápido. Al fin y al cabo, esos restos nos habían estado esperando durante más de diez mil años a que los encontráramos. ¿Qué importaban unos días más?

A todos los investigadores
de lo oculto.
Jamás perdáis
las ganas de seguir adelante.
Y a Cristina Azahara
porque sin ella
nada de esto habría sido posible.

www.ingramcontent.com/pod-product-compliance
Lightning Source LLC
LaVergne TN
LVHW091642100826
845152LV00006B/141/J

* 9 7 8 0 2 4 4 2 6 7 2 8 5 *